KÖLNER KASINO

Reinhard Rohn, 1959 in Osnabrück geboren, lebt seit über dreißig Jahren in Köln und arbeitet als Verlagsleiter in einem Berliner Verlag. Er hat zahlreiche Kriminalromane ins Deutsche übersetzt und mehrere Spannungsromane geschrieben.

Dieses Buch ist ein Roman. Handlungen und Personen sind frei erfunden. Ähnlichkeiten mit lebenden oder toten Personen sind nicht gewollt und rein zufällig. Bei der Schilderung real existierender Schauplätze habe ich mir einige kleinere Freiheiten gestattet.

REINHARD ROHN

KÖLNER KASINO

Köln Krimi

emons:

Bibliografische Information der Deutschen Nationalbibliothek
Die Deutsche Nationalbibliothek verzeichnet diese Publikation in der Deutschen Nationalbibliografie; detaillierte bibliografische Daten sind im Internet über http://dnb.d-nb.de abrufbar.

FSC
www.fsc.org
MIX
Papier aus verantwortungsvollen Quellen
FSC® C083411

Umschlagmotiv: INTERFOTO/Walter Allgoewer
Umschlaggestaltung: Nina Schäfer, nach einem Konzept von Leonardo Magrelli und Nina Schäfer
Umsetzung: Tobias Doetsch
Gestaltung Innenteil: DÜDE Satz und Grafik, Odenthal
Lektorat: Dr. Marion Heister
Druck und Bindung: CPI – Clausen & Bosse, Leck
Printed in Germany 2022
ISBN 978-3-7408-1246-1
Köln Krimi
Originalausgabe

Archaïscher Torso Apollos

Wir kannten nicht sein unerhörtes Haupt,
darin die Augenäpfel reiften. Aber
sein Torso glüht noch wie ein Kandelaber,
in dem sein Schauen, nur zurückgeschraubt,

sich hält und glänzt. Sonst könnte nicht der Bug
der Brust dich blenden, und im leisen Drehen
der Lenden könnte nicht ein Lächeln gehen
zu jener Mitte, die die Zeugung trug.

Sonst stünde dieser Stein entstellt und kurz
unter der Schultern durchsichtigem Sturz
und flimmerte nicht so wie Raubtierfelle;

und bräche nicht aus allen seinen Rändern
aus wie ein Stern: denn da ist keine Stelle,
die dich nicht sieht. Du mußt dein Leben ändern.

Rainer Maria Rilke

Hinterher

Er saß da wie auf einer Sünderbank, aber nein, in Wahrheit war es vermutlich auch eine. Er hatte mehrere widerrechtliche Einsätze durchgeführt, er war in eine Wohnung eingedrungen, er hatte seine Schusswaffe eingesetzt und zweimal auf einen Menschen geschossen, er hatte eine Kollegin fahrlässig in Lebensgefahr gebracht und Birte, seine Kollegin, die ja viel mehr als eine Kollegin war … Er wollte gar nicht an Birte denken, wie es ihr ging. Er hatte völlig versagt. Durch das, was er getan hatte, war die ganze Stadt ins Wanken geraten. Die Schlagzeilen überschlugen sich. »Eine Stadt versinkt im Chaos!«, hatte eine geheißen. »Panik im Rathaus« eine andere. Vor dem Präsidium waren drei Kamerateams vorgefahren. Gleich würde man ihm mitteilen, ob er überhaupt noch ein Angehöriger der Kölner Polizei war.

Jan Schiller spürte, wie sich sein Magen zusammenzog. Wann hatte er eigentlich zuletzt etwas gegessen? Egal. Sogar sein Smartphone hatten sie ihm abgenommen, und seine und Birtes Dienstwaffe hatte er nach dem letzten Einsatz abgegeben; sie befanden sich vermutlich noch zur Auswertung in der Kriminaltechnik. Er dachte daran, dass er vor einigen Monaten einmal in einem Moment der Müdigkeit und Resignation seine Kündigung geschrieben hatte. Damals hatte er überlegt, mit einem Bekannten, einem ehemaligen Polizisten, eine Art Sicherheitsdienst zu gründen. Nun war alles anders gekommen. Vermutlich würde er nicht einmal für die Gründung solch einer Sicherheitsfirma eine Genehmigung erhalten.

Was hätte Therese, die alte Hebamme, die ihn wie eine Mutter sein Leben lang begleitet hatte, ihm in dieser Lage geraten? Jung, nichts wird so heiß gegessen, wie es gekocht wird, und du hast Nadine, und freue dich über die gute Nachricht. Doch

Therese war tot, sie lag in dunkler, kalter Erde und war nur noch in seinen Gedanken lebendig.

Er blickte durch das Fenster am Ende des Flurs zum Dom hinüber. Wie vor einem strahlend blauen Tuch ragte die Kathedrale da auf; seit Tagen herrschte in Köln schönstes Sommerwetter, und bald brach der längste Tag des Jahres an. Die Tür zum Vorzimmer des Polizeipräsidenten wurde geöffnet.

»Herr Kriminalhauptkommissar, kommen Sie bitte herein«, sagte eine förmliche Männerstimme.

Schiller erhob sich langsam. Er versuchte zu lächeln.

Die Entscheidung über seine Zukunft bei der Kölner Polizei war offenbar gefallen.

1

Jan Schiller saß auf der Fensterbank und schaute den vollen Mond an. Ein bleiches Licht breitete sich über den Dächern der Nachbarhäuser aus. Die eine große Linde im Hinterhof wirkte, als hätte sie jemand silbern angestrichen. Nadine lag im Bett und schlief; ihr blondes Haar hatte sich um ihren Kopf aufgefächert; manchmal seufzte sie leise im Schlaf. Nachdem sie sich geliebt hatten, hatte sie sich nur ein dünnes gelbes T-Shirt übergestreift. Ihr Gesicht wirkte völlig entspannt; sie hatte sich ganz der Ruhe und dem Schlaf ergeben. Er aber konnte nicht schlafen.

Der Mond zog langsam weiter; weißlich schimmernde Wolken schwebten um ihn herum.

Ich bin der glücklichste Mensch der Welt, dachte Schiller. Vor ein paar Wochen war es noch ganz anders gewesen; da hatte er Therese, die alte Hebamme, die fast dreißig Jahre lang eine Art Familienersatz für ihn gewesen war, zu Grabe tragen müssen. Den Verlust hatte er jeden Tag gespürt, ein Schmerz, als würde ihm ein wichtiger Teil seines Körpers fehlen, als hätte man ihm etwas herausgerissen, das er unbedingt für sein Gleichgewicht und Wohlergehen brauchte. Seine Kollegin Birte Jessen und er hatten den Mord an Therese zwar aufgeklärt, aber das war letztlich kaum mehr als ein schwacher Trost gewesen.

Wenn er die Augen schloss, das milchige Mondlicht für Momente aussperrte, konnte er ihre mädchenhafte keckernde Stimme hören: Jung, et es jot, wie et es.

Ihr Gottvertrauen hatte sie niemals verlassen.

Und nun …

Nadine drehte sich herum, sie flüsterte etwas im Schlaf, das wie ein Name klang. Rief sie ihn ins Bett? Sie schien sich kurz aufzurichten, doch dann sank sie wieder zurück und atmete ganz regelmäßig ein und aus. Sie war die schönste und klügste Frau, die er jemals getroffen hatte, und nun war sie schwanger. Sie hatte es ihm am Abend gesagt, ganz unprätentiös, beim Kaffee, in einem Nebensatz. »Übrigens, mir war in den letzten Tagen immer so schlecht morgens. Da bin ich heute auf die Aachener Straße in die Apotheke gegangen und habe mir einen Schwangerschaftstest gekauft. Positiv. Schön, oder?«

Schön, oder? Er hatte zuerst gar nicht reagieren können. Nadine erlaubte sich manchmal schlechte oder ganz schlechte Scherze; sie konnte herausfordernd, spöttisch, sarkastisch sein, doch an ihrem forschenden Blick hatte er bemerkt, dass es ihr ernst war. Sie hatte keinen Witz gemacht, um ihn irgendwie auf die Probe zu stellen.

»Ein Kind«, stammelte er. »Wir bekommen ein Kind?«

Sie nickte, lächelnd. »Ja, eine unbefleckte Empfängnis war es wohl nicht.«

Er küsste sie auf den Mund, dann zogen sie sich gegenseitig aus und liebten sich.

Was das alles bedeutete, hatte er erst später begriffen, als er allein mit sich im Mondlicht am Fenster saß. Er würde ein Kind haben, er war zweiundvierzig Jahre alt, längst nicht mehr jung, und nun war es so weit. Carla, seine frühere Freundin, hatte es irgendwann aufgegeben, mit ihm übers Kinderkriegen zu sprechen, bei ihr war er unsicher und zögernd gewesen, doch bei Nadine war alles viel einfacher und eindeutiger.

Therese war tot, und er wurde Vater.

Stumm hatte er ihr davon erzählt. Therese, stell dir vor, ich, der eigensinnige, oft missgelaunte Polizist, werde bald mit einem Kinderwagen durch die Gegend laufen. Er hörte wieder ihr meckerndes Lachen. Dat war och Zick, min Jung.

Auch seinem Vater, dem seit fast dreißig Jahre toten Motorradpolizisten, schickte er eine stumme Botschaft ins Nirgendwo. Im Gegensatz zur redseligen Therese antwortete er jedoch nicht.

Birte müsste er sofort davon erzählen, überlegte er sich,

und Broder, dem Maler, seinem besten Freund. Birte würde vielleicht ein wenig neidisch werden. Insgeheim rechnete er allerdings damit, dass sie und ihr Freund Max sich schon länger über ein gemeinsames Kind Gedanken machten.

Der Mond zog immer weiter – einen silbrigen Schweif zog er hinter sich her.

Wann würde das Kind kommen? Nun war Mitte Juni. Vermutlich im Februar, hatte Nadine gesagt. Er hatte seinen Kopf auf ihren Bauch gelegt und gelauscht, ob schon etwas zu hören war.

»Nee«, hatte Nadine gesagt, »ich glaube, es spricht noch nicht zu dir.«

Nie hatten sie darüber geredet zu heiraten, mit keiner Silbe, und Nadine würde es auch nicht tun. Das wusste er genau. Sie war Dramaturgin am Theater, ihre Freiheit und Unabhängigkeit gingen ihr über alles, doch nun das Kind …

Er hörte sich selbst seufzen. Das erste Tageslicht schwebte von Osten heran, dann begannen zaghaft Vögel zu singen. Ein Lichtfleck glitt durch das Zimmer und legte sich auf Nadines Gesicht. So kam es ihm zumindest vor.

Heute würde er nicht ins Präsidium gehen, auf keinen Fall. Gegen acht würde er Nele, ihre Assistentin, anrufen und einen Tag Urlaub nehmen. Dann würde er Nadine zum Frühstücken einladen. In einem der teuersten Hotels der Stadt, im Gerling-Viertel, auf einer Terrasse mit Blick auf den Dom.

Er sah auf die Uhr; es war mittlerweile zehn Minuten vor fünf. Zwei Stunden würde er noch neben Nadine schlafen können.

Sein Smartphone war auf stumm geschaltet. Trotzdem bemerkte er sofort, dass ihn jemand anrief. »Birte Jessen« leuchtete auf dem Display auf.

Nein, dachte er, so telepathisch kann unsere Verbindung nicht sein, dass sie weiß, dass ich hier seit Stunden vor dem Fenster hocke und den Mond anstarre.

»Sorry, dass ich deinen Schönheitsschlaf störe«, sagte sie

mit noch schläfriger Stimme, und er wusste sofort, dass sie einen ganz bestimmten Grund hatte, warum sie anrief.

»Wo?«, fragte er leise, um Nadine nicht zu wecken. »Wo ist ein Toter gefunden worden?«

2

So hatte sie Max noch nie erlebt – schweigsam und in sich gekehrt. Er redete nur das Nötigste, und neuerdings ging er auch wieder in seine winzige Wohnung am Ubierring. Neulich hatte er sogar zwei Nächte dort verbracht, was in den letzten Monaten nicht mehr vorgekommen war. Sie kannte den Grund. Sein Buch war erschienen – mit großen Hoffnungen, doch nun interessierte sich niemand dafür. Max hatte einen Roman über den 3. März 2009 verfasst, den historischen Tag, an dem das Stadtarchiv in Köln eingestürzt war. Drei Jahre hatte er daran recherchiert und geschrieben, Erzählstimmen ausprobiert und verworfen. Der Roman war ein Panorama dieses einzigartigen Tages – eine Perspektive gehörte dem Jungen, einem Bäckerlehrling, der im Nachbarhaus, das ebenfalls eingestürzt war, zu Tode gekommen war. Birte war sehr beeindruckt gewesen, als sie das Buch gelesen hatte. Doch nun war es endlich gedruckt und veröffentlicht worden, und es passierte nichts.

Zwei Journalisten hatten Max interviewt, von denen einer das Buch gar nicht gelesen hatte, und eine Lesung hatte stattgefunden. Max war viel zu nervös gewesen, und daher hatte er auch nicht gut gelesen. Achtzehn Besucher waren in die Buchhandlung an der Neusser Straße gekommen; zwölf von ihnen hatten Eintritt bezahlt. Am Ende der Veranstaltung hatte die Buchhändlerin ihn mit ein paar knappen Worten verabschiedet.

»Nächste Woche rufe ich in der Agentur an«, hatte Max am Abend gesagt. »Ich steige wieder als Fahrradkurier ein. Ein richtiger Schriftsteller bin ich wohl nicht.«

Sie hatte versucht, ihn zu trösten, die richtigen Worte zu finden. Warte ab … Vielleicht fehlt nur die eine große Rezension im Stadt-Anzeiger.

»Die hat es schon gegeben«, antwortete er. »Im hintersten Lokalteil – zehn Zeilen. Eine knappe Inhaltsangabe.«

Die Lektorin in seinem Verlag in Berlin, die die Rechte des Buches eingekauft hatte, stellte sich taub. Sie sei auf Dienstreise, hatte man Max geantwortet.

Er hatte sich die Prothese abgeschnallt und war ins Bett gegangen. Als er auf einem Rennrad für einen Triathlon trainiert hatte, war er von einem Lastwagen angefahren worden; man hatte ihm den rechten Unterschenkel amputieren müssen. Damit war der Traum zerplatzt, einmal am Ironman-Wettkampf auf Hawaii teilzunehmen. Das Desinteresse an seinem Buch empfand er nun als zweite große Niederlage.

Der Mond schien hell ins Zimmer. Birte konnte nicht schlafen.

»Schreib ein neues Buch«, hatte sie zu Max gesagt, aber damit hatte sie offenbar einen wunden Punkt getroffen. Er war wütend geworden. Ob sie nicht wisse, wie viel Zeit und Mühe und Gedankenarbeit ihn der erste Roman gekostet habe?

Schreib über dich, hätte sie ihm am liebsten gesagt, wie es ist, ein Bein zu verlieren, aus dem Olymp eines erfolgreichen Sportlers hinabzustürzen in die Hölle eines Behinderten.

»Ich habe es schon versucht«, hatte er geflüstert, bevor er eingeschlafen war. »Ich wollte über mein Bein schreiben, das es nicht mehr gibt. Mein Bein ist tot, es ist schon im Himmel, nur ich bin noch da.«

Es hatte geklungen, als hätte ein zehnjähriger Junge diese Worte gesprochen – kein Mann von achtunddreißig Jahren, der nun wieder Fahrradkurier werden wollte.

Sie küsste ihn auf die Wange und drückte sich an ihn, doch irgendwie, offenbar aus einem Instinkt heraus, rückte er von ihr ab. Dann hörte sie ihn leise schnarchen und wurde sogar ein wenig wütend auf ihn.

Nun hatte er seinen Frust auf sie abgeladen und schlief friedlich, während sich in ihrem Kopf ein Gedankenkarussell drehte. Damit würde Max bestimmt nicht zufrieden sein –

wieder durch die Stadt zu kurven, um dringende Sendungen auszufahren. »Nur Essen«, hatte er gesagt, »so etwas kommt für mich nicht in Frage, dass ich Sushi oder Nudelsuppe ausfahre.« Und sie? Die letzten Jahre bei der Kölner Polizei waren anstrengend gewesen. Eigentlich hatte sie nur eine kurze Auszeit von Hamburg nehmen wollen, nachdem Martin, ihr Lebensgefährte, der Geigenbauer von Sankt Pauli, gestorben war. Aber irgendwie war sie in dieser seltsamen Stadt gestrandet, wo alles ein wenig anders gehandhabt wurde – hier ging es kleinbürgerlich anarchisch zu. Die Stadt war hässlich, hatte aber – wie es so hieß – ein paar schöne Ecken, und der Klüngel war sprichwörtlich. Wollte sie für immer hierbleiben, oder war nun der Moment gekommen, mit Max zu überlegen, ob sie nicht etwas anderes anfangen wollten? Eine Rückkehr nach Hamburg etwa – der Hafen, die Alster, Övelgönne, das Alte Land. Manchmal hatte sie doch heftige Anflüge von Heimweh.

Dann strich Max ihr über die Schulter. Der Mond leuchtete nicht mehr wie eine große weiße Papierlaterne ins Zimmer. Anscheinend war sie doch irgendwann eingeschlafen, bedrängt von ihren sorgenvollen Gedanken.

»Dein Telefon klingelt«, sagte er leise und wandte sich wieder ab.

Es war Nele, die immer bereite, immer perfekte Kriminalassistentin, die so viel mehr hätte sein können, wenn sie denn gewollt hätte.

»Schiller und du, ihr habt einen Einsatz. Am Aachener Weiher, da haben sie einen Toten mit einer üblen Bauchverletzung aus dem Wasser gezogen.«

Eigentlich liebte sie die erste helle Stunde des Tages, besonders im Juni, wenn es sehr früh hell wurde. Die Vögel sangen, als sie zu ihrem alten Alfa lief, von dem sie immer hoffte, dass er ansprang. Irgendwo zwischen den Häusern ging die Sonne auf. Doch wie oft war sie so früh zu einem Einsatz gerufen worden. Die Szenerie änderte sich dann binnen Sekunden – von Morgenidylle zum Tatort.

Es herrschte wenig Verkehr. In kaum zehn Minuten war sie von ihrer Wohnung am Hermeskeiler Platz am Aachener Weiher angekommen. Zwei Streifenwagen mit eingeschaltetem Blaulicht markierten den Tatort, der auf der südlichen Seite des Weihers hinter dem Ostasiatischen Museum lag.

Birte parkte vor dem Museum und lief dann um das Gebäude herum auf einen der Polizeiwagen zu. Eine junge Polizistin mit einem langen roten Haarzopf begrüßte sie.

»Der Tote wird gerade geborgen. Zwei Kollegen von der Kriminaltechnik waren schnell vor Ort.« Sie deutete zum Ufer. Drei uniformierte Polizisten waren dabei, auf einer schmalen, abschüssigen Rasenfläche hinter dem Museum eine Plastikplane auszubreiten. Zwei weitere Beamte standen in Schutzkleidung im Wasser, das hier aber nicht besonders tief war.

»Wer hat sie alarmiert?«, fragte Birte.

Die Beamtin lächelte. »Das war Frisbee, ein Obdachloser, der oben in dem Wäldchen wohnt. Er sitzt dahinten an einen Baum gelehnt und wartet schon auf Sie.«

Birte nickte. Ein Stück abseits auf einer lang gestreckten Wiese hockte jemand, der eine große bunte Tasche im Arm hielt und sie mit düsterer Miene ansah, als sie auf ihn zuging. Der Mann, den die Polizistin Frisbee genannt hatte, mochte Mitte dreißig sein, er hatte lange schwarze Haare und einen ebenso schwarzen Vollbart, er trug einen roten Pullover und eine blaue Trainingshose, er war barfuß. Erst als sie vor ihm stand, wandte er den Blick.

»Sie haben den Toten gefunden?«, fragte sie.

Der Mann schaute sie an. Er hatte beinahe kohlschwarze Augen, sein Mund war in dem dichten Bart gar nicht zu erkennen, doch irgendwie brachte er einen Laut hervor. »Er hat mich gerufen.«

»Der Tote hat Sie gerufen?«, fragte Birte verwirrt. »Er war also noch nicht tot?«

Der Bart in dem Gesicht des Mannes bewegte sich; kurz blitzten erstaunlich weiße Zähne auf. Ein Lächeln – der Mann hatte anscheinend gelächelt.

»Nein, ich bin zum See gegangen. Als es noch dunkel war, kurz vor dem ersten Licht, um zu meditieren, und da hat der Tote mich gerufen. Sein Geist hat nach mir verlangt.«

»Okay«, sagte Birte gedehnt. »Sie gehen morgens an den Weiher, um zu meditieren.«

Der Mann nickte. »Im Sommer schlafe ich manchmal oben in dem Wäldchen auf einer Matte, frühmorgens meditiere ich, nachmittags spiele ich Frisbee.«

Also gut, daher der Name, den die Polizistin ihm verliehen hatte. Birte hatte das Gefühl, ein wenig weiterzukommen.

»Der Tote lag schon im Wasser, als er Sie gerufen hat. Ja? Ist Ihnen etwas aufgefallen? Ist jemand weggelaufen?«

Der Mann musterte sie, als müsste er sich ihr Gesicht einprägen, als wäre das plötzlich wichtig für ihn. »Nein«, sagte er dann, »gesehen habe ich niemanden, aber irgendwo ist ein Motorrad weggefahren, und ein Duft hing in der Luft, ein Duft von Kräutern, und im Wasser war Blut – Schlieren von Blut.« Er griff in seine Tasche und holte ein nagelneues iPhone hervor. »Ich habe ein Foto gemacht, nachdem ich ganz brav die Polizei verständigt hatte.«

Er hielt es ihr hin; seine Hände waren schmutzig, als hätte er in der Erde gegraben.

Birte kniff die Augen zusammen. Sah sie nun zum ersten Mal den Toten? Nein, ein Gesicht oder ein toter Körper war auf dem Display nicht zu erkennen, sondern eine grünliche Flüssigkeit, die von roten Fäden durchzogen wurde.

»Sieht aus wie ein Bild von Gerhard Richter, nicht wahr?«, sagte der Mann, und wieder funkelten seine Zähne in dem dichten Bartwuchs auf.

»Könnten Sie mir das Foto schicken?« Birte nahm eine Visitenkarte hervor und hielt sie dem Mann hin.

Zögernd nahm er sie entgegen.

»Haben Sie einen festen Wohnsitz?«, fragte sie weiter. »Wir brauchen Ihre Daten für unsere Ermittlungen.«

Der Mann griff in die hintere Tasche seiner Trainingshose. »Solche Karten hatte ich früher auch«, sagte er mit einem spöttischen Unterton. »In meiner Wohnung leben ein paar Freunde und deren Freunde. Manchmal gehe ich dahin, aber im Moment bin ich lieber im Wäldchen.«

»Dr. Christian Prahl, Biostatistiker«, stand da – auf der Rückseite eine Mobilnummer und eine Adresse: »Auf dem Berlich 8«. Eine Straße in der Innenstadt, wenn sie sich nicht irrte.

»Sie sind gar kein Obdachloser«, rief Birte verblüfft aus.

»Doch«, sagte Prahl, »im Moment schon. Ich habe mir eine Auszeit genommen. Zuletzt habe ich mich zu viel mit Krankheiten beschäftigt. Falls Sie mich einmal suchen sollten, finden Sie mich hier – am besten morgens gegen fünf Uhr, wenn die Sonne aufgeht.«

Birte nickte ihm zu. Der spöttische Tonfall in seiner Stimme war mit jedem Wort deutlicher geworden. Sie wandte sich ab, und während sie zu den Polizisten hinüberging, die nun den Leichnam geborgen hatten, rief Prahl ihr nach: »Ach, der Tote war übrigens nicht traurig, dass er starb. Es hat ihm nicht viel ausgemacht.«

3

Schiller sah, wie Birte zum Wasser hinunterlief. Klar, dass sie nicht zuerst zum Toten gegangen war; Leichen anzuschauen überließ sie gern ihm.

Sie nickte ihm zu. »Ich habe den Zeugen befragt, der uns alarmiert hat«, sagte sie, als müsste sie sich rechtfertigen.

Der Mann blickte zu ihnen herüber, er hockte an einem Baum; offensichtlich trug er eine Trainingshose und keine Schuhe. »Ein Obdachloser aus dem Park?«

»Ein promovierter Biostatiker, der zwischen den Bäumen schläft«, erwiderte Birte und hielt ihm eine Visitenkarte hin.

»Was soll das sein – ein Biostatiker?«

Birte lächelte. »Keine Ahnung – hat wohl irgendwas mit Medizin zu tun. Jedenfalls ein merkwürdiger Typ.«

Sie hatten sich der Plastikplane genähert, auf die zwei Techniker den Toten gelegt hatten. Die beiden trugen hohe Gummistiefel und Gummihosen, wie Schiller sie von Anglern kannte.

»Morgenstund hat Gold im Mund«, sagte einer der beiden, ein glatzköpfiger Mittvierziger, der tatsächlich Schmitz hieß, der kölscheste aller Familiennamen, und der für seinen seltsamen und oft deplatzierten Humor bekannt war. »Gut, dass ich an Schlaflosigkeit leide.«

Der Tote mochte etwa fünfzig Jahre alt sein, er war mager, hatte ein bleiches, eingefallenes Gesicht, sein Schädel war kahl rasiert, er trug eine graue Leinenhose und ein ebenso graues Hemd, das in Höhe des Bauchnabels aufgerissen war und sich blutig verfärbt hatte. An seinen Füßen steckten weiße Stoffschuhe.

»Schlaf wird gemeinhin überschätzt«, sagte eine Stimme hinter Schiller. Dr. Monika Grams, die Rechtsmedizinerin, eilte in ihrer roten Lederjacke auf sie zu. »Na«, sagte sie zu Schiller,

»wir beiden Hübschen haben uns ja lange nicht gesehen.« Birte hingegen bedachte sie mit keinem Blick, als wäre sie nicht mehr als eine unbedeutende Assistentin. Das war schon bei früheren Gelegenheiten so gewesen. »Was haben wir denn hier?«, fuhr die Rechtsmedizinerin dann fort, während sie einen Metallkoffer abstellte und sich Latexhandschuhe überstreifte. »Sieht aus, als hätte sich ein tibetischer Mönch nach Köln verirrt.«

»Tragen tibetische Mönche nicht alle orangefarbene Kleidung?«, fragte Birte in einem unfreundlichen Tonfall.

Monika Grams antwortete nicht. Sie beugte sich vor, hob das feuchte zerrissene Hemd an und runzelte die Stirn. »So eine tiefe Messerwunde sieht man nicht alle Tage. Da hat ihm jemand wirklich eindrucksvoll den Bauch aufgeschlitzt. Schätze, dass ein ziemlich langes Messer dem armen Kerl die Aorta durchtrennt hat. Das macht einem beinahe sofort den Garaus.«

»Mord also«, sagte Schiller.

Die Rechtsmedizinerin richtete sich wieder auf. »Wo genau hat man den Toten gefunden?«

Schiller deutete hinter sich. Die Wasserkante lag nur einen Schritt hinter ihnen. »Er hat wohl direkt hier im Wasser gelegen. In diesem Weiher bewegt sich nichts. Da gibt es nicht viel Abtrieb.«

»So ein Schnitt bedeutet einen sofortigen erheblichen Blutverlust«, erklärte Monika Grams. »Da müsste die Stelle schnell zu finden sein, wo man ihm das Messer in den Bauch gestoßen hat.«

»Ja«, sagte Birte in einem vorgeblich einschmeichelnden Ton, »Sie haben wieder einmal recht, Frau Doktor.« Sie deutete auf eine Stelle im Gras, nur einen halben Meter von ihnen entfernt. »Hier genau hat der Mann gestanden und ist dann ins Wasser gekippt.«

Nun entdeckte Schiller auch die Blutspritzer auf dem Boden; es sah aus, als hätte ein Maler nachlässig mit roter Farbe herumgespielt.

»Wir müssen das alles absperren«, rief er einem Beamten zu. »Und dann werden wir Taucher brauchen, die sich den Grund des Weihers ansehen. Vermutlich hat der Täter das Messer gleich vor Ort weggeworfen.«

Monika Grams lächelte ihn süffisant an. »Wie gut, dass es bei der Kripo noch Leute gibt, die eindeutige Befehle erteilen können. Ich habe noch etwas für Sie. Könnte Ihnen und Ihrer hübschen Kollegin helfen.« Zum ersten Mal warf sie Birte einen kurzen Blick zu. Das Portemonnaie jedoch, das sie dem Toten aus seiner Leinenhose gezogen hatte, hielt sie Schiller hin.

Der Tote hieß Henner Brohl, er war sechsundvierzig Jahre alt und in Köln geboren.

Das Bild in seinem Personalausweis hätte jedoch nicht auf den Mann schließen lassen, den sie erstochen aus dem Weiher geborgen hatten. Brohl wirkte auf der Aufnahme wie ein drahtiger, muskulöser Sportler, sein Haar war halblang und so blond, als hätte er es gefärbt. Als Adresse war auf dem Ausweis Lindenstraße 8 vermerkt, eine Straße also gleich um die Ecke. Der Ausweis war allerdings bereits elf Jahre alt und abgelaufen.

»Wir könnten vorbeigehen und uns irgendwo einen Kaffee besorgen«, sagte Schiller mit dem Blick auf Birte. Zwei Beamte machten sich daran, mit Flatterband das gesamte Ufer bis zum Museum und zu dem Japanischen Kulturinstitut, das sich anschloss, abzusperren, während Monika Grams in ein Smartphone sprach.

»Frau Doktor nervt ein wenig«, sagte Birte so laut, dass man sie bis zum Ufer verstehen konnte. »Sie will dich und mich provozieren, scheint mir, aber das tun frustrierte Frauen bekanntlich gerne. Kennst du dich ja mit aus.« Birte lächelte.

Schiller wandte sich ab. Die Anspielung war zu leicht zu verstehen. Mit der Vorgängerin von Monika Grams hatte er eine kurze Affäre gehabt; zumindest war es für ihn eine Affäre, nein, eigentlich ein bedauerlicher Irrtum gewesen, während

Almut Schwäbe an die große Liebe geglaubt hatte; mittlerweile arbeitete sie zum Glück in Frankfurt am Institut für Rechtsmedizin und schickte ihm seit geraumer Zeit auch keine Kurznachrichten mehr.

»Brohl«, sagte er, statt auf Birtes Worte einzugehen, »so heißt doch auch unser Oberbürgermeister, oder irre ich mich? Friedrich Brohl … Zumindest von der Gesichtsform ähneln die beiden sich schon sehr. Wenn wir Pech haben, haben wir eben den Bruder unseres höchsten Bürgers aus dem Wasser gezogen.«

Schiller probte die Worte, während sie auf der Lindenstraße auf einen Kiosk zusteuerten, an dem soeben die Rollladen hochgezogen worden waren. Nadine, sie hat mir gestern etwas eröffnet, eine wirklich schöne Neuigkeit. Ich war ein wenig überrascht, aber es sieht wohl so aus, dass ich Vater werde … Nein, das waren nicht die richtigen Worte. Der schwarze Kaffee, den ihm der türkische Kioskbesitzer reichte, tat gut. Birte hatte einmal gemeint, bei dem, was er an Koffein den ganzen Tag zu sich nahm, müsste eigentlich Kaffee statt Blut durch seine Adern pulsieren.

»Polizei?«, fragte der Türke freundlich. »Ist was passiert?«

Schiller antwortete nicht, doch Birte sagte: »Nichts passiert. Wir suchen nur jemanden, der in der Gegend wohnt – Henner Brohl. Kennen Sie einen Mann, der so heißt?«

Der Kioskbesitzer lächelte. »Henner – der Schwimmer. Ja, hat hier gewohnt. Gegenüber. Er ist wieder da, war vorgestern bei mir. Trinkt aber kein Kaffee mehr, nur Tee. Sah schlecht aus, krank, richtig elend.«

Schiller setzte den Kaffee ab. »Sie haben ihn vorgestern gesehen?«

Der Mann nickte. »Brohl wollte alte Heimat sehen. Er war lange in Japan, war da Yogalehrer, glaube ich.«

Birte holte ihr Notizbuch hervor. Sie warf Schiller einen Blick zu. War dieses Gerede von tibetischen Mönchen gar nicht so weit hergeholt gewesen? »Was wissen Sie genau über Henner Brohl?«

Der Kioskbesitzer griff sich durch sein kurz geschorenes schwarzes Haar. »Was ist mit Henner?«, fragte er, nun in einem anderen, lauernden Tonfall.

»Wir führen Ermittlungen durch, in denen Herr Brohl eine Rolle spielt«, erklärte Schiller förmlich. »Es geht um ein Verbrechen gegen das Leben, also keine Kleinigkeit.«

»Brohl hat hier gelebt, hat immer seinen Stadt-Anzeiger bei mir gekauft und manchmal eine Flasche Bier, nur eine Flasche, nie zwei, dann war er auf einmal weg. Nach Japan, hat er mir vorgestern gesagt, weil er Ärger mit dem Gericht hatte.«

»Wann war das?«, fragte Birte.

»Vor zehn Jahren«, sagte der Kioskbesitzer. »Ja, ist lange her. Vorgestern habe ich ihn zum ersten Mal wiedergesehen. He, habe ich gesagt, was gibt es da in Japan zu essen – nur Reis?« Er schaute Schiller aus tiefbraunen Augen an. »Brohl war dünn wie ein Strich. Ja, hat er gemeint, nur Reis. Dann hat er mir die Hand gegeben, hat sie gedrückt und ist zwei Minuten später wieder gegangen. Mehr kann ich nicht sagen.« Er blickte auf seine rechte Hand, als müsste da noch eine Spur der Begegnung mit Brohl zu sehen sein.

»Mehr können Sie nicht sagen?«, wiederholte Birte skeptisch. Schiller sah ihr an, dass sie meinte, dass der Kioskbesitzer nun doch nicht so offen mit ihnen sprach, weil das Ganze zu offiziell und bedeutsam geworden war.

Der Mann nickte. »Mehr nicht. War nur ein Nachbar, guter Nachbar. Hat nie Schulden gemacht.«

»Brohl wohnt also nicht mehr drüben in Haus Nummer 8? Wissen Sie vielleicht, wo er sich zuletzt aufgehalten hat?«, fragte Birte. Ihr Notizbuch hielt sie noch aufgeschlagen in der Hand.

»Nein«, sagte der Kioskbesitzer. »Bedaure, das weiß ich nicht.«

»Aber eines«, erklärte Schiller, den die plötzliche Einsilbigkeit zu ärgern begann, »wissen Sie vielleicht doch. Ist Henner Brohl der Bruder unseres Oberbürgermeisters?«

Der Türke musterte ihn und runzelte die Stirn, als müsse er seine Antwort sorgfältig abwägen. »Ja«, sagte er, »ist wohl so. Der Oberbürgermeister ist älterer Bruder von Henner.«

4

Schiller ging zu dem Kriminaltechniker hinüber, während Birte mit ihrem Alfa ins Präsidium fuhr.

Max hatte ihr eine Nachricht geschrieben. »Platz 182.645« lautete sie. Also hatte er bei einem Onlinebuchhändler wieder nachgeschaut, auf welchem Rang sein Roman stand. Das tat er mindestens zehn Mal am Tag – es war eine regelrechte Marotte geworden. Sie hatte es ihm nicht ausreden können. Einmal war sie versucht gewesen, zehn Bücher zu bestellen, damit wenigstens für eine Stunde das Buch eine bessere Platzierung bekam. Vielleicht würde sie Jan bitten, das für sie zu erledigen. Nadine, seine Freundin, war Dramaturgin am Theater, sie könnte das Buch ja unter ihren Kollegen verteilen.

Als sie am Deutzer Bahnhof an einer Ampel hielt, sah sie einen Zeitungsautomaten, in dem der Express angeboten wurde. Ein Foto des Oberbürgermeisters zierte den Titel, daneben die Schlagzeile: »Wo sind die neuen Wohnungen für Köln? Hat der Oberbürgermeister gelogen?«

Birte parkte auf dem Gehsteig und kaufte sich eine Ausgabe. Jan mochte recht haben; wenn man die Gesichtsform des Oberbürgermeisters betrachtete, konnte man eine vage Ähnlichkeit mit dem toten Henner Brohl feststellen. Für die Lokalpolitik hatte sie selbst sich nie interessiert. Offenbar hatte der Oberbürgermeister etwas versprochen, was er nun nicht einhalten wollte oder konnte. Eines war jedoch eindeutig: Falls der Tote tatsächlich der Bruder war, würden einige Journalisten das Präsidium regelrecht belagern.

Nele Krach, ihre Assistentin, saß wie üblich an ihrem Schreibtisch. Sie war Mitte zwanzig und von einer Schönheit, dass sie auch als Model Karriere hätte machen können, aber das hier war ihr Metier: am Computer recherchieren und jeder

Spur nachgehen, die sie im Netz finden konnte. Außerdem stand sie mit allen anderen Dienststellen in Kontakt.

»Vier weitere Kriminaltechniker sind zum Aachener Weiher gefahren«, sagte sie. »Und ein Taucher von der Wasserschutzpolizei wird in einer Stunde eintreffen. Die waren zuerst nicht sonderlich kooperativ.«

Birte legte ihr den Express hin. »Ist der Tote Henner Brohl der Bruder des Oberbürgermeisters?«

Nele lächelte. »Jan hat mich eben angerufen und auch schon danach gefragt. Die Antwort ist einfach. Friedrich Brohl hat zwei jüngere Brüder. Rudolf Brohl ist Kardiologe in Bonn, Henner Brohl war Lehrer am Hansa-Gymnasium, bis er vor zehn Jahren gekündigt hat und –«

»Und nach Japan ausgewandert ist«, beendete Birte den Satz.

»Das wisst ihr also schon.« Nele blickte auf ihren Bildschirm.

»Ein Kioskbesitzer in der Lindenstraße, wo Henner Brohl gewohnt hat, hat es uns erzählt.«

»Brohl war Schwimmtrainer bei Rhenania. Er hatte wohl einigen Ärger wegen seiner Trainingsmethoden. Habe dazu jedenfalls einen Artikel im Netz gefunden. Gab allerdings keine Anklage.«

»War er verheiratet?«, fragte Birte.

Nele schüttelte den Kopf. »Wohl nicht. Muss ich aber noch genauer checken.«

Birte blickte auf ihr Smartphone. Keine Nachricht mehr von Max. Es war mittlerweile kurz vor acht Uhr. »Dann ist der Oberbürgermeister offenbar der nächste Angehörige. Ich muss ihn sprechen. Kriegst du eine Telefonnummer heraus, oder weißt du, wo wir ihn finden können?«

Nele lächelte sie an. »Fitschen kennt den OB. Er weiß schon über den Fall Bescheid und hat sich gemeldet. Friedrich Brohl wohnt in Junkersdorf. Und hier steht seine private Mobilnummer. Die haben nicht viele Leute in der Stadt.«

Kriminaldirektor Fitschen machte sich neuerdings Hoffnung, der nächste Polizeipräsident von Köln zu werden. Anscheinend tummelte er sich deshalb in letzter Zeit häufiger in politischen Kreisen.

Birte wählte die Nummer, doch niemand hob ab. »Der Teilnehmer ist zurzeit nicht erreichbar«, meldete eine mechanische Stimme.

»Wahrscheinlich geht der Oberbürgermeister nicht ans Telefon, wenn ihn eine unbekannte Nummer anruft«, meinte Nele. »Ich habe auch noch seine Festnetznummer in Junkersdorf.«

Doch da hob ebenfalls niemand ab.

»Vielleicht ist der Oberbürgermeister schon im Rathaus, oder er hat einen anderen Termin.« Nele wählte eine andere Nummer.

Das Vorzimmer des Oberbürgermeisters, wie Birte mitbekam. Nele erklärte den Grund ihrer Anfrage, und anscheinend erhielt sie auch eine Antwort.

»Herr Brohl ist nicht im Rathaus?«, fragte sie nach. »Noch nicht eingetroffen? Aber er hat heute Termine?«

Nachdem sie aufgelegt hatte, schaute sie Birte mit ungewöhnlich düsterer Miene an. »Die Dame hat mir natürlich nicht alles erzählt, doch irgendwie klang es, als hätte Brohl spätestens um acht an seinem Schreibtisch sitzen sollen, aber er ist noch nicht da.«

»Hat so jemand nicht einen Chauffeur, der ihn abholt?«, fragte Birte.

»Klar, genau wie unser Präsident. Mit der Straßenbahn fahren die jedenfalls nicht durch die Gegend.«

Birte nahm sich ihre Jacke, die sie bereits ausgezogen hatte. »Dann muss ich wohl oder übel einen Hausbesuch machen«, sagte sie.

Friedrich Brohl wohnte in einer stillen Seitenstraße in Junkersdorf, ein Stück stadtauswärts hinter der Sporthochschule.

Keine Villengegend, aber recht vornehm und gutbürgerlich. Hier hatte auch Max früher gelebt, als er noch ein Triathlet gewesen war, der sich Hoffnungen machte, irgendwann den Ironman auf Hawaii zu gewinnen.

Birte parkte direkt vor der Adresse, die Nele ihr gegeben hatte. Ein weißes kastenförmiges Haus mit einer breiten Einfahrt und einer Doppelgarage. Ein Apfelbaum stand davor auf einer kleinen gepflegten Rasenfläche. An dem Eingang entdeckte Birte ein goldenes Messingschild: »Brigitte Brohl – Architektin«.

Wie sagte man dem Stadtoberhaupt, dass der eigene Bruder ermordet worden war? Dazu hatte sie sich auf der Fahrt keinerlei Gedanken gemacht. Sie war beschäftigt gewesen. Jan hatte ihr berichtet, dass bisher keine Tatwaffe gefunden und der Leichnam bereits in die Rechtsmedizin überführt worden war.

Und Max hatte wieder eine Zahl geschickt. »165.612«. Als sie an einer Ampel warten musste, hatte sie seinen Roman online bestellt. Im letzten Moment war ihr glücklicherweise eingefallen, ihre Adresse zu ändern. Nun würde der Roman zu ihren Eltern nach Travemünde geschickt werden.

Erst nach dem fünften Klingeln zeigte sich ein Schatten hinter dem Fenster in der Eingangstür. Eine Frau öffnete und schaute sie misstrauisch an. »Ja bitte?«

Birte hatte ihren Dienstausweis gezückt und hielt ihn hoch. »Hauptkommissarin Jessen von der Kripo Köln. Ich würde gerne mit Herrn Brohl sprechen.«

Die Frau mochte Anfang fünfzig sein. Sie trug einen schwarzen, teuer aussehenden Rollkragenpullover und weiße Jeans, ihre Frisur war makellos, schwarze, vermutlich gefärbte und von einem guten Friseur halblang geschnittene Haare.

»Mein Mann ist nicht da«, erwiderte sie mit einer angenehmen weichen Stimme. »Worum geht es denn?«

»Könnten Sie Ihren Mann erreichen?«, fragte Birte, statt zu antworten. »Es ist wirklich dringend.«

»Gibt es einen Notfall im Rathaus? Ist etwas passiert?« Die ohnehin schon dunklen Augen der Frau schienen noch dunkler zu werden.

»Was passiert ist, kann ich leider nur Ihrem Mann mitteilen«, erwiderte Birte.

Ein schwarzer Pudel zeigte sich nun hinter der Frau, er bellte nicht, sondern hielt seine Schnauze hoch, als versuche er, etwas zu wittern.

»Ehrlich gesagt weiß ich nicht, wo mein Mann ist. Vorhin kam Konrad, sein Fahrer, um ihn anzuholen, aber da war Friedrich schon weg. Er steht meistens sehr früh auf und läuft seine sechs Kilometer, bevor er ins Rathaus fährt. Das hat er heute aber wohl nicht getan und ist einfach so weggegangen.«

Birte hörte, dass ein Smartphone klingelte, eine Fanfare – der letzte Countdown. Brohls Frau griff in ihre rechte Hosentasche und holte ein iPhone hervor, nahm aber das Gespräch nicht an, sondern drückte es weg.

»Unbekannte Nummer«, sagte sie leise, dann blickte sie wieder auf. Immer noch lag tiefes Misstrauen auf ihren Gesichtszügen. »Worum geht es denn nun?«, fragte sie.

Der Pudel machte kehrt und schlurfte ins Haus zurück, er war offenbar schon recht alt.

»Könnte es sein, dass Ihr Mann jemanden sucht?«, fragte Birte. »Dass er auf der Suche nach seinem Bruder ist?«

Die Frau verzog den Mund, als wollte sie zu einer abwehrenden Erwiderung ansetzen, verharrte dann jedoch. »Ich verstehe nicht«, sagte sie.

»Haben Sie in den letzten Tagen Henner Brohl gesehen? Ist er vielleicht sogar bei Ihnen zu Besuch gewesen?«

»Henner ist zurück in Deutschland?«, stieß Brigitte Brohl überrascht hervor. »Nein, hier war er nicht, und Friedrich hat auch nichts darüber gesagt. Kommen Sie wegen Henner? Hat es wieder Ärger gegeben?«

Ein grauer Smart kam die Straße herunter und bremste scharf ab. Ein grauhaariger Mann, der seine Mähne zu einem Zopf gebunden hatte, sprang heraus. Birte kannte ihn, ein Fotograf vom Express. Also war die Nachricht bereits bekannt, dass es einen Mordfall am Aachener Weiher gegeben hatte.

»Frau Brohl«, sagte Birte und machte einen Schritt nach vorn, als wollte sie das Haus betreten, »es ist vermutlich besser, wenn wir bei Ihnen in der Küche weitersprechen.«

In der schneeweißen Designerküche wurde Brigitte Brohl etwas zugänglicher. Sie kochte in einer stylishen Maschine zwei tiefschwarze Tassen Kaffee. Eine reichte sie Birte.

»Wenn schon Fotografen vor meinem Haus auftauchen, muss etwas Schlimmes passiert sein, nicht wahr? Was ist mit Friedrichs Bruder? Ist er tot? Hat er ein Verbrechen begangen?«

Der Fotograf hatte tatsächlich noch an der Tür geklingelt, doch nach dreimaligem Läuten war er dann verschwunden.

»Wir haben Ihren Schwager Henner Brohl heute Morgen erstochen im Aachener Weiher gefunden. Dazu würde ich Ihren Mann gerne befragen.«

Brigitte Brohl sank auf einen weißen Holzstuhl. Sie atmete tief ein und aus, dass es beinahe wie eine Übung aussah, als würde sie dies häufiger tun, um sich zu beruhigen. »Wir waren froh, als er damals aus Köln verschwunden ist. All diese Gerüchte!« Sie seufzte auf. »Haben Sie vielleicht eine Zigarette?«, fragte sie dann.

Birte schüttelte den Kopf. »Leider nein, aber von welchen Gerüchten sprechen Sie?«

»Henner war Trainer. Da war plötzlich von rüden Methoden die Rede, auch davon, dass er einigen der Mädchen, die er trainierte, zu nahe gekommen war. Genaueres weiß ich nicht. War jedenfalls alles sehr unerfreulich damals, aber da war Friedrich noch nicht in der Politik.«

Birte widerstand der Versuchung, ihr Notizbuch hervorzunehmen. Das hätte möglicherweise zu offiziell ausgesehen im Haushalt des obersten Bürgers der Stadt.

»Und dann ist Ihr Schwager einfach so verschwunden? Hatte er keine Familie?«

Brigitte Brohl hielt sich an ihrer Kaffeetasse fest. »Er war wohl mal verheiratet, mit Anfang zwanzig, aber die Ehe hat nicht lange gehalten. Er ist dann Lehrer am Hansa-Gymnasium geworden und eben Trainer bei Rhenania, ein sehr erfolgreicher obendrein. Friedrich ist allerdings nie mit seinem jüngeren Bruder klargekommen. Er ist ein Jurist durch und durch. Leute, die den ganzen Tag einen Trainingsanzug tragen, sind ihm verhasst, und Sport heißt für ihn Fußball, der FC natürlich, und seine tägliche Joggingrunde, aber nicht Kilometer durch ein Schwimmbecken kraulen oder von einem Sprungbrett zu hüpfen.« Ihr Smartphone meldete sich wieder. Sie zuckte zusammen und stellte es dann auf stumm.

»Wo könnte Ihr Mann sein?«, fragte Birte. »Ich meine, es ist doch ungewöhnlich, wenn der Oberbürgermeister einfach so alle seine Termine absagt, oder nicht?«

»Ja«, erwiderte Brigitte Brohl, »das ist ungewöhnlich. Vielleicht ist er bei seiner Mutter. Sie lebt in einer Seniorenresidenz in Rodenkirchen.«

»Könnten Sie dort nachfragen?«

Brigitte Brohl nickte. Die Nummer der Seniorenresidenz hatte sie in ihrem Smartphone eingespeichert, doch eine Frau am Empfang konnte ihr sofort mitteilen, dass Friedrich Brohl dort nicht eingetroffen war.

»Ich weiß nicht, wo er sein könnte.« Die Frau des Oberbürgermeisters seufzte. Fahrig griff sie sich durch ihr wohlfrisiertes Haar.

Birte scheute davor zurück, sie zu fragen, ob ihr Mann eine Geliebte haben könnte oder vielleicht eine geheime Zweitwohnung.

»Haben Sie Kinder?«, fragte sie stattdessen. »Könnte das ein Grund für das Verschwinden Ihres Mannes sein? Dass er eines Ihrer Kinder besucht?«

»Nein, wir sind kinderlos, leider«, sagte Brigitte Brohl mit matter Stimme, als läge hinter dieser Antwort ein tiefer Abgrund.

Birte holte ihre Visitenkarte hervor. »Könnten Sie Ihren Mann bitten, sich baldmöglichst bei uns zu melden? Wir müssen auch jemanden bitten, Ihren toten Schwager zu identifizieren, und natürlich benötigen wir Informationen. Wo könnte der Bruder Ihres Mannes in den letzten Tagen gewesen sein, warum ist er zurückgekehrt?« Sie erhob sich, während Brigitte Brohl sich gedankenverloren über ihre Kaffeetasse beugte, als müsste sie dort irgendeine wichtige Nachricht lesen.

»Ich bewundere meinen Mann«, sagte sie wie zu sich selbst. »Es ist schwer, so eine Stadt zu leiten, ständig wird man angegriffen, ständig geht etwas schief, und man wird für etwas verantwortlich gemacht, für das man nichts kann. Köln kommt mir manchmal wie ein Sündenpfuhl vor. Wenn ich mein Mann wäre, dann wäre ich längst davongelaufen.«

Birte verharrte in der Tür. »Sündenpfuhl« – was für ein merkwürdiges, altmodisches Wort. Dann traf sie ein Gedanke, der sie selbst überraschte. Hatte Brigitte Brohl gerade zum Ausdruck gebracht, dass sie fürchtete, ihr Mann habe sich etwas angetan, weil er den Stress und die Anfeindungen nicht mehr ausgehalten hatte?

5

Ich werde Vater, dachte Schiller zwischendurch immer wieder. Das hatte er nicht bloß geträumt. Nadine hatte es ihm wirklich gesagt. Sie hatte sich einen Schwangerschaftstest gekauft, der positiv ausgefallen war. »Schön, oder?«, hatte sie gesagt, nicht viel mehr. Sein Leben würde sich komplett ändern, und sie müssten sich einen Namen für das Kind ausdenken. Wahrscheinlich würde es ein Junge werden, ja, ganz bestimmt ein Junge. Severin – das war ein Name, der ihm sehr gefiel. In der Severinskirche war er damals auch getauft worden.

Er beobachtete, wie der Leichnam von Henner Brohl in einen Zinksarg gelegt und abtransportiert wurde. Monika Grams nickte in seine Richtung und warf ihm dann noch eine Kusshand zu, oder zumindest vollführte sie eine Geste, die man für einen spöttischen hingeworfenen Kuss halten konnte. Birte hatte recht; sie machte sich einen Spaß daraus, ihn zu provozieren und aus der Reserve zu locken. Vermutlich hatte sie gehört, dass er mit ihrer Vorgängerin eine Affäre gehabt hatte.

Die Spurensicherung hatte sich an die Arbeit gemacht; auch ein Taucher war eingetroffen, ein bemerkenswert dicker Mann mit Schnäuzer und einem Kugelbauch, den er kurz einwies. »Wir suchen die Tatwaffe, ein großes Messer vermutlich. Also seien Sie vorsichtig.«

Der Mann nickte und formte mit der rechten Hand das Okay-Zeichen, bevor er sich ins Wasser fallen ließ.

Es war mittlerweile kurz nach neun Uhr.

»Was ist los, mein Polizist?« Eine Kurznachricht von Nadine leuchtete auf seinem Smartphone auf, während er zum Ostasiatischen Museum hinüberging.

»Mit der tollsten Frau der Welt bekomme ich ein Kind«,

schrieb er. »Aber jetzt muss ich noch einen neuen Mordfall bearbeiten. Ein Toter im Aachener Weiher.«

Das Museum war noch nicht geöffnet. Er klingelte an einer Seitentür, doch es schien niemand anwesend zu sein. Nicht einmal einen Wachmann konnte er entdecken. Er besah sich auch die Rückseite, konnte aber keine Kameras erspähen, die möglicherweise das Geschehen am Wasser gefilmt hatten.

Als er zum Weiher zurückkehrte, hatte der Taucher die ersten Gegenstände aus dem Wasser geborgen. Eine rostige Radkappe, eine Teekanne mit einem Geisha-Motiv – jedenfalls kam es ihm so vor – und zwei leere Flaschen Whiskey. Kein Messer.

Ging ein Täter mit einem blutigen Messer durch die Stadt? War es nicht logisch, dass er es bei der Flucht in den Teich warf? Vermutlich würde der Taucher den ganzen Grund absuchen müssen. Das konnte leicht ein paar Tage dauern.

Schmitz, der Kriminaltechniker, kam in seinem weißen Overall auf ihn zu. »Wir haben ein paar kleine Kohlestücke auf der Wiese entdeckt, direkt neben den Blutspuren, waren noch warm. Da hat wahrscheinlich jemand mit einer Wasserpfeife gesessen. Und wir haben noch etwas anderes gefunden.« Er lächelte und hielt eine durchsichtige Plastiktüte hoch. »Sieht aus wie ein Ehering, und der hat garantiert noch nicht lange im Gras gelegen. Die Gravur innen werden wir uns noch genauer ansehen. Keine Buchstabenkombination, Namen, sondern wohl ein Datum.«

Schiller nickte. »Gibt es also doch ein paar Spuren.«

»Spuren haben wir hier reichlich«, erwiderte Schmitz. »Fragt sich nur, von wem.« Er deutete zum Wasser.

Der Taucher war eben dabei, ein altes Damenfahrrad aus dem Weiher zu hieven.

Im nächsten Augenblick hörte Schiller ein seltsames summendes Geräusch. Er brauchte ein paar Sekunden, um sich zu orientieren, dann sah er, wie eine Drohne über ihren Köpfen dahinsegelte. Ein Pressemann, der besonders schlau sein wollte, dachte er sofort. Die Methoden der Journalisten wurden immer rabiater. Vermutlich hatte irgendein Freelancer bereits von dem Mord erfahren und versuchte nun, sich einen Vorteil zu verschaffen. Dann entdeckte er eine Gestalt etwa hundert Meter entfernt, kurz vor den Bäumen, in der Richtung, wo auch der seltsame Zeuge gesessen hatte, den Birte befragt hatte. Hatte diese Gestalt eine Art Steuerbord in der Hand? Schiller war sich nicht sicher, während er sich bereits auf das Wäldchen zubewegte. Die Drohne schwebte über ihren Köpfen zurück und senkte sich dann abrupt.

Für einen Moment glaubte Schiller, sie greife ihn an. Er zog unwillkürlich den Kopf ein, doch die Drohne startete durch. Ihr Brummen wurde lauter, sie hielt auf das Wäldchen zu. Die Gestalt hatte Schiller bemerkt und holte nun die Drohne zurück. Nur dieser Schluss war möglich.

Schiller begann zu laufen. Er sah, wie die Drohne sich senkte und über das Wäldchen dahinglitt. Die Gestalt war verschwunden, und dann flog auch die Drohne aus seinem Blickfeld. Er hatte die Bäume erreicht. Ein zotteliger brauner Hund kam ihm entgegen, hinter ihm eine junge Frau mit pinkfarbenen Haaren, sonst war niemand mehr zu sehen. Schiller schob sich an ihr vorbei. Er zog sein Smartphone hervor, drückte auf die Videofunktion und führte die Kamera einmal durch sein Sichtfeld, in der Hoffnung, irgendetwas von Bedeutung aufzuzeichnen.

Als er die Lindenstraße erreicht hatte, machte er halt. Autos zogen vorbei, ein Jogger in einem gelben Sportdress passierte ihn. Nichts Ungewöhnliches war zu entdecken, doch nein, vor ihm auf der anderen Seite fuhr jemand, eine schwarz gekleidete Gestalt, auf einem Motorrad mit heulendem Motor durch den Grüngürtel in Richtung Universität. Wieder hob Schiller das Smartphone und betätigte die Videofunktion, aber mehr als ein dunkler Flecken, der sich entfernte, war nicht zu sehen.

Er musste mit Broder, seinem besten Freund seit den Tagen im Kinderheim, reden und ihn einweihen, dass er Vater wurde. Henning Broder besaß ein Atelier in Nippes; er war einmal, als er Schiller bei einem Einsatz geholfen hatte, schwer verletzt worden, doch seit ein paar Monaten konnte er wieder arbeiten. Seine Werke wurden mittlerweile auch geschätzt und begehrt. Selbst ein Museum in Düsseldorf hatte neulich ein Bild gekauft, das Broder ausgerechnet »Die Auferstehung des Lazarus« genannt hatte. Außer einem roten Farbwirbel war auf dem Bild allerdings nicht viel zu erkennen.

Birte hatte ihm mitgeteilt, dass der Oberbürgermeister unauffindbar war. Niemand wusste, wo er sich aufhielt. Also würden sie mit der Identifizierung von Henner Brohl noch etwas warten müssen. Nele hatte inzwischen auch den zweiten Bruder, der in Bonn wohnte, erreicht. Rudolf Brohl hielt sich auf einem Kongress in München auf und würde erst in drei Tagen zurückkehren.

»Wo bist du?«, fragte Birte ihn, als er vom Parkplatz des Ostasiatischen Museums fuhr.

War jetzt der Moment, um über Nadines Schwangerschaft zu sprechen? Nein, wohl nicht.

»Ich komme gleich ins Präsidium«, sagte Schiller. Die Drohne und die Gestalt, die vor ihm geflohen war, erwähnte er nicht, bevor er die Verbindung unterbrach – auch nicht, dass er vorher bei Frank in seinem Lieblingscafé Station machen wollte. Frank führte mit seinem Bruder am Ehrenfeldgürtel einen Kiosk mit ein paar Stehtischen, doch gab es bei ihm den besten Kaffee der Stadt, mit dem man auch die größte Müdigkeit vertreiben konnte.

Schiller parkte auf dem Fahrradweg vor Franks Café ein, als sein Smartphone erneut vibrierte.

»Herr Kommissar«, sagte Monika Grams, wieder mit leichtem Spott in der Stimme. »Pflichtbewusst, wie ich bin, habe ich mich gleich an die Arbeit gemacht. So einen tiefen Schnitt, der gleich die Aorta durchtrennt, sieht man selten, aber ich habe noch etwas für Sie. Gewähren Sie mir fünf Minuten Ihrer kostbaren Zeit, um sich etwas anzuschauen?«

Bei einer Obduktion sollte eigentlich immer ein Polizist dabei sein. Schiller zögerte einen Moment. »In drei Minuten stehe ich vor Ihrer Tür«, sagte er dann und startete den Motor wieder.

Das Institut für Rechtsmedizin befand sich keinen Kilometer entfernt; nur eine Mauer trennte es von dem weitläufigen Melatenfriedhof, auf dem Therese ihre letzte Ruhestätte gefunden hatte. Eigentlich hatte er sich vorgenommen, jeden zweiten Tag vorbeizugehen, aber die alte Hebamme würde es ihm nicht übel nehmen, wenn er sich einmal nicht an sein Versprechen hielt.

Eine junge Frau, vermutlich die Sekretärin, öffnete ihm. »Frau Doktor erwartet Sie schon«, sagte sie, bevor er noch seinen Dienstausweis gezeigt hatte.

Monika Grams trug einen grünen Kittel. Sie hatte ihr dunkelrotes Haar bedeckt. Durch eine schwarze Hornbrille blickte sie ihn an und winkte ihn dann zu sich. Im Hintergrund, ebenfalls grün vermummt, hielt sich ein älterer Mann mit grauen zurückgekämmten Haaren auf, der Sektionsassistent – der »Mann fürs Grobe«, wie er sich selbst nannte. Seinen Namen hatte Schiller bisher nie erfahren.

»Ich hoffe, Sie haben noch nicht gefrühstückt«, sagte die Rechtsmedizinerin, nun ohne jeden Spott, sondern mit professionellem Ernst, »aber ich dachte, ich muss Sie anrufen.«

Vor ihr lag der Leichnam von Henner Brohl, erkannte er, auch wenn dessen Gesicht fahl und wächsern aussah, gar nicht, als läge da eine Person, die vor wenigen Stunden noch am Leben gewesen war. Mit einer schnellen Bewegung hatte sie ein Tuch über den Körper geworfen.

Der Geruch, der um den Toten wehte, brachte Schiller dazu, in kurzen Stößen einzuatmen. Anders als Birte machte es ihm wenig aus, bei einer Totenschau dabei zu sein, aber das Geräusch einer Knochensäge und der Anblick eines geöffneten Leichnams brachten auch hartgesottene Polizisten nicht selten dazu, unverzüglich die Toilette aufzusuchen.

Monika Grams schaute ihn an. »Haben Sie die Tatwaffe schon gefunden? – Wohl nicht«, beantwortete sie ihre Frage selbst. »Es kann sich auch nicht um ein gewöhnliches Messer gehandelt haben, eher schon um einen langen Dolch. Der Schnitt ist ungeheuer tief, fast bis zur Wirbelsäule. Die Aorta wurde glatt durchtrennt. Das ergibt einen hohen Blutverlust und führt zu einem sofortigen Abfall des Blutdrucks. Da ist man binnen weniger Sekunden tot. Der Tote hatte auch kein Wasser in der Lunge. Ertrunken ist er also nicht.«

Schiller wandte seinen Blick nicht von dem Gesicht des Toten. »Hat er sich nicht gewehrt? Ich meine, niemand lässt sich doch einfach ein Messer in den Bauch rammen.«

»Ich habe keine Spuren gefunden, keine Verletzungen an den Händen, keine Spuren eines Kampfes an seinem Körper. Einiges müssen wir uns auch noch genauer ansehen, aber vermutlich wurde das Opfer von dem Angriff überrascht. Doch wir haben etwas anderes für Sie.«

Die Rechtsmedizinerin ging zu ihrem Sektionsassistenten hinüber, zu einem der Stahltische. Da standen mehrere kleine silberne Schalen. In einer lag eine längliche fleischige Masse. Schiller warf nur einen kurzen Blick darauf, dann verzog er das Gesicht. In seinem Magen rumorte der Kaffee.

»Gut«, sagte Monika Grams, als hätte sich dieses Rumoren auf seinem Gesicht widergespiegelt, »ich sollte vielleicht nicht zur sehr ins Detail gehen. Ich habe dem Toten die Bauchspeicheldrüse entfernt. Ein wichtiges exokrines Drüsenorgan – hier werden die Enzyme für unsere Verdauung gebildet, die Pankreassäfte, die in den Zwölffingerdarm abgegeben werden. Da wird die Nahrung aufgespalten – Eiweiße, Kohlehydrate … Na, das kennen Sie wahrscheinlich noch aus dem Biologieunterricht.« Monika Grams lächelte flüchtig.

Schiller besah sich die rötliche fleischliche Masse noch einmal, ein Blick, der seinem Magen gar nicht gut bekam. Er meinte aus den Augenwinkeln zu sehen, dass der Sektionsassistent mitleidsvoll lächelte.

»Was ich sagen will«, fuhr Monika Grams fort. »Unser Opfer hier hatte Bauchspeicheldrüsenkrebs – schon sehr weit fortgeschritten. Man merkt so etwas erst, wenn es zu spät ist, sehr heimtückisch, eine Bauchwassersucht war noch nicht eingetreten, aber in ein paar Wochen wäre der Mann kaum mehr lebensfähig gewesen.«

»Das heißt, der Mörder hätte nur warten müssen, dann wäre Henner Brohl an diesem Krebs verstorben?«

Monika Grams nickte. Sie wandte sich wieder von der Petrischale ab. »Genau so ist es. Bauchspeicheldrüsenkrebs ist ohnehin kaum zu heilen – in diesem Stadium gewiss nicht mehr. Der Mörder hätte nur ein wenig Geduld aufbringen müssen, aber das wusste er wahrscheinlich nicht.«

6

Im Präsidium saß Nele immer noch an ihrem Computer, ihrem Lieblingsplatz, als Birte eintraf. Ihre Kriminalassistentin hatte bereits Material über den toten Henner Brohl zusammengetragen, aber Birte musste sich eingestehen, dass sie mehr an dem Oberbürgermeister interessiert war. Warum war Friedrich Brohl plötzlich nicht aufzufinden? Ein Mann, der einen durchgetakteten Terminplan haben musste. Als Brigitte Brohl sie zur Tür geleitet hatte, hatte die Frau des Oberbürgermeisters kraftlos und voller Furcht gewirkt.

»Henner Brohl hat vor ungefähr elf Jahren eine Menge Ärger bekommen«, sagte Nele und hielt ihr ein paar Computerausdrucke hin. »Seine Trainingsmethoden galten als veraltet, als hart und bisweilen brutal, und dann tauchten Gerüchte auf, dass er mit einigen seiner Schützlinge eine intime Beziehung gehabt hatte.«

Birte setzte sich und blickte auf die Ausdrucke. »Reden wir über Missbrauch?«, fragte sie.

Nele nickte. »Zwei Mädchen, die er trainierte, wurden ernsthaft krank. Bulimie, die lebensgefährlich wurde – und eine Mutter suchte sich einen Anwalt und zeigte Brohl wegen Vergewaltigung an; das Ganze kam aber nie vor Gericht. Brohl verlor zwar seinen Job als Trainer, aber wenig später verließ er das Land und ging nach Japan. Danach verlief alles im Sande.«

Ein paar Fotos hatte Nele auch kopiert. Ein jüngerer Brohl mit halblangen Haaren und einem strahlenden Lächeln neben jungen Frauen in Schwimmanzügen. Er war aber kein Schwimmtrainer gewesen, begriff Birte, sondern er hatte Kunstspringerinnen trainiert. In einer Überschrift hieß es: »Wundertrainer unter Beschuss. Hat er Mädchen krank gemacht?« Auf einem kopierten Foto hatte Brohl, braun gebrannt – das konnte man selbst auf dem Ausdruck erkennen –

und mit einem weißen T-Shirt bekleidet, das seine Muskeln entblößte, seine Arme um zwei verschüchtert aussehende Mädchen gelegt. Ein anderes Foto zeigte ein blondes Mädchen, das Livia T. genannt wurde. »Der Trainer und sein Opfer?«, lautete hier die Überschrift.

»Glaubst du, diese Geschichte von damals könnte uns ein Motiv für den Mord liefern?«, fragte Birte. »Es ist ja alles Jahre her.«

Nele saß bereits wieder vor ihrem Bildschirm. »Ich weiß nicht. Nach seinem Weggang ist im Netz nichts mehr über Brohl zu finden. Es ist, als hätte er von einem Tag auf den anderen sein Leben geändert.«

»Man geht nicht einfach so nach Japan«, sagte Birte nachdenklich. »Und sein Bruder ist verschwunden – niemand weiß, wo der Oberbürgermeister sich aufhält.«

Nele schaute sie an. »Seine Frau hat keine Ahnung, wo er ist, welche Termine er gerade hat?«

Birte nickte. Ihr Smartphone summte. Ein kurzer Blick verriet ihr, dass Max ihr wieder eine Zahl schickte. Sein Buch war auf »Rang 32.719« gestiegen – also war ihre Bestellung schon eingearbeitet worden. Sie atmete tief durch. Das würden schwierige Zeiten mit Max werden, wenn er ständig nach seinem Roman im Internet forschte. »Friedrich Brohl ist am Morgen verschwunden. Als sein Fahrer ihn abholen wollte, war er nicht da.«

»Brohl hat Ärger mit seiner Partei«, sagte Nele. »Es geht um Wohnungen am Deutzer Hafen. Da sollte ein riesiger Wohnkomplex entstehen – über tausend Wohnungen für die Stadt. Er hat es der Partei versprochen, doch nun will er von diesen Plänen nichts mehr wissen.«

»Was gibt es gegen tausend Wohnungen einzuwenden?« Birte dachte an die Überschrift auf der letzten Express-Ausgabe, die sie in ihrem Alfa liegen gelassen hatte. »Wo sind die Wohnungen für Köln? Hat der Oberbürgermeister gelogen?«

»Ein internationaler Konzern möchte genau da ein Hotel

mit einem Kasino bauen – nicht irgendein Hotel, sondern mit einer gläsernen Front, die bis in den Rhein hineinreicht. Da kann man dann am Roulettetisch sitzen und den Fischen zuschauen, die vorbeischwimmen. Ein echtes Vorzeigeprojekt, das es sonst nirgendwo in Deutschland gibt. Damit schmückt sich jeder Politiker gern.«

Gab es im Rhein überhaupt Fische?, fragte Birte sich. Aber ja, wenn sie gelegentlich mit Max am Fluss spazieren gegangen war, hatte sie mitunter Angler gesehen, allerdings nie, dass sie wirklich etwas gefangen hatten.

»Wir können schlecht eine Fahndung nach dem Oberbürgermeister von Köln herausgeben«, sagte Birte, »aber dass er genau an dem Tag verschwindet, an dem sein Bruder zu Tode kommt, ist schon seltsam, nicht wahr?«

Ihr Smartphone summte. Eine Kölner Nummer, die sie nicht kannte, leuchtete auf.

Brigitte Brohl meldete sich mit belegter Stimme. »Mir ist etwas eingefallen«, sagte sie. »Vor ein paar Wochen hat Friedrich mit seinem Bruder telefoniert. Das erste Mal seit zwei oder drei Jahren. ›Henner ist ernsthaft krank‹, hat er hinterher gesagt. Und: ›Er ist immer noch in diesem Kloster.‹«

»Ihr Schwager war in Japan in einem Kloster?«, fragte Birte überrascht. Darüber hatten sie bei ihrem Besuch gar nicht gesprochen.

»Ich weiß nicht, ob es ein richtiges Kloster war, aber es hatte wohl mit Zen zu tun, und der Abt oder Meister oder wie das im Buddhismus heißen mag, war ein Deutscher, ein Mann aus Berlin.«

Birte machte sich eine Notiz. Sie würden sich Henner Brohls Biografie viel genauer ansehen müssen.

»Danke für die Information«, sagte sie. »Aber Sie sind sicher, dass Ihr Mann seinen Bruder in den letzten Tagen nicht gesehen hat?«

Brigitte Brohl antwortete nicht sofort. Sie atmete seufzend ein. »Ich weiß nicht, wen mein Mann alles so trifft. Er hat sich auch immer noch nicht gemeldet, aber ich weiß etwas anderes, das ich eigentlich nicht wissen sollte. Er hat eine heimliche Wohnung, in der Stadt. Vor sechs Wochen habe ich eine Rechnung in seinem Jackett gefunden, ganz zufällig, da hatte es wohl einen Wasserrohrbruch gegeben. Er hatte vergessen, den Klempner zu bezahlen.«

»Wissen Sie die Adresse?«, fragte Birte.

»Genau, am Eigelstein, über einer Buchhandlung. An der Klingel steht nur das Kürzel ›F. B.‹«

»Und warum hat Ihr Mann so eine Wohnung?«, fragte Birte.

»Dreimal dürfen Sie raten, junge Frau«, sagte Brigitte Brohl und legte auf.

»Entwarnung.« Birte sah Nele an. »Wahrscheinlich hat das Verschwinden des Oberbürgermeisters doch nichts mit unserem Fall zu. Er hat eine heimliche Wohnung in der Stadt und geht fremd – so hat es mir seine Frau eben zu verstehen gegeben.«

Neles Blick blieb auf den Bildschirm gerichtet. Sie war die beste Rechercheurin im Präsidium; wenn sie sich in einen Fall einarbeitete, konnte sie die abseitigsten Dinge aus dem Netz ans Tageslicht bringen. »Unser werter Oberbürgermeister sollte seine eigene Frau nicht gegen sich aufbringen – sie hat ihm vor drei Jahren bei seiner Wahl die wichtigen Stimmen gebracht.« Nele wies auf einen Zeitungsartikel, den sie aufgerufen hatte. »›Liebe und Bewunderung‹«, las sie vor, »›warum seine Frau, eine erfolgreiche Architektin, Friedrich Brohl zutraut, ein OB mit einem ganz eigenen Stil zu sein.‹ Brohl hatte nie die volle Unterstützung seiner Partei, zwei Interviews, eines im Stadt-Anzeiger, das andere im WDR, haben das Blatt gewendet.«

»Mag sein«, sagte Birte, »doch in unserem Fall bringt uns das nicht weiter. Angeblich hat Friedrich Brohl seinen Bruder nach dessen Rückkehr nicht getroffen. Doch zwei Dinge hat er angeblich gewusst: dass Henner Brohl krank war und in Japan in einem Kloster gelebt hat.«

Zwei Stunden verbrachten sie damit, biografische Details über Henner Brohl aus dem Netz zu fischen; er war über zwanzig Jahre lang Trainer der Kunstspringerinnen von Rhenania Köln gewesen, mit beeindruckenden Resultaten: zwei Europameisterschaften, sieben Deutsche Meisterschaften, doch vor gut zehn Jahren war es damit von einem Tag auf den anderen zu Ende. Eine Frau mit Namen Marianne Tanner hatte ihn angeklagt, ihre Tochter Livia unsittlich berührt zu haben. Infolgedessen sei Livia krank geworden. Ein Foto im Netz zeigte eine blonde Frau mit einer randlosen Brille, neben ihr ein etwa siebzehnjähriges, ebenfalls blondes Mädchen mit verkniffenem Mund und wie erloschenen Augen. Die hervortretenden Wangenknochen des Mädchens verrieten, dass der Befund Bulimie stimmen konnte. Vor Gericht war die ganze Angelegenheit nicht gekommen; das Mädchen hatte jede Aussage verweigert, und dann war Henner Brohl verschwunden.

Birte hatte einige Namen – darunter Livia Tanner, Friedrich Brohl, Wolfram Schüttler, der Präsident von Rhenania, der Henner Brohl damals entlassen hatte – an ein Whiteboard geschrieben, als Jan endlich im Präsidium auftauchte.

Ganz gegen seine Gewohnheit hatte er etwas zu essen mitgebracht; drei Portionen Nasigoreng von einem vietnamesischen Lokal aus der Kalker Hauptstraße.

»Ich möchte etwas sagen«, meinte er förmlich, während er das Essen verteilte. Nele war neuerdings Veganerin; sogar daran hatte er gedacht.

Im nächsten Moment summte Birtes Smartphone. Sie meinte schon an diesem Geräusch zu hören, dass Max es war.

»Stell dir vor«, rief er aufgeregt, »im Internet ist die erste Rezension zu finden. Da hat mir ein Unka Birkenstock – was für ein bescheuerter Name! – nur drei Sterne gegeben. Er meinte, als Triathlet wäre ich besser gewesen.«

»Max«, Birte versuchte, besonders einfühlsam zu klingen, »reg dich nicht auf. Das ist einer, der dich von früher kennt. Darauf darfst du nichts geben.«

»Meinst du wirklich?«

Birte verdrehte die Augen und sah Jan entschuldigend an. »Klar, warte ab, da kommen noch ganz andere Besprechungen. Das Buch ist doch erst ein paar Tage in den Läden.«

Zum Glück ließ Max sich besänftigen, obschon sie ihn noch nie so erlebt hatte – geradezu manisch, wie er die Reaktionen auf seinen Roman im Netz verfolgte.

Birte stöhnte auf, nachdem sie das Gespräch beendet hatte.

Nele und Jan hatten bereits begonnen zu essen.

»Jan«, sagte sie, »du musst mir einen Gefallen tun. Max dreht wegen seines Buches im Moment völlig durch. Kannst du vielleicht zehn Ausgaben seines Romans kaufen? Ich gebe dir das Geld wieder. Vielleicht hat Nadine auch ein paar Freunde, die sich dafür interessieren.«

Jan bedachte sie mit einem unfreundlichen, genervten Blick. »Wenn es Max glücklich macht«, sagte er und beugte sich über sein Essen.

»Und was wolltest du uns sagen?«, fragte Birte.

Jan sah nicht von seinem Essen auf. »Nichts Wichtiges«, sagte er kauend. Nach einem Moment des Zögerns, als hätte er es sich anders überlegt, fuhr er fort: »Oder doch ... Der Mörder von Henner Brohl hätte sich seine schmutzige Arbeit sparen können. Brohl wäre in den nächsten Wochen ohnehin gestorben – Bauchspeicheldrüsenkrebs kurz vor dem Endstadium. Hat die Rechtsmedizinerin mir regelrecht vorgeführt, als ich vorhin bei ihr war.«

7

Schiller spürte, dass seine Laune allmählich in den Keller ging. Birte hatte die famose Idee, sich die heimliche Wohnung des Oberbürgermeisters anzuschauen, während er darüber nachdachte, ob er Nadine ein Geschenk mitbringen sollte – Blumen oder eine gute Flasche Wein. Irrtum, dachte er dann, nun sollte sie besser keinen Wein mehr trinken und er eher auch nicht.

Der Taucher, den sie zum Aachener Weiher beordert hatten, hatte es nach sechs Stunden aufgegeben, immer neue Gegenstände aus dem Teich zu bergen. Vierundzwanzig Bier-, Wodka- oder Weinflaschen, drei Teetassen, zwei davon mit einem identischen Muster, fast neuwertig, zwei Löffel, völlig verbogen, ein Tischgrill, stark verrostet, eine Metallkassette, verschlossen, zwei Radkappen, ein Damenfahrrad und ein Transistorradio, Marke Nordmende. Die Liste der Fundsachen war über eine Seite lang. Die Tatwaffe war jedoch eindeutig nicht dabei. Sie hatten keine Spur. Bert Cremer, der dritte Kommissar in ihrem Team, war mit Laura Precht, einer neuen Anwärterin, im Ostasiatischen Museum vorstellig geworden; weder hatte ein Wachmann etwas Verdächtiges bemerkt, noch hatten die Kameras im Eingangsbereich oder hinten am Café etwas aufgezeichnet, das ihnen weiterhelfen konnte.

»Was sagen wir dem zeitweilig verschwundenen Herrn Oberbürgermeister, falls wir ihn antreffen?«, meinte Schiller, als sie am Eigelstein ausgestiegen waren und auf eine Buchhandlung zuliefen. »Wir waren zufällig in der Gegend und dachten, wir schauen uns mal Ihre privaten Gemächer an?«

»Nein«, antwortete Birte kurz angebunden. »Das machen wir bestimmt nicht.«

Dann steuerte sie auf den Eingang zu. An dem obersten Klingelknopf stand: »F. B.« – wie Brigitte Brohl es beschrieben hatte.

Mit einem kurzen, provozierenden Blick auf Schiller drückte Birte dreimal auf den Knopf. Sie warteten ein paar Sekunden, doch nichts tat sich.

»Der Herr Oberbürgermeister empfängt heute nicht«, sagte Schiller spöttisch.

Ostentativ drückte Birte noch einmal auf den Klingelknopf. Einen Moment später wurde ihr geöffnet, doch als sie das dunkle Treppenhaus betraten, begriff Schiller, dass sie die Klingel des Buchhändlers betätigt hatte.

Birte hielt einem kleinen schnauzbärtigen Mann, der sie neugierig ansah, ihren Dienstausweis entgegen. »Kriminalpolizei Köln«, sagte sie. »Wir benötigen eine Auskunft.«

Der Buchhändler winkte sie heran, als könnte er sie in dem Dämmerlicht des Treppenhauses kaum erkennen.

»Es geht um einen Bewohner dieses Hauses«, erklärte Birte. »Genauer gesagt wüssten wir gerne etwas über den Mieter der Dachwohnung.«

Der Mann wischte sich über das Gesicht, er trug ein dunkelrotes Wollhemd und eine weiße Pluderhose, ein seltsamer Aufzug für einen Buchhändler, fand Schiller.

»Ich weiß nicht, wer da wohnt. Hier leben sechs Parteien im Haus. Die meisten kenne ich, aber nicht alle.« Er lächelte höflich.

»Gab es denn zuletzt jemanden, den Sie nicht gekannt haben, der aber ins Haus gegangen ist?« Birte gab nicht auf, doch direkt nach dem Oberbürgermeister wollte sie offenbar auch nicht fragen.

»Einen Mann habe ich vorgestern gesehen«, erklärte er nach kurzem Nachdenken. »Ich habe beobachtet, wie er an meinem Schaufenster vorbeigegangen ist. Er war sehr dünn, hatte ganz kurze Haare und trug eine graue Hose und eine Art Umhang, und ja, es sah irgendwie aus, als würde er hinken.«

Henner Brohl, dachte Schiller, diese Beschreibung passt möglicherweise auf den sterbenskranken Bruder des Oberbürgermeisters.

»Und dieser Mann hat Ihr Haus betreten?«, fragte Birte. Nun war auch ihr Interesse erwacht.

Der Buchhändler wischte sich wieder über die Stirn. »Ich weiß nicht genau«, sagte er. »Vielleicht – er ist jedenfalls nicht wieder an meinem Schaufenster vorbeigegangen.« Unsicher blickte er von der Haustür in seinen Laden hinein. »Bedaure«, fügte er zaghaft hinzu. »Ich bin allein im Geschäft. Da ist Kundschaft gekommen.«

»Einen Moment noch.« Birte hatte ihr Smartphone gezückt. Sie zeigte ihm ein Foto des toten Henner Brohl. »Könnte es dieser Mann gewesen sein?«

Der Buchhändler machte ein Schritt ins Treppenhaus hinein. »Weiß nicht«, sagte er dann, nachdem er einen langen Blick auf das Foto geworfen hatte. »Könnte sein, aber ich bin mir nicht sicher.«

»Henner Brohl hat zumindest gewusst, dass sein Bruder eine Wohnung in der Stadt hat«, erklärte Birte, als sie zurück am Wagen angekommen waren.

Schillers Laune hatte sich nicht gebessert, im Gegenteil. Er schrieb Nadine eine SMS. »Komme in einer Stunde.« Die Antwort kam postwendend. »Keine Eile. Bin bis spät am Abend im Theater. Die letzte Premiere der Spielzeit.«

Sie schien die gute Botschaft nicht feiern zu wollen, oder vielleicht, ja vielleicht sah sie die Sache mit dem Kind gar nicht so positiv wie er. Wieder trat einer dieser Momente ein, da er am liebsten an den Straßenrand gefahren wäre, um Therese anzurufen. Die alte Hebamme hätte ihn mit einem kurzen klugen Spruch aufgeheitert.

Kürzlich hatte er sich dabei ertappt, dass er laut mit ihr redete. »Therese«, hatte er vor sich hin gesprochen, »wie geht es dir? Wäre schön, ein Zeichen von dir zu bekommen, dass es dir gut geht. Muss nicht gerade eine Uhr oder ein Bild von der Wand fallen, aber irgendein himmlischer Hinweis wäre hochwillkommen.«

Es war natürlich nichts geschehen; er hatte lediglich registriert, dass noch ein Rest katholischer Kinderglaube in ihm steckte.

»Ist irgendetwas?«, fragte Birte. »Ärger mit Nadine? Du wirkst heute zwischendurch sehr abwesend.«

Immerhin, das hatte sie bemerkt.

Kein Ärger, ganz im Gegenteil, wollte er erwidern, doch ihr Smartphone klingelte, bevor er etwas sagen konnte.

»Zum Glück nicht schon wieder Max«, sagte Birte mit einem Lächeln, als sie das Gespräch annahm.

Stumm hörte sie zu, während er über die Deutzer Brücke in Richtung Präsidium fuhr. Das Gespräch dauerte keine zwanzig Sekunden.

»Ich hoffe, du hast noch ein wenig Zeit«, sagte Birte dann. »Wir müssen nach Junkersdorf, einen Hausbesuch abstatten. Der Oberbürgermeister ist wiederaufgetaucht. Seine Frau hat mich gerade angerufen.«

Friedrich Brohl empfing sie in einem knöchellangen schneeweißen Bademantel, sein Haar war feucht und nach hinten gekämmt; über dem rechten Auge klebte ein kleines Pflaster. Seine Frau führte Birte und Schiller zu ihm in ein Arbeitszimmer, das allenfalls zehn Quadratmeter groß war, dann zog sie sich zurück, ließ aber die Tür einen Spaltbreit auf.

»Frau Jessen, Herr Schiller, ich habe die betrübliche Nachricht schon von meiner Frau gehört«, begann Brohl mit sonorer Stimme ganz staatsmännisch, während er sie mit einer eleganten Geste bat, auf den zwei Besucherstühlen Platz zu nehmen. »Mein Bruder ist tot, ermordet – haben Sie schon eine Spur?«

Schiller spürte sofort, dass Birte dieses Gastgebergetue vom ersten Moment an nicht leiden konnte – ihm ging es genauso.

»Wir haben noch keine Spur«, erwiderte Birte in einem offen aggressiven Tonfall. »Wir hoffen da sehr auf Ihre Hilfe. Wann haben Sie Ihren Bruder das letzte Mal gesehen – gestern, vorgestern, an dem Tag, als er in Deutschland angekommen ist?«

Friedrich Brohl lehnte sich zurück. Der Bademantel straffte sich und gab ein Stück tiefbrauner Haut an seinem Hals frei. Warum inszeniert er sich so?, fragte Schiller sich. Im Bademantel, als sportlicher, trainierter Fünfzigjähriger.

»Liebe Frau Kommissarin«, gab Brohl ruhig zurück – so leicht war er nicht einzuschüchtern. »Ich habe meinen Bruder zehn Jahre lang nicht gesehen. Wir haben ein paarmal telefoniert, aber ich habe bis heute keine genaue Ahnung, aus welchem Grund er überhaupt nach Japan gegangen ist und was er da konkret gemacht hat.«

»Sie sind absolut sicher, dass Sie ihn nicht getroffen haben?«, fragte Birte; ihr Tonfall keinen Deut freundlicher.

»Absolut«, entgegnete Brohl, dann lächelte er sogar. »Ich habe Ihnen gar nichts angeboten. Einen Tee oder Kaffee vielleicht?«

Birte schüttelte sofort den Kopf, bevor Schiller einen Wunsch äußern konnte.

»Herr Brohl«, sagte er und versuchte es auf die freundliche Tour, »zunächst einmal unser herzliches Beileid. Wir wissen noch nicht, wer für diesen Mord verantwortlich ist, aber wir wissen eines: Ihr Bruder war schwer krank. Er hatte Bauchspeicheldrüsenkrebs im fortgeschrittenen Stadium. Hat er Ihnen darüber etwas mitgeteilt?«

Brohls Miene verhärtete sich für eine Sekunde. »Nein«, sagte er dann, »im letzten Telefonat hat er erwähnt, dass es ihm nicht so gut geht, aber davon wusste ich nichts. Mein Vater ist ebenfalls an Bauchspeicheldrüsenkrebs verstorben – vor fast dreißig Jahren. Alles ging sehr schnell – eine heimtückische Krankheit.«

»Warum könnte Ihr Bruder zurückgekommen sein, wenn er Sie doch gar nicht sehen wollte?« Birte ließ sich von Schillers freundlichem Ton nicht anstecken.

Gut, dachte Schiller, spielen wir also »good cop, bad cop« –

wäre nicht das erste Mal. Meistens aber hatte er die Rolle des bösen Polizisten.

Brohl hob die Schultern. »Ich habe keine Ahnung. Vielleicht hatte er noch vor, mich zu sprechen, oder er war erst bei meinem Bruder in Bonn oder bei unserer Mutter. Nein ...« Er überlegte einen Augenblick lang. »Wäre er bei ihr gewesen, hätte man mich sofort angerufen. Sie ist ein wenig verwirrt, aber das Pflegepersonal hätte sich bestimmt gemeldet.«

»Warum ist Ihr Bruder damals aus Deutschland geflohen?«, fragte Birte nach. »War es eine Flucht? Sie müssen doch etwas wissen!«

Brohl seufzte.

Er ist durch und durch Politiker, dachte Schiller, jedes Wort, jede Geste ist auf Wirkung aus.

»Nun.« Er faltete die Hände vor sich und seufzte. »Es gab diese unappetitliche Geschichte mit einem anscheinend magersüchtigen Mädchen, dann andere Gerüchte. Mein Bruder war ein manischer Trainer, sein Leben verbrachte er in der Schwimmhalle, und er war sehr ehrgeizig, vielleicht zu ehrgeizig. Er glaubte immer, der Welt und sich etwas beweisen zu müssen.«

»Könnte sein Tod etwas mit diesen alten Geschichten zu tun haben?« Schiller hatte den Eindruck, hinter sich Schritte zu hören, aber Brigitte Brohl schien sich nicht in das Arbeitszimmer zu trauen.

»Das müssen Sie herausfinden«, sagte Brohl ganz jovial. Er öffnete eine Schublade an seinem Schreibtisch und holte eine Schachtel Zigaretten hervor. Er hielt sie ihnen einladend hin. Als Birte ablehnend die Hand hob, zog er für sich eine Zigarette hervor. »Ich hoffe, Sie haben nichts dagegen. Ich rauche genau zwei Zigaretten am Tag, morgens und abends, und immer hier an meinem Schreibtisch.« Er lächelte beinahe sanft, dann fiel Schiller auf, dass seine Hand ein wenig zitterte. War er doch nicht so ruhig, wie er vorgab?

Brohl inhalierte tief. »Ich bin Ihnen noch eine Erklärung

schuldig«, sagte er dann. »Sie waren heute Morgen schon hier, Frau Jessen, und haben mich nicht angetroffen. Nun, wie Sie wissen, habe ich zurzeit ein paar wichtige Fragen für die Stadt zu klären, da habe ich mir eine Auszeit genommen. Ich bin durch den Wald gelaufen, den ganzen Tag. Das tue ich manchmal. Klärt die Gedanken.« Er deutete auf das Pflaster an seiner rechten Augenbraue. »Bin sogar gestürzt ... Na, war nicht weiter schlimm.«

Er verstummte, und sie schwiegen einen Moment. Ein Schweigen, das Brohl nicht gefiel und das er mit einem Räuspern durchbrach. »Werde ich meinen Bruder identifizieren müssen? Wie wird es nun weitergehen?« Er inhalierte wieder, sein Blick glitt von Birte zu Schiller.

»Wo sind Sie denn genau gewesen?«, fragte Birte. »Haben Sie da eine Lieblingsstelle, wo Sie immer spazieren gehen?«

»In der Eifel, bei Heimbach«, sagte er. »Ich laufe gerne um den Stausee und manchmal auch zum Rursee hinauf, ganz inkognito, nur für mich. Die Luft dort ist anders ... reinigend, verstehen Sie?«

Birte lächelte. »Aber da sind Sie nicht von hier aus losgelaufen, nicht wahr? Ihr Fahrer hat Sie ja auch nicht dorthin gefahren.«

»Ich wollte allein sein«, sagte Brohl. »Ich habe die Bahn genommen – vom Westbahnhof.«

Birte sah ihn an; er musste begreifen, dass sie ihm nicht glaubte.

Plötzlich lachte Brohl auf. »Sie glauben doch nicht, dass ich etwas mit dem Tod meines Bruders zu tun habe?« Er stieß noch ein Lachen aus, verlegen und unsicherer nun. »Henner und ich, wir standen uns nie wirklich nahe. Er –«

Brigitte Brohl klopfte an die Tür. »Friedrich«, sagte sie. »Du hast noch ein Telefonat zu führen. Der Ministerpräsident hat vorhin angerufen, und im Rathaus fragt man auch nach dir.«

»Oh ja, natürlich.« Brohl richtete sich auf. »Würden Sie mich entschuldigen? Eine dringende Frage ist zu klären.«

»Geht es um das Kasino am Rhein?«, fragte Birte, die dem Oberbürgermeister jedoch den Gefallen tat, sich zu erheben.

»Darum geht es auch.« Brohl seufzte übertrieben. »Wir brauchen einen Pakt, um die Wohnungsnot in der Stadt zu beheben, gleichzeitig brauchen wir Bauwerke mit einer Strahlkraft wie ein World-class-Hotelkasino.« Die letzen drei Worte sprach er amerikanisch aus.

»Könnten Sie morgen Ihren Bruder identifizieren?« Schiller hatte sich gleichfalls erhoben. »Wir würden Ihrem Büro einen Termin vorschlagen.«

»Gerne – so machen wir es.« Der Oberbürgermeister streckte seine Hand aus und reichte sie erst Birte, dann Schiller. Sein Händedruck war kräftig und wirkte routiniert, und trotzdem ... Schiller hatte das Gefühl, dass Brohl nur mühsam seine Maskerade des tatkräftigen Politikers und Kümmerers aufrechterhielt.

»Er lügt«, sagte Birte. »Die Show im Bademantel – und dann diese wilde Geschichte von der Wanderung durch die Eifel.«

Sie saßen in ihrem Wagen und blickten zu dem kastenförmigen Haus des Oberbürgermeisters hinüber.

»Am liebsten würde ich ihn beschatten lassen«, sagte Birte.

»Dafür gibt es keinen Grund. Was sollte er mit dem Tod seines Bruders zu tun haben?«

»Er hat Dreck am Stecken – tausendprozentig. Wir müssen herausfinden, wo er gewesen ist. In der Eifel war er ganz bestimmt nicht.«

Nadine war noch nicht zurück, als er an seinem Haus eintraf. Sie bewohnte die Wohnung unter ihm. So hatten sie sich kennengelernt – weil er nachts manchmal Bass gespielt hatte. Meistens hielt er sich nun bei ihr auf – ihre Einrichtung war funktionell, aber geschmackvoll, was man über seine wenigen Möbelstücke beim besten Willen nicht sagen konnte.

Es war kurz vor einundzwanzig Uhr. Er schrieb Nadine

eine SMS, die sie jedoch nicht beantwortete. Dann saß er in seiner kargen Küche, untätig und irgendwie ratlos.

Bei Carla, seiner früheren Lebensgefährtin, die Kindertherapeutin gewesen war, hatte er vor Jahren den Verdacht gehabt, dass sie schwanger gewesen war und abgetrieben hatte. Offen hatte er jedoch nicht darüber sprechen können. Nun würde er doch Vater werden – vielleicht noch gerade im richtigen Alter. Aber wieso ging es ihm so nahe – und Nadine anscheinend nicht?

Er überlegte, zum Theater zu fahren, doch dann kam ihm so ein Überraschungsbesuch zu aufdringlich vor. Stattdessen nahm er sein Smartphone hervor und sah sich die beiden Videos an, die er am frühen Morgen gemacht hatte. Was war mit dem Typ mit der Drohne? Es konnte doch kein Zufall sein, dass um diese Zeit über dem Aachener Weiher so ein Gerät gekreist war. Auf dem zweiten, etwa fünfzehn Sekunden langen Video war eine schwarze Gestalt, vermutlich in Lederkluft, zu sehen, die auf einem Motorrad davonfuhr. Nein, es war kein richtiges Motorrad. Schiller schickte sich die Datei an seine E-Mail-Adresse, um sie sich auf dem größeren Bildschirm seines Laptops anzuschauen. Das Standbild aus dem Video ließ sich jedoch schlecht vergrößern, es wurde immer grobkörniger, aber es war eher ein schwarzer Motorroller, und sogar das Nummernschild war zu sehen. Er meinte, den ersten Buchstaben als K ausmachen zu können. Dann schloss er die Datei und sandte sie Nele mit ein paar erklärenden Worten ins Präsidium. Möglicherweise konnte sie mit Hilfe eines professionellen Vergrößerungsprogramms das gesamte Kennzeichen entziffern.

Es war kurz nach zehn, als Schiller spürte, dass ihm die Augen zufielen, doch er wollte unbedingt wach bleiben, bis Nadine aus dem Theater zurückgekehrt war.

Um kurz vor elf war sie immer noch nicht da. Schiller rollte sich auf seinem Bett zusammen. Er fasste den Entschluss, nicht in ihrer Wohnung auf sie zu warten. Er war missmutig und ein wenig beleidigt, dass ihr die letzte Premiere der Spielzeit wichtiger war, als mit ihm den Abend zu verbringen.

Gegen Mitternacht meinte er dann, ihre Schritte zu hören, aber da war er schon beinahe tief und fest eingeschlafen.

8

Für einen Moment war sie erleichtert, als sie den Zettel auf ihrem Küchentisch fand. »Bin laufen«, hatte Max geschrieben. Das tat er manchmal – spätabends mit seiner speziellen Prothese durch den Beethovenpark bis in den Grüngürtel zu laufen. Doch kaum hatte sie sich etwas zu essen gemacht, stand er verschwitzt in seinem Läuferdress in der Tür.

Er küsste sie auf die Wange. »Hast recht«, sagte er, als würde er auf eine Frage antworten. »Ich gucke zu oft im Internet nach, auf welchem Platz mein Buch steht. Machen aber alle Anfänger so.« Er ging zum Kühlschrank, schaute sie an, und als sie nickte, holte er eine Flasche Weißwein hervor. »Was für einen neuen Fall habt ihr?«

Sie aß den Rest Kürbissuppe, die Max gestern gekocht hatte. »Ein Mann ist am Aachener Weiher ermordet worden.« Plötzlich kam ihr ein Gedanke. »Vielleicht kennst du ihn sogar. Er heißt Henner Brohl und war früher ein erfolgreicher Trainer.«

Max schenkte zwei Gläser ein. »Kunstspringen – ich weiß. Ich kenne ihn; er war auch manchmal an der Sporthochschule. Er hat versucht, bei den Langstreckenschwimmern Fuß zu fassen. Ein lauter, ziemlich scharfer Hund mit knallharten Methoden.«

»Du hast bei ihm trainiert?«

Max prostete ihr zu. »Ich nicht, aber ich habe ihn zwei-, dreimal erlebt, da war ich noch Sportstudent, muss also eine Ewigkeit her sein.«

»Henner Brohl hat irgendeine Anklage wegen Missbrauchs gehabt und ist vielleicht deshalb nach Japan verschwunden.«

»Das wundert mich nicht.« Max lächelte und streckte seine Hand nach ihr aus, als wolle er ihr über das Gesicht streichen.

Zum Glück, dachte Birte, begreift er, dass es nervt, wenn er mir ständig irgendwelche Wasserstandsmeldungen zu seinem Buch schickt.

»Typen wie Brohl gab es früher viele. Sie haben sich wie Tyrannen aufgeführt – haben Befehle erteilt und alle anderen mussten folgen. Solche Trainer gibt es heute zum Glück nicht mehr; da würde jeder Athlet durchdrehen. Hat er nicht auch Cornelia Fengler trainiert? Sie war Europameisterin vom Drei-Meter-Brett; später hat sie sich beim Training schwer verletzt und musste aufhören. Da war sie schon über dreißig und hatte ein kleines Kind.«

»Nele hat uns eine Liste mit Namen geschickt, die wir abarbeiten müssen.« Birte rief die Liste auf ihrem Smartphone auf. Es waren dreiundzwanzig Namen, ordentlich nummeriert.

Obwohl sie sonst Max aus ihren Fällen heraushielt, wie jeder gute Polizist es tun sollte, legte sie ihm das Display mit den Namen hin.

»Vielleicht kennst du eine der aufgeführten Personen«, sagte sie.

Max scrollte durch die Liste. »Nein«, sagte er, »sorry, da kann ich nicht weiterhelfen, und der Name Cornelia Fengler fehlt auch. Aber vielleicht lebt sie ja auch nicht mehr in Köln.«

Er gab Birte das Smartphone zurück. »Ab morgen mache ich wieder meine Kurierfahrten«, sagte er. »Mein Roman ist ein Flop – das muss ich nun wohl einsehen. Ich habe zu lange gebraucht, um diesen einen Tag zu beschreiben – Köln und der Tag, an dem das Archiv einstürzte. Ist wohl schon zu lange her und längst vergessen.« Er lachte kurz auf. »Irgendwie habe ich doch geglaubt, ich könnte der James Joyce von Köln sein.«

James Joyce, so hatte Birte erfahren, hatte ein ganzes Buch über einen einzigen Tag in Dublin geschrieben, den 16. Juni 1904, den ein Mann in seiner Stadt erlebte. Sie hatte versucht, den Roman zu lesen, ein Werk von tausend Seiten, aber das war schlechterdings unmöglich gewesen.

»Es ist wahrscheinlich eine gute Idee, wenn du wieder ein paar Touren übernimmst«, erklärte sie vage, um Max nicht zu verletzen. Gleichzeitig rief sie den Namen Cornelia Fengler bei Wikipedia auf. »›Cornelia Fengler‹«, las sie in dem Eintrag, »›war eine deutsche Sportlerin. Im Jahr 1999 in Istanbul gewann sie überraschend die Goldmedaille bei den Europameisterschaften vom Drei-Meter-Brett. Darüber hinaus gewann sie sechs Deutsche Meisterschaften und nahm an den Olympischen Spielen im Jahr 2000 in Sydney teil. Sie schied aber bereits im Vorkampf aus. Am 16.3.2010 nahm sie sich das Leben, ohne einen Abschiedsbrief zu hinterlassen.‹«

Birte schaute von dem Eintrag auf. Max hatte weitergesprochen; darüber, dass er mit einem Blogger Kontakt aufgenommen hatte, für den er Rezensionen schreiben wollte. Zumindest meinte sie, das mitbekommen zu haben.

»Es gibt einen Grund, warum Cornelia Fengler nicht auf Neles Liste steht«, sagte Birte.

Gegen kurz nach sechs war sie bereits wieder wach. Ein paar Gedanken hatten sie im Schlaf verfolgt. Was war mit der jungen Frau, die sich umgebracht hatte? Sie war ein Schützling von Henner Brohl gewesen, der im selben Jahr nach Japan verschwunden war.

Sie wussten zu wenig über Brohl und dessen Hintergrund. Im Präsidium kochte Birte sich einen schwarzen Kaffee; sie war die Erste im Büro, doch von Nele wusste sie, dass sie auch nie nach halb acht kam. Über Cornelia Fengler fand sich nicht sonderlich viel im Netz, aber Max mit seinem fulminanten Gedächtnis hatte recht. Es hatte einen Trainingsunfall gegeben; die Kunstschwimmerin hatte sich den Kopf angeschlagen und musste mit einer schweren Kopfverletzung und Verletzungen an der Wirbelsäule aus dem Wasser geborgen werden. Danach hatte sie ihre Karriere aufgegeben und war Grundschullehrerin geworden. Mehr war nicht zu erfahren. Ein Motiv für einen Mord konnte man daraus wohl nicht ableiten.

Als es an der Tür klopfte, glaubte sie zunächst, Jan erlaube sich einen Scherz, doch ein uniformierter Beamter führte eine

Frau zu ihr, die sie schon einmal gesehen zu haben glaubte. Die Frau war stark geschminkt, hatte blond gefärbte Haare und brachte gewiss mehr als zwanzig Kilogramm zu viel auf die Waage. Sie schaute Birte mit aufgerissenen Augen an.

»Er ist tot, nicht wahr? Der Drecksack Brohl ist tot, stimmt doch?«

Birte winkte sie herein, während der Uniformierte sich mit einem kurzen Gruß zurückzog.

»In der Zeitung steht etwas von einem Henner B. – aber das ist Brohl. Das muss er sein.«

»Wer sind Sie?«, fragte Birte.

Die Frau fuhr sich durch die Haare, sie keuchte, als wäre das schon eine übermäßige Anstrengung. »Ich heiße Marianne Tanner. Ich habe Brohl damals vor Gericht bringen wollen – wegen meiner Livia, weil er sie angefasst hat, aber der Feigling ist abgehauen, ist weg aus Köln, über Nacht.«

Birte erinnerte sich, ein ungefähr zehn Jahre jüngeres Foto von Marianne Tanner im Netz entdeckt zu haben.

»Ja, Ihre Annahme ist richtig«, sagte sie. »Henner Brohl wurde gestern Morgen am Aachener Weiher tot aufgefunden. Wann haben Sie ihn zuletzt gesehen?«

Marianne Tanner zückte ihr Smartphone aus einem pinkfarbenen Ledertäschchen. »Wann ich ihn zuletzt gesehen habe, diesen Scheißkerl? Na, vor drei Tagen hat er vor meinem Haus gestanden. Ich habe ihn erst gar nicht erkannt, aber dann … Seine Visage werde ich nie vergessen.«

Auf drei Fotos, die Marianne Tanner gemacht hatte, war eindeutig Henner Brohl zu erkennen, in genau der Leinenhose, in der er getötet worden war.

»Was könnte er von Ihnen gewollt haben?«, fragte Birte. »Haben Sie mit ihm gesprochen?«

»Gesprochen? Ich hätte ihm die Fresse poliert«, stieß Marianne Tanner hervor. »Wissen Sie, was meine Livia heute ist und was sie sein könnte? Sie hat ihre Bulimie knapp überlebt. Heute ist sie Ernährungsberaterin in einer Klinik im Bayerischen Wald – ich sehe sie zweimal im Jahr, höchstens. Sie hätte Ärztin, Chirurgin werden können, wenn dieser Scheißkerl seine Finger von ihr gelassen hätte.«

»Sie haben also nicht mit ihm gesprochen?«, fragte Birte nach.

»Als ich auf die Straße raus bin, war er weg – hatte sich in Luft aufgelöst.«

»Was denken Sie? Wie vielen Mädchen hat Henner Brohl sich während seiner Zeit als Trainer unzüchtig genähert?«

Marianne Tanner atmete verächtlich aus. »Das ist die falsche Frage, Frau Kommissarin. Wie vielen hat er sich nicht unzüchtig genähert – so müsste es richtig heißen.«

»Aber es ist nie zu einer Anklage gekommen.« Birte sah, dass Nele nebenan ins Büro gekommen war; bei ihr waren Bert Cremer und die Kriminalanwärterin. Sie stand auf und schloss die Tür zum Nebenraum.

»Frau Kommissarin, ich weiß nicht, ob Sie sich im Sport auskennen, aber damals … für die Mädchen, auch für meine Livia, war Brohl ein Heiliger, ein Gott. Er hatte ein Mädchen zur Europameisterin gemacht. Sie würden auch so erfolgreich werden, wenn sie nur an ihn glaubten. Ja, dann würden sie zu Olympischen Spielen fahren und Medaillen umgehängt bekommen. So haben sie gedacht.«

»Deshalb hat sich nie ein Mädchen offen gegen ihn gestellt – meinen Sie?«

»Ganz genau, aber ich habe aufgepasst. Ich habe ihn durchschaut, diesen Drecksack.« Marianne Tanner kniff den Mund zusammen und stieß dann die Luft aus. »Ich bin froh, dass er nun tot ist. Er hat es verdient, und den, der es getan, kann man nur beglückwünschen.«

9

»Was genau können wir der Presse anbieten?«, fragte Dr. Schroeter, der als Staatsanwalt die Ermittlungen leitete.

Er hat tatsächlich »anbieten« gesagt, dachte Schiller. Mit dem Staatsanwalt hatte er bereits etliche Male zusammengearbeitet; Schroeter war ein untersetzter arbeitsamer Jurist mit einem skurrilen, hintergründigen Humor.

Kriminaldirektor Fitschen sekundierte dem Staatsanwalt. »Um zehn Uhr haben wir eine Pressekonferenz. Das Büro des Oberbürgermeisters hat uns gebeten, Friedrich Brohl aus allem herauszuhalten. Also brauchen wir andere Nachrichten.«

»Wir konzentrieren uns auf das Leben Brohls als Trainer«, erklärte Birte. Sie hatte auch den Namen »Marianne Tanner« an das Whiteboard geschrieben.

Schiller hatte noch gesehen, wie die korpulente Frau das Präsidium verlassen hatte. Obschon sie als Mutter eines mutmaßlichen Missbrauchsopfers ein Motiv und zudem kein Alibi hatte, da sie angeblich allein vor dem Fernseher gesessen und dann schlafen gegangen war, hielt Birte sie nicht für verdächtig.

Bert Cremer sollte mit Laura Precht und einer weiteren Kriminalanwärterin die Namensliste der Mädchen durchgehen, die Brohl trainiert hatte. Die drei hatten sich schon aufgemacht, alle abzutelefonieren.

»Außerdem müssen wir klären, warum genau Brohl aus Japan zurückgekehrt ist und wen er nach seiner Rückkehr in Köln getroffen hat.«

Ganz gegen ihre Gewohnheit nahm auch Nele Krach an ihrer Besprechung teil. »Ich habe das Kloster herausgefunden, in dem Henner Brohl in Japan gelebt hat, in der Nähe von Kyoto, der alten Kaiserstadt. Da gibt es ein Zenkloster, das von einem Mann aus Berlin geleitet wird – er heißt Thomas Humpe. Ja.« Sie hatte die überraschten Blicke von Dr. Schroeter und Fitschen bemerkt. »Das existiert tatsächlich: ein buddhistisches Kloster, in dem ein Deutscher der Abt ist. So nennt er sich auch – Abt Thomas. Er ist sogar mit einer Japanerin verheiratet, es scheint sich also wirklich um ein besonderes Kloster zu handeln. Da hat Henner Brohl gelebt, wie mir der Abt selbst berichtet hat, aber er war kein Mönch, sondern gewissermaßen ein Mann für alles – so eine Art Hausmeister. ›Es gibt nichts, was Henner nicht kann‹, meinte der Abt am Telefon. Er war einigermaßen betroffen, dass Brohl ermordet worden ist. ›Aber da war immer ein Schatten, der ihn umhüllte‹, hat er noch gemeint. Deshalb ist Brohl wohl auch kein Mönch geworden.«

»Hat dieser seltsame Abt von Brohls tödlicher Krankheit gewusst?«, fragte Schiller nach. Es fiel ihm schwer, sich zu konzentrieren. Morgens hatte er einen Zettel von Nadine auf seinem Küchentisch gefunden. »Tut mir leid, dass ich gestern so spät zurück war. Wir müssen nachher reden. N.«

Dieses »Wir müssen nachher reden« hatte er wie eine Drohung empfunden.

»Der Abt meinte, ja, er habe gewusst, dass Brohl eine Menge Gewicht verloren habe, doch Brohl habe nicht darüber sprechen wollen. Er war ohnehin sehr schweigsam, konnte sich auch kaum auf Japanisch verständigen.«

»Gut«, sagte Schroeter, der sich zwei, drei Notizen gemacht hatte. »Das hilft vielleicht fürs Erste weiter. Aber wenn Sie mehr haben, lassen Sie es mich wissen.«

Fitschen nickte. »Polizeipräsident Neuendorf ist übrigens mit dem Oberbürgermeister befreundet. Seit vorletztem Jahr«, fügte er mit einem Lächeln hinzu, das man für spöttisch halten konnte. »Beide sind im Karneval auf dem Prinzenwagen mitgefahren. Sechs lange Stunden, da kommt man schon ins Gespräch.«

Die beiden Herren erhoben sich. Schiller war froh, dass man nicht Birte oder ihn mit zu der Pressekonferenz gebeten hatte.

»Das ist noch etwas«, sagte Birte, nachdem Schroeter und Fitschen gegangen waren. »Eine von Brohls Kunstspringerinnen hat sich das Leben genommen – im März 2010, kurz bevor er nach Japan gereist ist. Hat Max mich drauf gebracht. Er hat Brohl auch in der Sportschule erlebt. Als Trainer war unser Mann ein harter Hund.«

»Die Kunstspringerin hieß Cornelia Fengler«, sagte Nele. »Habe ich mir auch schon angesehen – eine hübsche blonde Frau. Wenn Brohl immer dasselbe Beuteschema hatte, dann hätte sie gut gepasst.«

»Du meinst, er stand auf einen bestimmten Typus Frau?«, fragte Schiller.

»Wenn man sich die Fotos seiner Schützlinge anschaut, dann waren die meisten recht klein und blond, natürlich auch sehr muskulös, aber vielleicht ist das der Typ Athletin, der man sein muss, um im Kunstspringen Erfolg zu haben.«

»Was wissen wir über diesen Selbstmord?«, fragte Birte. »Max hat gemeint, dass diese Cornelia Fengler bereits ein Kind hatte, als sie noch Sport betrieben hat.«

»Das muss ich mir genauer ansehen«, erwiderte Nele. Sie seufzte. »Die Liste, die ich abarbeiten muss, wird immer länger. Das Video, das du mir geschickt hast …«, sie sah Schiller an, »habe ich an die Kriminaltechnik weitergegeben. Ich konnte da auf meinem Computer nicht viel machen.«

»Nach der Pressekonferenz werden wir ein Foto von Henner Brohl an die Presse geben«, sagte Birte. »Wir müssen wissen, wo er sich zuletzt aufgehalten und wo er in Köln gewohnt hat, obschon ich mir beinahe sicher bin, dass er in der Zweitwohnung unseres Oberbürgermeisters untergekommen ist.«

»Du kannst unseren verehrten Staatsanwalt ja fragen, ob wir uns diese heimliche Wohnung einmal ansehen können«, sagte Schiller spöttisch. »Jeder Richter in Köln wird uns sofort die Erlaubnis dazu erteilen.«

Birte schaute ihn finster an. Sie wollte schon etwas erwidern, als sein Smartphone summte. Die Nummer kannte er mittlerweile. Die Rechtsmedizinerin – sie war wieder in Flirtlaune.

»Herr Hauptkommissar«, sagte sie in einem lockeren Plauderton, »in einer Stunde hat sich hoher Besuch angekündigt. Der Oberbürgermeister kommt, um seinen Bruder zu identifizieren. Beehren Sie uns auch mit Ihrer Anwesenheit?«

Eigentlich wollte der Oberbürgermeister mit mir einen Termin abstimmen, war Schiller versucht zu antworten, doch dann sagte er: »Ja, wenn es meine Lebensplanung zulässt, schaue ich vielleicht vorbei.«

Friedrich Brohl war mit seinem Chauffeur und seinem Pressesprecher zum Institut für Rechtsmedizin gekommen. Er trug einen schwarzen Anzug und ein schwarzes Hemd; nur seine hellbraunen modischen Lederschuhe stachen hervor. Zehn Sekunden lang schaute er sich das Gesicht seines toten Bruders an, als die Rechtsmediziner das grüne Tuch, das den Leichnam bedeckte, zurückgezogen hatte.

»Ja«, sagte Brohl nach einem Moment des Zögerns, »mein Bruder ist zurückgekehrt.« Dann wischte er sich über die Augen, obschon da keine einzige Träne zu sehen war.

Der Chauffeur und der Pressesprecher, ein dünner Mann mit schütteren Haaren und einer blauen Hornbrille, die offenbar Modernität ausstrahlen sollte, hatten sich im Hintergrund gehalten. Zu ihnen eilte Brohl zurück.

»Muss ich noch etwas unterschreiben?«, fragte er dann mit dem Blick auf Monika Grams. »Und ab wann darf ich mich um die Bestattung meines Bruders kümmern?«

»Wir geben Ihnen Bescheid, wann der Leichnam Ihres Bruders freigegeben wird«, erklärte Schiller. »Auch dass Sie Ihren Bruder identifiziert haben, bekommen Sie schriftlich von uns. Ich bestätige das als Zeuge. Aber …«, er machte absichtlich eine Pause, »… ich habe noch einige Fragen an Sie, die wir gerne draußen besprechen können.«

Brohl schaute seinen Pressesprecher an. »Wie viel Zeit haben wir noch bis zum nächsten Termin?« Nun gab er sich keine Mühe mehr, den trauernden Verwandten zu mimen.

Der Pressesprecher sah auf sein Smartphone, doch bevor er etwas äußern konnte, kam Schiller ihm zuvor.

»Ich brauche nur ein paar Minuten. Ansonsten müsste ich Sie offiziell vorladen lassen.«

Brohl zog die Stirn in Falten. »Fünf Minuten werden wir für die Kölner Polizei haben«, sagte er. Er strich sich eine Strähne seines geföhnten Haarschopfes zurück und strebte zum Ausgang, nicht ohne zuvor Monika Grams noch einen freundlichen Blick zugeworfen zu haben.

»Was genau wollen Sie wissen?«, fragte er Schiller geschäftsmäßig, als sie den Parkplatz vor dem Institut erreicht hatten, flankiert von seinem Pressesprecher.

»Nun«, begann Schiller, »es ist etwas heikel. Wir haben einen anonymen Hinweis erhalten ... Es geht darum, dass Sie eine Zweitwohnung in der Stadt angemietet haben sollen, vor der Ihr Bruder gesehen worden ist.«

Brohls Kopf zuckte herum, er musterte Schiller, als sähe er ihn nun zum ersten Mal, und zwar so, als würde ihm dieser Anblick gar nicht gefallen.

»Wer behauptet das?«

»Ein anonymer Hinweis«, wiederholte Schiller ruhig. »Ist da etwas dran? Wir versuchen herauszufinden, wo Ihr Bruder sich seit seiner Rückkehr in der Stadt aufgehalten hat. Dazu wird es auch einen Aufruf in der Presse geben.«

Brohl lachte kurz auf, ein düsteres, unangenehmes Lachen. »Habe ich dazu nicht schon eine Aussage gemacht? Also noch einmal: Ich habe meinen Bruder nicht gesehen, seit er zurück ist. Und über andere persönliche Dinge spreche ich mit Ihnen nicht.«

Er wandte sich ab und eilte mit seinem Pressesprecher ohne Gruß davon. Hastig machte er seinem Chauffeur ein Zeichen, den Wagen – eine schwarze Limousine – zu öffnen.

»Also existiert diese Wohnung?«, rief Schiller ihm nach,

doch der Oberbürgermeister reagierte nicht darauf. Nur der Pressesprecher drehte sich kurz um und zog eine Grimasse, die wohl ausdrücken sollte: Bitte belästigen Sie uns nicht weiter.

»Gewiss existiert diese Wohnung«, sagte Monika Grams, die neben Schiller getreten war und ihm eine Zigarette anbot, die er jedoch ablehnte. »So bewegt sich ein Mann, der lügt. Eine eindeutige Körpersprache, selbst wenn unser Oberbürgermeister etwas von einem mittelmäßigen Schauspieler hat, aber ehrlich, seine Partei konnte ich nie leiden.«

Gemeinsam beobachteten sie, wie die Limousine vom Parkplatz in Richtung Melatengürtel rollte und sich dann in den Verkehr einfädelte.

»Ich habe leider vergessen, den Oberbürgermeister darauf hinzuweisen, dass sein toter Bruder Wertgestände bei sich trug. Ein Portemonnaie – mit einem deutschen und einem internationalen Führerschein, Geldscheinen, ein paar deutschen und japanischen Münzen und zwei Schlüsseln, die ich ganz unbedarft für Wohnungsschlüssel halten würde.«

10

»Ich bin zu der Stelle gefahren, wo der Mord passiert ist«, sagte Max, nachdem sie am Abend nach Hause gekommen war. »Lag gewissermaßen auf meiner Route nach Braunsfeld. Da hing noch überall das Flatterband, aber niemand war da. Eine seltsame Stimmung – irgendwie ein Ort voller Leere, als würde man die Abwesenheit von etwas spüren. Ein paar Meter weiter aber saßen die Leute wieder in dem Café am Museum, und oben auf der Wiese haben andere gelegen und Musik gehört oder mit ihren Hunden gespielt.«

Max schenkte ihr und sich ein Glas Weißwein ein. Ja, sie kannte das – die Atmosphäre an einem Tatort, wenn die Spurensicherung gegangen war; es war, als läge da noch eine Art Schleier, der alles einhüllte und unwirklich machte.

»Habt ihr schon einmal darüber nachgedacht, dass der Ort nicht zufällig gewählt worden ist? Der Mann war ja in einem japanischen Kloster, wenn ich dich richtig verstanden habe, und keine fünfzig Meter entfernt liegt ein japanisches Museum. Und dann die Tatwaffe? Ein großes Messer. Früher haben Mönche, die in Ungnade gefallen waren oder Schuld auf sich geladen hatten, mit einem Messer, das sie sich in den Bauch gerammt haben, Selbstmord begangen.«

Birte übermannte schier die Müdigkeit, und eigentlich wollte sie mit Max nun gar nicht über ihren Fall sprechen. Es war ein verlorener Tag gewesen, der in Routinearbeiten untergegangen war, an denen Jan sich wieder einmal nicht beteiligt hatte. Sie hatte Wolfram Schüttler, den Präsidenten von Rhenania, am Telefon gesprochen, der Henner Brohl mit großen Worten und umständlichen Beschreibungen von dessen Trainingsmethoden gelobt hatte. In seinen Augen waren damals alle Vorwürfe gegen seinen Erfolgstrainer haltlos gewesen, dann hatte Birte versucht, den Anwalt zu erreichen, der vor zehn Jahren für Marianne Tanner die Klage gegen Brohl vorbereitet hatte, doch er hatte nicht zurückgerufen. Außerdem hatte sie vergessen, weitere zehn Exemplare seines Romans zu bestellen, damit Max den Eindruck hatte, sein Buch würde nicht völlig untergehen.

»Wenn Brohl Selbstmord begangen hätte, dann hätten wir ja die Tatwaffe finden müssen, oder nicht?«, erwiderte sie ein wenig gereizt.

Max stand auf und küsste sie auf die Wange. »Klar«, sagte er, »ein berechtigter Einwand, aber vielleicht hatte er einen Sekundanten oder einen Gehilfen.«

»Jemanden, der nach einem Selbstmord den Leichnam ins Wasser wirft und dann aufräumt und die Tatwaffe mit nach Hause nimmt?«, fragte Birte.

Max lächelte und holte sein Smartphone hervor. »Platz 7.234«, sagte er dann und hob das Gerät hoch. »Ich hoffe nicht, dass du das halbe Präsidium mit Büchern versorgst.«

»Du kennst mich«, entgegnete sie, »das ganze Präsidium – und unserem Präsidenten habe ich ein signiertes Exemplar versprochen, damit ich bald befördert werde.«

Als es dunkel geworden war und nach langer Zeit endlich wieder einmal regnete, liebten sie sich.

»Ich bin froh, dass ich dieses Buch geschrieben habe, auch wenn es keiner lesen will«, flüsterte Max ihr hinterher zu, als er neben ihr lag und sie an ihrer Wange seinen Atem spürte. »Jetzt muss ich nur noch ein Haus bauen und einen Sohn zeugen, um ein vollkommenes Leben geführt zu haben.«

»Es könnte auch ein Mädchen sein«, flüsterte sie zurück und küsste ihn sanft. Ich liebe ihn, dachte sie, er hat einen schrecklichen Unfall überlebt, er hat einen Fuß verloren, der ihn manchmal mit einem Phantomschmerz quält, den ich nie werde nachempfinden können, und er wird es auch überstehen, dass sein Buch kein Erfolg wird und er wieder sein Geld als Fahrradkurier oder mit anderen Arbeiten verdienen muss.

»Ihr müsst verstehen, warum dieser Mann gerade dort hinter dem Museum gestorben ist, wirklich«, murmelte Max vor sich hin, dann verrieten seine ruhigen Atemzüge, dass er eingeschlafen war.

Vielleicht hat Max recht, war Birtes letzter Gedanke, bevor auch sie einschlief, und irgendwie zog sich dieser Gedanke durch eine unruhige Nacht.

Gegen fünf Uhr, als es langsam hell wurde und die ersten Vögel sangen, war sie schon wieder wach. Etwa um diese Zeit war Henner Brohl ums Leben gekommen.

Max hatte sich ein wenig von ihr weggedreht, sie hörte seinen regelmäßigen Atem, als sie vorsichtig aufstand.

Zehn Minuten später saß sie bereits in ihrem Alfa und war auf dem Weg zum Aachener Weiher. Köln war noch nicht wirklich erwacht; sie sah einen Mann Zeitungen in Briefkästen stecken, an einem Kiosk wurden Bierkisten ausgeladen. Nach acht Minuten war sie bereits am Ostasiatischen Museum angekommen und ging um das Gebäude herum und vorbei am Japanischen Kulturinstitut zum Weiher hinunter.

Das erste Licht spiegelte sich auf dem Wasser. Absperrband lag auf dem Rasen. Als sie zu der Stelle kam, an der Henner Brohl vermutlich getötet worden war, entdeckte sie dort ein kleines flackerndes Licht, wie man es auf Gräbern aufstellt. Es war kaum heruntergebrannt und konnte demnach noch nicht lange dort stehen. Gab es jemanden, der um Henner trauerte und diese Trauer mit so einem Grablicht kundtat?

»Ist ja richtig viel Betrieb hier heute Morgen«, sagte eine Stimme hinter ihr, die sie herumfahren ließ.

Der Mann, den die Polizisten Frisbee genannt hatten, stand hinter ihr. Anders als bei ihrer ersten Begegnung hatte er seine langen schwarzen Haare zusammengebunden, er trug einen grünen Parka, eine schwarze Pluderhose und war wieder barfuß.

»Was machen Sie schon hier?«, fragte Birte.

»Ich mag die Stadt bei Sonnenaufgang – wenn es noch ruhig

ist und wenn man buchstäblich zuschauen kann, wie das Licht alles zum Leben erweckt.«

Frisbee mochte irgendwo unter den Bäumen in einem Pappkarton oder einem Zelt schlafen, dachte sie, aber er war Biostatiker und kein wirklicher Obdachloser.

»War heute Morgen schon jemand hier, der ein Grablicht aufgestellt hat?«

Frisbee antwortete nicht sofort, er schaute sie an und lächelte. Sein Gesicht veränderte sich durch dieses Lächeln; er wirkte plötzlich älter, auf gewisse Art auch weiser, wunderte sie sich. Dann nickte er. »Ein Junge war da, hat sich neben dieses Grablicht gesetzt und stumm dagesessen, als hätte er meditiert.«

»Können Sie ihn beschreiben?«

»Ich habe ihn wohl schon einmal gesehen«, erwiderte Frisbee. »Aber in Beschreibungen bin ich nicht wirklich gut. Soll ich Ihnen etwas verraten? Mit Menschen habe ich meine Probleme. Ich komme mit Zahlen klar, Zahlen sprechen zu mir, aber Menschen …« Er machte eine Geste, als würde er etwas Imaginäres von sich schieben. »Deshalb habe ich von dem Jungen eine Aufnahme gemacht. Es war noch ziemlich dunkel, doch ein wenig kann man darauf trotzdem erkennen.«

Er zog sein Smartphone hervor und rief ein Bild auf.

Viel war nicht zu erkennen, ein silberner Hauch am Horizont, der auf dem Wasser reflektierte, dazu das Licht einiger Laternen in der Nähe – und dann diese Schattenfigur neben dem brennenden Grablicht. Eine Person hockte im Schneidersitz auf dem Rasen, an der Stelle, an der Henner Brohl getötet worden war; sie hielt die Hände leicht von sich gestreckt, die Handflächen nach oben; offensichtlich handelte es sich um einen jungen Mann, der einen schwarzen Hoodie trug; halblanges, vermutlich blondes Haar war zu sehen, viel mehr jedoch nicht.

»Können Sie mir die Aufnahme senden?«, fragte Birte.

Frisbee lächelte. »Mache ich«, sagte er, »aber verraten Sie

nicht, dass ich Ihnen helfe.« Dann drehte er sich um und ging zu den Bäumen zurück, zwischen denen offenbar sein Schlafplatz lag.

Zwei Minuten später registrierte Birte, dass seine E-Mail eingegangen war – von seinem Account, den er unter seinem richtigen Namen Christian Prahl führte.

Birte schickte die Mail gleich an Nele weiter, mit der Bitte, eine Vergrößerung anfertigen zu lassen.

Dann ging sie genau zu der Stelle, an der die Person mit dem Hoodie gesessen hatte. Sie meinte, sogar einen Abdruck im Gras zu erkennen und zwei Kerben im Boden, wo sich die Absätze von zwei Schuhen in den leicht sandigen Grund gebohrt hatten.

Möglicherweise hat Max recht, dachte sie. Warum passiert dieser Mord gerade an dieser Stelle? Das Gelände um den Aachener Weiher war weithin einsehbar; hier musste man damit rechnen, dass sogar mitten in der Nacht oder am frühen Morgen jemand auftauchte. Außerdem war der Platz hinter dem Museum besonders schmal und, weil er recht abschüssig war, ziemlich unbequem, um sich hier hinzusetzen; oben auf einer der Wiesen hätte man es bequemer und versteckter gehabt.

Als sie wieder aufstehen wollte, traf ihr rechter Fuß auf einen Gegenstand. Sie beugte sich vor; da lag ein kleines weißes Plastikfeuerzeug mit der Aufschrift »Lieferando.de«. Vorsichtig zog sie einen Plastikhandschuh aus ihrer Jackentasche und nahm dann das Feuerzeug auf. Bei der Sicherung eines Tatorts unterliefen einem Team immer wieder Fehler, aber es war kaum zu glauben, dass die Spurensicherung gestern dieses Feuerzeug übersehen hatte.

Also konnte es nur eine Schlussfolgerung geben: Die Person, die genau an dieser Stelle das Grablicht entzündet hatte, hatte das Feuerzeug hier vergessen, oder es war ihr aus der Tasche gerutscht.

11

Auf dem Grab der alten Hebamme stand nur ein schlichtes Holzkreuz mit ihrem Namen. Es gab nur noch eine Cousine, die in Erftstadt wohnte, also würde Schiller sich beizeiten um einen Grabstein kümmern müssen, und da war auch noch der Bungalow, den sie ihm vererbt hatte und den er irgendwann würde ausräumen müssen. Therese war ein Messie gewesen; es hatte nichts gegeben, was sie nicht für sich oder andere gebrauchen konnte. Die ganze Zeit scheute er sich, ihr verlassenes Haus anzusehen und einen Plan zu machen, es aufzugeben. Nadine hatte einmal gemeint, er solle es verschenken, damit jemand ein Frauenhaus daraus mache, ein Haus für allein lebende Mütter mit ihren Kindern. Vielleicht eine gute Idee – oder vielleicht sollte Broder einziehen und ein Atelier einrichten.

Immer wenn er an Thereses Grab stand, überkam ihn dieses Gefühl, als wäre sie in der Nähe, als würde sie es nicht aushalten, wenn er nur dastand und die schwarze Erde anschwieg, unter der sie ruhte.

»Wir haben einen neuen Fall«, sagte er leise. »Ein Toter am Aachener Weiher, und außerdem will Nadine mit mir sprechen. In der Art: Wir müssen reden. Was kann sie wollen? Will sie mir sagen, dass sie sich nicht vorstellen kann, mit mir ein Kind zu haben? Dass sie es wegmachen will?«

Über ihm war der Wind in den hohen Bäumen zu hören; manchmal ließ sich ein Eichhörnchen blicken, das einen Baum hinauflief. Angeblich sollte es auf dem Melatenfriedhof auch Füchse geben, doch er hatte noch nie einen gesehen.

Als er die Augen einen Moment schloss, meinte er Thereses keckerndes Altmädchenlachen zu hören. Dann ihre Stimme: »Jung, du musst Vertrauen haben. Alles wird gut.«

Im nächsten Moment summte sein Smartphone. Schuldbewusst, weil er noch nicht ins Präsidium zurückgefahren war, zog er es hervor. Vermutlich fragte Birte sich längst, wo er abgeblieben war.

Eine unbekannte Nummer leuchtete auf dem Display. Er wandte sich von Thereses Grab ab und ging den Weg hinunter Richtung Melatengürtel.

»Spreche ich mit Jan Schiller?«, fragte eine Männerstimme.

»Tun Sie«, erwiderte Schiller und war sofort auf der Hut.

»Lukas Beckmann«, sagte die Stimme. »Wir kennen uns … Damals war ich noch bei der Zeitung, doch nun mache ich mein eigenes Ding.«

»Ich weiß«, sagte Schiller. »Eine Internetzeitung ›Die Stimme von Köln‹, wenn ich mich nicht irre.«

»So ungefähr«, entgegnete Beckmann. »Ich möchte etwas austauschen. Informationen. Der Bruder unseres Oberbürgermeisters ist ermordet worden, aber die Polizei hat nichts, keinen Tatverdächtigen, keine Spur, nicht wahr?«

»Was wollen Sie genau?«, fragte Schiller. Wenn ihn seine Erinnerungen nicht trogen, gehörte Lukas Beckmann zu der neuen Generation junger, ehrgeiziger Journalisten, immer gut gekleidet, blonde, kurz geschnittene Haare, ein gepflegter Bart, blaue Augen, ein echter Frauentyp.

»Erzählen Sie mir, was Sie über Henner Brohl, seine Rückkehr nach Köln und seine Beziehung zu seinem Bruder Friedrich herausgefunden haben …« Beckmann machte eine gewichtige Pause.

»Und was tun Sie dann für mich?«, fragte Schiller, als ihm die Pause zu lang und theatralisch wurde.

»Ich erzähle Ihnen etwas über Friedrich Brohl. Ich schreibe gerade an einem längeren Artikel – über Brohl, den Deutzer Hafen und die Chinesen, die das Hotelkasino bauen wollen. Der Oberbürgermeister sitzt in der Klemme; er wollte taktisch vorgehen, nach allen Seiten offen, aber nun hat er sich verheddert, auch ganz persönlich. Ich will wissen, ob auch der Tod seines Bruders irgendwie in diese Geschichte gehört. Wieso ist Henner Brohl zurückgekehrt?«

»Er war krank«, sagte Schiller. »Todkrank, aber mehr kann ich Ihnen nicht sagen.«

»Was für eine Krankheit?« Beckmanns Stimme klang ernst.

»Hören Sie, mehr kann ich Ihnen wirklich nicht sagen. Bisher haben wir auch noch keine Verbindung zu Friedrich Brohl gefunden.«

Beckmann lachte leise auf. »Dann müssen Sie besser suchen«, sagte er. »Wo ist der Oberbürgermeister gewesen, als bekannt wurde, dass sein Bruder ermordet worden ist? Wissen Sie das schon?«

Nein, wollte Schiller antworten, überrascht, dass Beckmann auch von dem Verschwinden des Oberbürgermeisters wusste, aber da hatte der Journalist bereits aufgelegt.

»Ich habe eine neue Spur«, sagte er am Telefon vage zu Nele, die ungewohnt gestresst klang, »aber um sie zu verfolgen, muss ich wissen, wo der Oberbürgermeister sich heute aufhält. Kannst du an eine Übersicht seiner Termine kommen?«

Nele seufzte; er stellte sich ihren schönen roten Mund vor, der sich ein wenig verzog, was in letzter Zeit häufiger vorgekommen war. Nach einem norwegischen Schlagzeuger hatte sie nun seit Kurzem einen deutschen Musiker als neuen Freund, dem es ganz offenbar gar nicht gefiel, dass sie als Polizistin fast Tag und Nacht in Präsidium war.

»Ich erkundige mich«, sagte sie knapp, »und schicke es dir dann.«

Schiller stand bei Frank in seinem Stehkiosk. Frank hatte schlechte Laune – der FC hatte sich soeben wieder in einer längeren Niederlagenserie eingerichtet. Daher hing auch die FC-Flagge draußen auf halbmast. Wahrscheinlich müsste man für diesen Verein eine neue Liga erfinden, hatte Frank neulich gemeint, etwas zwischen erster und zweiter Liga.

Zwanzig Minuten später hatte Schiller die Daten: Nachdem er seinen Bruder in der Rechtsmedizin identifiziert hatte, war Friedrich Brohl zur Handelskammer gefahren, danach hatte er einen Termin beim Hotel- und Gaststättenverband; für den Nachmittag waren Gespräche im Rathaus angesetzt, mehr wohl nicht. »Eine chinesische Delegation ist in der Stadt«, hatte Nele hinzugefügt, als wäre damit alles gesagt. Er hätte vielleicht doch länger mit Beckmann sprechen sollen, dachte Schiller. Im Internet fanden sich einige Artikel über das Kasino und den Hotelbau, aber auch ein Foto, auf dem Friedrich Brohl neben einem Modell stand, das geplante Neubauten am Deutzer Hafen zeigte; weiße kastenförmige Häuser mit bezahlbaren Wohnungen für mehr als tausend Kölner, wie die Unterschrift erklärte.

Aber was sollte das mit dem Tod von Henner Brohl zu tun haben? Er war zudem nicht aus China nach Köln zurückgekehrt, sondern aus Japan, wie Nele zweifelsfrei festgestellt hatte. Der Flug Tokio–Frankfurt vor genau sechs Tagen. Vier Tage hatte es gedauert, bis Henner Brohl seinen Mörder gefunden hatte oder eher der Mörder ihn.

Schiller nahm sich einen Kaffee mit, als er zum Eigelstein fuhr.

Es war mittlerweile fünfzehn Uhr; er hatte den halben Tag vertan. Der Oberbürgermeister saß jetzt im Rathaus; zumindest war es äußerst unwahrscheinlich, dass er sich in seiner heimlichen Wohnung aufhalten würde.

Die beiden Schlüssel, die Monika Grams ihm gegeben hatte, brannten förmlich in seiner Jackentasche; ja es war beinahe, als würden sie leise glühen. Wenn ihn jemand dabei erwischte, wie er in die Wohnung des amtierenden Kölner Oberbürgermeisters eindrang, dann würde man ihm maximal eine Stunde geben, um sein Büro auszuräumen. Dann könnte er tatsächlich morgen ein Detektivbüro aufmachen, wie er es vor einiger Zeit mit Matthias Brasch, einem ehemaligen Kollegen, einmal vorgehabt hatte. Aber Brasch war völlig abgetaucht – das würde also auch keine Option mehr sein.

Und trotzdem, das Risiko war eigentlich nicht sehr groß. Kaum jemand würde von dieser Wohnung Kenntnis haben, und nun, wo sie ihn darauf angesprochen hatten, würde Friedrich Brohl sie vermutlich so schnell nicht nutzen. Möglicherweise jedoch ergab sich ein Hinweis darauf, dass sich sein Bruder Henner hier seit seiner Rückkehr aufgehalten hatte.

Schiller umrundete den Platz vor dem Eigelsteintor. Das Wetter war angenehm frühlingshaft, einige Leute saßen draußen in einem Café, auch die Pizzeria auf der anderen Seite hatte schon geöffnet; direkt vor dem Tor hatte sich ein Straßenmusiker postiert, er spielte mehr schlecht als recht Gitarre und sang einen alten Paul-Simon-Song: »The Boxer«, ein Lied, das wohl schon millionenfach hingerichtet worden war.

Mit gesenktem Kopf näherte Schiller sich der Eingangstür, dabei achtete er darauf, nicht in das Blickfeld des Buchhändlers zu geraten, der durch sein Schaufenster den halben Platz einsehen konnte.

Schiller drückte auf den Klingelknopf mit der Aufschrift »F. B.« und wartete kurz ab. Nichts tat sich. Mit dem kleineren der beiden Schlüssel öffnete er die Haustür und schob sich hinein. Er schaltete kein Licht an. Nachdem die Tür hinter ihm ins Schloss gefallen war, wurde es schlagartig leiser und dunkler. Er lauschte. Kaum hörbar drang Musik aus der Buchhandlung. Hintergrundklänge für einen entspannten Bucheinkauf.

Was ist, wenn Brohl seine Wohnung mit einer Kamera gesichert hat?, ging ihm durch den Kopf, als er sich der zweiten Etage näherte. Die Wohnung lag im Dachgeschoss.

Aber warum hätte er das tun sollen? Brohl war Oberbürgermeister, kein geringes Amt, aber er war nicht der Bundeskanzler oder ein Minister. Außerdem hatte er diese Wohnung anscheinend für ganz private Zwecke genutzt.

Nach einem kurzen Zögern schob Schiller den zweiten Schlüssel ins Schloss. Vorsichtig öffnete er die Tür und verharrte. Nichts, kein Geräusch, keine Alarmanlage. Die Tür war nicht einmal abgeschlossen gewesen.

Er zog sich Latexhandschuhe über und trat ein. Sein Herzschlag hatte sich beschleunigt, wie er gerade registrierte. Wenn

Birte ihn so sehen würde, hätte sie ihn zurückgezerrt und angeschrien, ob er nun völlig verrückt geworden sei. Unwillkürlich musste er lächeln.

Das Erste, was er sah, waren blanke helle Holzdielen; ein schmaler Flur mit einer Garderobe, an der ein heller Mantel hing – ein Frauenmantel, wie Schiller zu erkennen meinte. Dann schloss sich eine Küche an – eine Küchenzeile, ein wenig altmodisch, Kühlschrank, eine Spülmaschine, Schrank, Spüle, ein Herd. Gekocht worden war hier schon geraume Zeit nicht mehr. Ein Radiowecker stand da, der eine falsche Zeit angab; hier war es dreizehn Uhr elf.

In der Spüle standen zwei benutzte Kaffeetassen. Schiller war versucht, eine einzustecken, und das tat er dann auch. Zum Glück hatte er noch zwei Plastiktüten in seiner Jackentasche. Ansonsten gab es lediglich einen alten Holztisch mit drei Stühlen, an der Wand hing ein großer Kunstdruck – bunte rollende Farbwirbel.

Der nächste Raum war das Wohnzimmer, wenn man es denn so nennen wollte: eine billige Schrankwand, zwei Sessel, ein uralter Fernseher. Außer ein paar Büchern und einem Bildband über Köln nach dem Zweiten Weltkrieg befand sich nichts in der Schrankwand. Das einzige Auffällige in diesem Zimmer war ein weißer Stoffgürtel, der auf dem Boden lag. Schiller hob ihn auf; solch ein Gürtel hätte zu der Kleidung von Henner Brohl gepasst, aber nicht zu der seines Bruders.

Aus welchem Grund Brohl diese Wohnung angemietet hatte, meinte Schiller zu begreifen, als er den dritten Raum betrat: ein Schlafzimmer, das mit einem riesigen Doppelbett, einem verspiegelten Schrank und einem gläsernen Tisch möbliert war. Auf dem Tisch befanden sich etliche Flaschen – Rotwein, Sambuca, Cola, auch ein teurer Champagner, an dem noch eine Schleife klebte, als wäre er ein Geschenk gewesen.

Darum also benötigte Brohl diese bessere Absteige – um sich vielleicht mit einer dezenten Escortdame ein paar schöne Stunden zu gönnen.

Ich sollte Fotos von der Wohnung machen, fiel Schiller ein, als er plötzlich eine helle, unverständliche Stimme hörte. Eine Sekunde später wurde ein Schlüssel ins Schloss geschoben, und die Stimme klang noch schriller und unverständlicher.

Panik überfiel Schiller. Ohne nachzudenken, riss er eine Tür des verspiegelten Kleiderschranks auf. Zum Glück war der Schrank leer und so groß, dass er sich dorthinein hocken konnte. Mühsam zog er die Schranktür wieder zu, doch ein Spalt blieb auf, durch den er den Zugang zum Zimmer sehen konnte.

Eine Frau redete mit schriller Stimme vor sich hin; offenbar telefonierte sie. Schiller verstand kein Wort. Die Frau sprach kein Deutsch, sondern eine völlig unverständliche Sprache – Koreanisch oder Philippinisch. Ja, die Stimme erinnerte ihn an die Frau in seiner Reinigung, die jedes Mal, wenn er kam, mit einem Headset dahockte und mit irgendjemandem auf der anderen Seite der Welt in ihrer Sprache telefonierte.

Was aber wollte die Frau hier? War sie die Geliebte, die auf Brohl wartete?

Einen Moment später hörte er eine Tür klappern, und dann übertönte das Geräusch eines Staubsaugers die Stimme der Frau.

Die Putzfrau ... Er wäre beinahe Brohls Putzfrau in die Arme gelaufen. Wenn sie aber nur einen kleinen Blick in den fast leeren Kleiderschrank werfen würde, war er erledigt. Dann würde man sich die Schmach seines Abgangs von der Kölner Polizei noch in zehn Jahren erzählen. Wie hieß noch gleich der Mann, den man damals im Schrank des Oberbürgermeisters gefunden hatte?

Verdammt, Therese, sprach Schiller stumm in sich hinein, warum hast du mich nicht von dieser Aktion abhalten können? Die alte Hebamme in seinem Kopf kicherte nur.

Ihm wurde immer wärmer, Schweiß lief ihm den Rücken hinunter. Der Staubsauger lief unvermindert weiter, und die Stimme der Frau war immer noch zu hören, als würde dieses laute Geräusch sie keineswegs davon abhalten zu telefonieren.

Was würde Nadine sagen, wenn sie mich hier finden und ich so peinlich auffliege? Sie würde ihn auch auslachen. Was für ein schlechter Auftritt!, würde sie sagen.

Dann wurde die Tür zum Schlafzimmer geöffnet. Schiller konnte durch den Spalt erkennen, dass eine dunkelhäutige Frau mit kurzen schwarzen Haaren, die tatsächlich Ohrhörer trug und ständig redete, in den Raum blickte, den laufenden Staubsauger in der Hand. Nach einer kurzen Inspektion machte sie kehrt und schien sich dem Wohnzimmer zu widmen.

Schiller atmete auf. Für einen Moment erwog er, die Gelegenheit zu nutzen und sich aus der Wohnung zu schleichen, aber dann wurde der Staubsauger abgeschaltet. Die Stimme der Frau klang noch schriller und aufgeregter. Hatte sie ihn entdeckt? Für einen Moment war er beinahe sicher, dann jedoch hörte er die Frau in dem vierten Raum, vermutlich dem Badezimmer, rumoren. Während sie redete und redete, begann Wasser zu laufen. Sie füllte einen Eimer Wasser, um das Bad zu putzen. Ja, so musste es sein.

Erleichtert wischte Schiller sich über die Stirn. Der Rücken tat ihm weh, weil er so verkrümmt dahockte, dann sah er, wie das Display seines Smartphones aufleuchtete, das er zum Glück stumm geschaltet hatte.

»Wo, verdammt, bist du?«, schrieb Birte.

Eine gute halbe Stunde verbachte die Putzfrau damit, das Bad und die Küche zu wischen. Dann verließ sie, immer noch unentwegt redend, die Wohnung, die eigentlich so leer und aufgeräumt war, dass ein Putzeinsatz überflüssig erschien.

Schiller wartete noch drei Minuten ab, bevor er aus seinem Versteck kroch. Sein Rücken schmerzte, als er sich mühsam aufrichtete. Birte hatte ihm noch einmal geschrieben, und er hatte geantwortet, dass er später ins Präsidium kommen würde. Kurz schaute er sich um. Die zweite Tasse in der Spüle war nun gespült. Vielleicht war es darum gegangen, ganz auf Nummer sicher zu gehen und mögliche allerletzte Spuren noch zu tilgen. Ins Bad warf er gleichfalls einen kurzen Blick. Eine Zahnbürste plus Zahnpastatube stand vor einem Spiegel, ansonsten war an der Badewanne ein Shampoo zu entdecken sowie an der Toilette diverse Putzmittel.

Auf eine weitere genauere Inspektion der Wohnung war ihm die Lust vergangen. Mit steifen Knien schlich er das Treppenhaus hinunter. Erst als er seinen Wagen erreicht hatte, atmete er auf und bemerkte, wie sehr ihn diese Aktion erschöpft hatte. Hatte sich dieser inoffizielle Besuch gelohnt? Wenn Henner Brohl sich in der Wohnung aufgehalten hatte, dann hatte man alle Spuren beseitigt – bis auf den Gürtel vielleicht. Und was war mit den Kaffeetassen gewesen – wer hatte sie benutzt? Eine zumindest konnte er untersuchen lassen – falls ihm dafür eine kluge Erklärung einfiel.

Als er zum rechtsmedizinischen Institut fuhr, um die beiden Schlüssel Monika Grams zurückzubringen, wie er es versprochen hatte, ging eine Nachricht von Nadine ein. »Bin schon zu Hause und warte auf dich.«

Er musste sich bei Frank im Café ein wenig Mut antrinken, bevor er zu Nadine fuhr. Frank servierte ihm Apfelkuchen und einen Kaffee mit Schuss, wie er es formulierte.

»Du siehst schlecht aus, Schiller«, bemerkte er, während er ihm die Tasse hinstellte.

»Ich werde Vater«, erwiderte Schiller und trank den Kaffee, den Frank offensichtlich mit einem Grappa versetzt hatte. »Oder vielleicht auch nicht. Kann sein, dass sie das Kind nicht will.«

»Gratulation«, sagte Frank knapp und zwinkerte ihm zu. »Hoffentlich wird es ein Junge. Der FC braucht neue talentierte Stürmer. Wir schießen keine Tore mehr. Bin wieder froh, wenn die Saison endlich zu Ende ist. Und wenn sie nicht bald einen ordentlichen Trainer holen, verschenke ich meine Dauerkarte im Internet.« Frank lächelte. Über den FC zu lästern war eine seiner Lieblingsbeschäftigungen.

Schiller kippte den Kaffee hinunter. Mehr als dieser kurze Glückwunsch zu seiner Vaterschaft war von Frank nicht zu erwarten.

Er schrieb Birte, dass er noch etwas erledigen müsse, dann fuhr er nach Braunsfeld zu seiner Wohnung.

Nadine war wie so oft ganz in Schwarz gekleidet, was ihr blondes Haar besonders gut zur Geltung brachte. Sie küsste ihn flüchtig auf die Wange, nachdem er an ihre Tür geklopft hatte.

»Tut mir leid«, sagte sie ein wenig atemlos, »dass ich gestern so lange im Theater war, aber es war unsere letzte Premiere in dieser Spielzeit, und ein paar Leute gehen nach den großen Ferien nach München und Wien.«

»Verstehe«, sagte er nur und setzte sich in die Küche. Einen Moment war er versucht zu erzählen, dass er fast eine Stunde in einem Schrank hatte hocken müssen, aber dann war es ihm zu peinlich. Zudem hätte er dann ausführlicher über seinen Fall sprechen müssen. »Worüber müssen wir reden?«, fragte er stattdessen und registrierte, wie hart seine Stimme klang.

Nadine hatte ihm und sich einen Tee eingeschenkt.

»Ich muss dir etwas gestehen«, sagte sie und nahm ihm gegenüber Platz. Eine kleine steile Falte erschien auf ihrer Stirn, wie immer, wenn sie in eine ernste Stimmung geriet. »Wegen des Kindes … unseres Kindes.«

Wieder schlug sein Herz ein wenig schneller. Seltsamerweise dachte er an Therese; sie hatte als Hebamme mehr als fünftausend Kinder auf die Welt gebracht. Für sie waren Kinder das Salz der Erde – ja, so hatte sie es einmal ausgedrückt.

»Ich hatte einmal eine Abtreibung«, sagte Nadine. »Mit zwanzig – da war ich gerade aus der Schule. Der Junge war genauso alt wie ich, aus meiner Theatergruppe … Na ja …« Sie seufzte. »Wir waren viel zu jung. Ich musste in eine völlig sterile Praxis … in Düsseldorf. Nach drei Stunden konnte ich wieder nach Hause.« Sie seufzte wieder. Ihre rechte Hand irrte über den Tisch, als würde sie seine suchen, doch wenn sie sich ihm näherte, wich sie zurück.

»Aber das ist es nicht, was ich dir sagen wollte. Ich hatte auch … eine Fehlgeburt. Keine Ahnung, ob das mit der Abtreibung zu tun haben könnte. Im vierten … Monat.« Nun schlich sich ein Schluchzen zwischen ihre Worte. »Es war schrecklich. Ich fühlte mich sterbenskrank, wollte wochenlang nicht mehr vor die Tür. Der Vater … ein bekannter Regisseur … Er hat sich nicht groß gekümmert. Na, egal …«

Schiller spürte, wie sich sein Hals zusammenzog. Nun schob sich seine rechte Hand vor und ergriff Nadines, um sie zu drücken. Dankbar schaute sie ihn an.

»Das tut mir leid«, flüsterte er.

Nadine nickte, in ihren Augen schimmerten Tränen.

»Aber das Schlimmste war, dass der Arzt mir damals … vor sechs Jahren gesagt hat, dass ich wahrscheinlich keine Kinder mehr bekommen könne … und dass ich, sollte ich trotzdem schwanger werden, jederzeit wieder mit einer Fehlgeburt rechnen müsse. Das solltest du wissen. Es wird also nicht einfach werden mit mir und dem Kind.« Sie lächelte schwach, und ihm war es, als würde ihm ein Stein vom Herzen fallen.

»Gut«, sagte er leise. »Ich rechne mit allem, und ich werde auf dich aufpassen. Versprochen.«

12

Sie ging noch dreimal um den Aachener Weiher herum, bevor sie ins Präsidium fuhr. Eigentlich war dieses Gewässer nichts weiter als eine größere Betonschale, beinahe viereckig, mit grünlichem Wasser, eingezwängt zwischen zwei Hauptstraßen und einer Bahnlinie; das einzig Schöne war die Holzbrücke, die an der Rückseite des Ostasiatischen Museums entlangführte. Ja, vielleicht hatte Max recht. Warum war Henner Brohl, dieser Japan-Flüchtling, ausgerechnet hier getötet worden?

Obwohl es erst kurz vor halb sieben war, schrieb sie Jan aus ihrem Alfa eine Nachricht. »Kommst du heute zum Dienst? Oder ist der Herr wieder unpässlich?«

Offenbar hatte Jan zurzeit andere Dinge im Kopf, als sich um ihren Fall zu kümmern. Nach dem Tod seiner Ersatzmutter Therese war er eine Woche ernsthaft krank gewesen; aber das lag nun schon geraume Zeit zurück. Hatte er Ärger mit seiner neuen Freundin, der Dramaturgin? Es sah ganz so aus.

Kurz nach ihr trafen auch Nele und Bert Cremer im Präsidium ein. Nele veranlasste sofort, dass Birtes Fund, das Feuerzeug, in die Kriminaltechnik gebracht wurde, während Bert noch einmal die Namensliste der Sportler und Sportlerinnen durchging, die mit Brohl Kontakt gehabt hatten. Zwei von ihnen hatten Andeutungen gemacht, dass er sich ihnen auf eine Art genähert hatte, die sie heute nicht mehr tolerieren würden. Beide Frauen lebten nicht in Köln; die eine in Karlsruhe, die andere in München. Als Verdächtige schieden sie eigentlich von vornherein aus.

»Heute Nacht«, sagte Nele dann, »habe ich noch ein wenig recherchiert.« Sie deutete auf Birtes Computer. »Bei YouTube gibt es ein altes Video von Henner Brohl – über ihn und seine besonderen Trainingsmethoden.« Bei »besonderen« malte sie Anführungsstriche in die Luft.

Birte rief das Video auf. Es war vier Minuten lang und zeigte einen jungen, kraftstrotzenden Henner Brohl in Badehose und einem beinahe durchsichtigen weißen T-Shirt, der mit verschränkten Armen am Rand eines Schwimmbeckens stand und Befehle rief. Die Kamera war in vielen Einstellungen einzig auf sein Gesicht gerichtet. Er brüllte »Haltung!«, »Gehockt – habe ich gesagt!«, »Das kann ja meine Großmutter besser!«, »Anja, die Kampfrichter wollen nicht deinen süßen Arsch sehen!«.

Es hatte etwas Militärisches und zutiefst Grausames, wie er dastand. Von den Mädchen, die er trainierte, war nichts zu sehen, kein einziges Bild.

»Ein wirklich angenehmer Zeitgenossen«, sagte Birte.

Nele nickte. »Das stammt aus einem Film über Doping und Trainingsmethoden. Bei mir, hat Brohl dann später in einer anderen Aufnahme gemeint, gibt es kein Doping. ›Ich bin das Doping für meine Mädchen‹, hat er wörtlich mit einem fetten Grinsen erklärt.«

»Aber wahrscheinlich ist Doping beim Kunstspringen ohnehin nicht von Bedeutung«, erwiderte Birte. Max hatte, als er noch Triathlet war, eigene Erfahrungen mit Stereoiden und anderen Aufputschmitteln gemacht.

Um kurz vor halb neun tauchte auch Jan auf. Er war frisch rasiert und wirkte deutlich ausgeschlafener und besser gestimmt als in den Tagen zuvor.

»Wir haben hohen Besuch«, sagte Birte spöttisch und blickte ins Nebenzimmer, wo Nele schon wieder vor ihrem Bildschirm saß und Cremer telefonierte.

Jan überging die Bemerkung und lächelte. Er schwenkte eine Tüte. »Frische, butterweiche Croissants«, sagte er. »Dachte, wer hart arbeitet, muss sich auch etwas gönnen.«

Hast du wieder vergessen, dass Nele sich neuerdings vegan ernährt und nichts isst, was Butter enthält?, wollte sie ihm entgegenhalten.

Doch als hätte er einen Einwand erwartet, drückte er ihr

die Tüte in die Hand und rief: »Außerdem habe ich etwas zu verkünden. Nele, Bert, das gilt auch für euch.«

Er sprang auf den Plastikstuhl, der neben Birtes Schreibtisch stand, und machte eine weite ausholende Handbewegung, während Nele und Bert Cremer in der Türöffnung auftauchten.

»Also«, sagte Jan und räusperte sich theatralisch. »Ich muss mich entschuldigen, dass ich gestern nicht so richtig bei der Sache war.« Übertrieben, beinahe wie ein Opernsänger vor einer großen Arie, holte er tief Luft.

Komm zur Sache, wollte Birte ihm schon zurufen, als hinter Jan die Tür geöffnet wurde.

Fitschen, wie immer im Anzug mit Krawatte, stand im Türrahmen. Für eine Sekunde war er irritiert. »Eine Geburtstagsfeier?«, fragte er, dann glitt sein Blick von Jan zu Birte. »Ich muss Ihr fröhliches Beisammensein am Morgen bedauerlicherweise stören. Wir haben einen ungeklärten Todesfall im Theater am Bauturm. Leider haben wir kein anderes Team. Frau Jessen, ich bitte Sie, sich darum zu kümmern.« Er blickte auf die Tüte in ihrer Hand. »Ihre Croissants können Sie ja auf dem Weg dorthin essen.«

»Was«, fragte Birte, während sie zehn Minuten später im Auto saßen, sie am Steuer, »was genau wolltest du uns eigentlich sagen?«

Jan warf ihr einen düsteren Seitenblick zu. »Nichts von Belang«, erwiderte er. »Ich wollte nur verkünden, dass ich diesen Monat den Kaffee spendiere.«

Birte erwiderte nichts darauf. Es war eine zu dumme Lüge. Willst du heiraten?, dachte sie. Warst du darum so schlecht gelaunt, weil du nicht wusstest, wie du deiner Dramaturgin einen Heiratsantrag machen solltest?

»Nadine ist am Schauspielhaus, nicht wahr?«, sagte sie stattdessen versöhnlicher. »Da hat man wahrscheinlich mit dem Bauturmtheater nichts zu tun.«

»Vermutlich nicht«, entgegnete Jan. Er hatte die Tüte Croissants tatsächlich mitgenommen und nahm sich eines. »Haben wir jetzt zwei Fälle, die wir gleichzeitig bearbeiten sollen? Wie stellt der Herr Kriminaldirektor sich das vor?«

»Er stellt sich gar nichts vor«, sagte Birte unfreundlich. Dann fügte sie hinzu: »Wir schauen uns erst einmal nur den Tatort an.« Sie parkte direkt vor dem Theater auf der Aachener Straße hinter zwei Streifenwagen, die mit eingeschaltetem Blaulicht dastanden. Der Gehweg war bereits abgesperrt. Auf der anderen Straßenseite standen ein paar Leute und schauten herüber. Eine Straßenbahn fuhr langsam vorbei. Sie waren hier beide schon häufig gewesen. Jan mochte das Café, und sie hatte zwei, drei Aufführungen besucht, einmal ein sehr erfolgreiches Ein-Personen-Stück über einen Musiker und seinen Kontrabass, das angeblich über zehn Jahre lang auf dem Spielplan gestanden hatte.

An dem Café vorbei, das offenbar abgesperrt war, jedenfalls war dort niemand zu sehen, gingen sie ins Theater. Vor dem Eingang stand ein uniformierter Polizist.

»Die tote Frau liegt auf der Bühne«, sagte er. Ihm war die Aufregung anzusehen.

Birte nickte ihm zu, Jan ging wortlos an ihm vorbei.

Diese Momente hasste sie an ihrem Beruf besonders: Wenn man zu einem Tatort gerufen wurde und keine Ahnung hatte, was einen erwartete. Sie hatte schon viele Leichen in ihrem Leben sehen müssen, doch jedes Mal zog sich ihr Magen zusammen, und ein leichter Schwindel erfasste sie.

Durch das enge Foyer gingen sie die wenigen Stufen in den Theatersaal hinauf. Das Theater war klein, fasste allenfalls hundertfünfzig Plätze. Drei weitere Polizisten standen in dem schmalen Gang, der an schwarzen Plastikstühlen vorbei zur Bühne führte. Einer wandte sich um und machte eine vage Handbewegung.

Auf der Bühne befand sich ein rotes Plüschsofa, auf ihm saß zurückgebeugt eine junge schwarzhaarige Frau; sie trug eine weiße Bluse, die blutgetränkt und auf der rechten Seite so weit heruntergezogen war, dass man ihre halbe Brust sehen konnte. Offenkundig hatte sie ein Schuss genau ins Herz getroffen. Ihr Gesicht war leicht abgewandt. Die Tote war barfuß, fiel Birte auf; ihre Zehennägel waren türkisfarben lackiert.

Jan hatte sein Smartphone hervorgezogen und machte erste Fotos.

»Die Putzfrau hat sie vor einer guten halben Stunde gefunden«, sagte einer der Polizisten. »Eine Türkin, die hier seit Jahren sauber macht. Sie hockt seit zwanzig Minuten auf der Damentoilette.«

Jan war näher herangetreten, um weitere Fotos zu machen. Hinter ihnen kamen zwei Männer heran. Schultke von der Kriminaltechnik und eine junge blonde Frau mit Pferdeschwanz, die ihm erst seit zwei Wochen assistierte und deren Namen Birte nicht kannte. Die beiden trugen bereits weiße Overalls.

»Seid ihr auch schon da?«, sagte Schultke missgelaunt.

»Wir haben sonst nichts zu tun«, erwiderte Jan ebenso unfreundlich. »Kann jemand die Zeugin von der Toilette holen?«, wandte er sich an einen Polizisten. Er warf der blonden Assistentin einen Blick zu. »Dann können die beiden Hübschen sich hier ungestört an die Arbeit machen.«

Als sie ins Foyer zurückgingen, kam ihnen abgehetzt ein junger Mann entgegen, der seine langen schwarzen Haare zu einem Zopf gebunden hatte; er trug ein T-Shirt mit der Aufschrift »EFFZEH« und eine olivfarbene Hose mit etlichen Taschen.

»Was ist passiert?«, rief er Birte panisch zu. »Ein Toter in meinem Theater?« Er strich sich über das Gesicht. »Ich bin Gerold Burr – ich bin der Theaterleiter. Gül hat mich angerufen.«

Gül war vermutlich der Name der Putzfrau.

»Jemand ist erschossen worden«, sagte Jan ruhig. »Eine junge Frau mit langen schwarzen Haaren –«

»Dela!«, schrie Gerold Burr. »Das muss Dela sein. Sie hatte

hier gestern Vorstellung.« Er stürmte an ihnen vorbei zum Theatersaal hinauf. An der Tür blieb er stehen. »Dela«, brüllte er wieder. »Mein Gott, Dela.«

Sie brauchten fünfzehn Minuten, bis sich der Theaterleiter ein wenig beruhigt hatte. Er schluchzte, steckte sich eine Zigarette an und schluchzte wieder. Sie gingen mit ihm in ein winziges fensterloses Büro, in das man durch das Foyer gelangte. An den Wänden hingen alte vergilbte Plakate und ein großer Wandkalender, der mit rotem und gelbem Stift vollgekritzelt war.

»Wer genau ist die Tote?«, fragte Birte.

Burr sah sie an, als würde sie eine fremde Sprache sprechen. »Wer bringt eine Schauspielerin nach der Vorstellung um?«, fragte er, statt zu antworten. »Was soll das alles?«

»Das versuchen wir mit Ihrer Hilfe herauszufinden«, sagte Jan.

»Dela ist eine junge Schauspielerin«, erklärte Burr dann endlich. »Sie ist eigentlich noch an einer Schauspielschule hier in Köln, aber ich habe ihr eine Chance gegeben. Sie heißt Dela Pawlak, sie ist vierundzwanzig, in Gdańsk geboren, doch schon lange in Deutschland. Manchmal nur hört man ihren leichten Akzent, aber das hat mich nicht gestört. Dela war richtig gut, und sie hatte eine tolle Stimme.« Er schluchzte wieder.

Birte ertappte sich bei der Frage, ob der Theaterleiter möglicherweise ein Verhältnis mit seiner Schauspielerin gehabt hatte. Reagierte er deshalb so emotional? Aber nein, sagte sie sich dann, das waren so Klischeevorstellungen, die man eben von einem Theater hatte.

»Warum war Dela noch im Theater?«, fragte Jan. »War sie für gewöhnlich die Letzte?«

Burr nickte. »Das kam vor. Wissen Sie, wir sind ein kleines Theater. Die Zeiten sind hart. Manchmal muss ich meine Schauspieler bitten, die Kasse in mein Büro zu bringen und abzuschließen. Dela hat das gerne gemacht.«

»Was genau hat Dela gespielt?«, fragte Jan weiter. »Gab es noch andere Schauspieler, oder wer könnte sonst mit ihr zuletzt im Theater gewesen sein?«

»Henrik, der Licht und Ton macht, haut meistens schnell ab, sobald die Zuschauer raus sind. Seine Frau hat vor sechs Wochen Zwillinge bekommen. Und Marianna, die kassiert und in der Pause Getränke verkauft, geht, wenn die Vorstellung nach der Pause wieder beginnt. Ach ja, der Saxofonist müsste auch da gewesen sein.« Burrs Gesicht hellte sich für einen Moment auf.

»Welcher Saxofonist? Was für ein Stück wurde denn gestern Abend aufgeführt?« Birte beobachtete, dass Burr sich die nächste Zigarette ansteckte.

»Dela hat eine Hommage an Kurt Tucholsky zusammengestellt. Das heißt, sie trägt Texte vor und singt auch einige seiner Gedichte. Sie macht das toll!« Er hob die Hände und ließ sie kraftlos sinken.

»Und da gibt es auch einen Saxofonspieler?« Jan wurde ungeduldig.

»Ja. Das war Delas Idee.« Burr hatte sich an seinen Schreibtisch gelehnt, auf dem ein Laptop stand und der ansonsten voller Papiere war. Er suchte darin hektisch etwas. Dann zog er ein paar Schwarz-Weiß-Fotos hervor. »Fotos der Aufführung – von der letzten Probe vor acht Wochen.«

Birte beugte sich vor. Dela Pawlak in einem schwarzen halblangen Kleid; sie war eine zarte, überaus gut aussehende Frau. Auf dem zweiten Foto stand sie neben dem Saxofonisten.

»Hanno!« Jan riss Burr das Foto beinahe aus der Hand. »Warum sagen Sie uns nicht, dass Hanno mit auf der Bühne gestanden hat?«

Nun erkannte Birte den Saxofonisten auch; ein alter Mann in einer Lederjacke mit langen grauen Haaren. Als Jan noch glaubte, in einer Band Bass spielen zu können, war er einige Male mit Hanno aufgetreten, wenn sie sich richtig erinnerte.

13

Wieso hatte er seine spontane Aktion zu verkünden, dass er Vater wurde, nicht durchgezogen? Stattdessen war er, als Fitschen in der Tür auftauchte, wie ein beim Abschreiben ertappter Schuljunge von dem Stuhl gesprungen. Seine Laune hatte sich seitdem keinen Deut verbessert. Da tat es ihm gut, dass er nun ohne Begleitung Hanno aus dem Bett klingeln durfte.

Der alte Saxofonist wohnte drei Ecken vom Baumturmtheater entfernt in der Moltkestraße in einer Dachwohnung, die er vor über dreißig Jahren bezogen hatte und die nun gewiss viel zu teuer für ihn wäre. Dabei war Hanno seit Jahrzehnten eine feste Größe in der Musikszene Kölns; er hatte als Studiomusiker mit amerikanischen Jazzmusikern zusammengearbeitet; genauso aber war er mit bekannten Karnevalsbands aufgetreten. In Köln ging eben beides zusammen.

Schiller musste dreizehn Mal auf den Klingelknopf drücken, bis ihm geöffnet wurde. Schon von Weitem, als er im Treppenhaus hinaufstieg, hörte er unflätige Flüche.

Hanno stand im Bademantel und mit schulterlangen offenen Haaren in der Tür und blickte Schiller schläfrig an.

»Schiller«, sagte er vorwurfsvoll, »es ist mitten in der Nacht. Ich hoffe, du hast einen guten Grund, mich aus meinen schönsten Träumen zu reißen.«

»Es ist nicht mitten in der Nacht«, sagte Schiller, während er an Hanno vorbei in die Wohnung ging, »und ich habe einen sehr ernsten Grund.«

Er konnte sich nicht erinnern, wann er zuletzt bei Hanno in der Wohnung gewesen war, aber schon damals, als er noch dann und wann in einer Band gespielt hatte, hatte der alte Saxofonist kaum Möbel besessen. Das hatte sich nicht geändert. In der Küche gab es immerhin drei Stühle und ein Sofa, das vor einem kleinen Holztisch stand.

»Wenn du wieder Bass spielen willst«, sagte Hanno, während er ihm folgte, »lass ich das als Grund nicht gelten. Da hättest du mich auch zu einer normalen Zeit anrufen können, also keineswegs vor drei Uhr – oder fünfzehn Uhr, um genau zu sein.«

»Mach uns einen Kaffee«, sagte Schiller. Er zog sich einen Stuhl heran. »Er muss so stark sein, dass du richtig wach wirst und deine letzten Hirnsynapsen anfangen zu arbeiten.«

»Was ist los?« Hanno begriff nun, dass etwas Bedeutsames vorgefallen sein musste. »Ist jemand gestorben?«

»Ich nehme den Kaffee schwarz, ohne Zucker«, entgegnete Schiller, statt zu antworten.

Hanno begann, in seiner Küche zu hantieren. Er musste mittlerweile die siebzig überschritten haben, und das war seinen fahrigen Bewegungen auch anzumerken. Als Saxofonist war er wohl immer noch Spitzenklasse, aber ein eigenes Album, wie er es sich seit Jahren erträumt hatte, war nicht zustande gekommen.

»Was arbeitest du zurzeit?«, fragte Schiller, nachdem Hanno den Kaffee auf die altmodische Art – ohne Maschine, mit heißem Wasser durch einen Filter in eine Kanne – aufgegossen hatte.

Hanno sah ihn argwöhnisch an. »Hat dein Besuch mit meinem Job zu tun? Ich spiele Saxofon auf dem aktuellen Album einer neuen Kölsch-Rockband. Die wollen so ähnlich klingen wie BAP – Gott hab sie selig – vor vierzig Jahren, als sie noch richtig gut waren, und abends …« Er zögerte und wandte sich um. Seine grauen Augen funkelten aufmerksam. »Ist etwas im Theater vorgefallen?«

»Was genau machst du abends?«, fragte Schiller.

Hanno stellte Tassen zurecht, dann wartete er, bis das Wasser durchgelaufen war. Erst als er die Tassen füllte, sprach er wieder.

»Ich bin vom Theater am Bauturm engagiert worden. Eine Tucholsky-Show. Eine Schauspielerin trägt Texte vor, und zwischendurch spiele ich etwas. Da bin ich ganz frei, kann improvisieren oder ›White Christmas‹ intonieren, ganz wie ich will. Macht richtig Spaß und bringt auch gutes Geld. Na, es reicht jedenfalls für die Miete in diesem Monat.« Er setzte sich schwerfällig. Als sich sein Bademantel verschob, konnte Schiller seine faltige, grau behaarte Brust sehen.

»Was ist das für eine Schauspielerin?«, fragte Schiller. Der Kaffee war heiß und extrastark.

Hanno beugte sich vor und kniff seine buschigen Augenbrauen zusammen. »Was soll das, Schiller? Sag mir, was los ist!«

Schiller trank noch einen Schluck. Bitter spülte der Kaffee über seine Zunge. »Ich komme eben aus dem Theater. Dela Pawlak, die Schauspielerin, ist auf der Bühne erschossen worden; sie saß auf dem Sofa, ein Schuss genau ins Herz, wie es auf den ersten Blick aussieht.«

Hanno keuchte kurz auf. »Das kann doch nicht sein«, flüsterte er. »Wir waren die Letzten. Die Vorstellung war gut gelaufen. Am Schluss habe ich für Dela die polnische Nationalhymne gespielt. – Sie kommt ursprünglich aus Polen«, fügte er erklärend hinzu. »Da hat sie auf der Bühne richtig gelacht, dass sich die Leute gewundert haben.«

»Wann genau bist du gegangen?«

»Es war kurz vor halb elf. Ich bin ins Café Fleur rüber. Habe Dela noch gesagt, sie könne nachkommen, wenn sie wolle. Sie musste noch ein paar Dinge aufräumen und sich abschminken. Obwohl ... richtig geschminkt war sie eigentlich gar nicht.« Hanno trank, dann stand er auf, um sich eine Zigarette zu holen und anzuzünden. »Verdammte Scheiße«, sagte er und setzte sich wieder. »Dann muss ihr jemand aufgelauert haben. Als ich ging, war das Theater leer. Im Café war noch die Hölle los, aber hinten ... nichts mehr. Die Vorstellung war auch nur halb voll gewesen, dabei ist Dela richtig gut – sehr talentiert und charmant.«

»Ist dir etwas aufgefallen?«, fragte Schiller. »Jemand, der auf der Straße wartete, oder ein Taxi vielleicht?«

Hanno hob die Schultern. »Nichts«, sagte er, »ein Abend wie immer. Ich war gut gelaunt. Wir hatten die Leute in Stimmung versetzt, und es machte Spaß, Dela zuzuschauen. Sie ist schön und klug. Wann gibt es so etwas schon einmal?«

»Was weißt du von ihr? Hat sie einen Freund? Gab es jemanden, der sie abgeholt hat?« Schiller spürte, dass sein Smartphone vibrierte. Er zog es hervor. Nele hatte ihm eine Nachricht und ein Foto geschickt. »Kommt dir dieser Mann bekannt vor?«, schrieb sie. Das Foto zeigte einen Mann, der einen Hoodie über den Kopf gezogen hatte, blondes Haar, und die Ansätze seines Gesichts waren zu erahnen. Doch das Foto sagte ihm auf Anhieb nichts.

Hanno nahm einen Zug aus seiner Zigarette und legte sie auf einer Untertasse ab, um nach seiner Kaffeetasse zu greifen. »Ich weiß nicht, wie ich das ausdrücken soll. Ich kannte ja Dela nicht wirklich gut, aber einmal, nach der letzten Probe, da war sie schlecht drauf. Sie hatte Liebeskummer. ›Ich habe Mist gebaut‹, hat sie zu mir gesagt, ›und nun bin ich auch noch verliebt. In einen Mann, den ich auf keinen Fall lieben darf.‹« Er führte die Tasse zum Mund. »Ja, genau so hat sie sich ausgedrückt.«

»In wen war sie verliebt? Hat sie dir einen Namen genannt?«

Hanno stellte die Tasse zurück und nahm seine Zigarette zwischen Ring- und Mittelfinger. Er inhalierte tief. »Hat sie nicht, aber … nur so ein Gefühl. In der Premiere, zwei Tage später, war richtig Prominenz am Start, hat man sonst in so einem kleinen Theater nicht, und da war ein Mann, ein recht berühmter Mann, und wie die beiden sich angesehen haben, als er hinterher in die Garderobe kam, um uns zu gratulieren …« Hanno brach ab. »Kann auch sein, dass ich es mir eingebildet habe, aber … Nein, da war etwas …«

»Wer war dieser Mann?«, fragte Schiller, als Hanno sich schon wieder geziert seine Zigarette in den Mund schob.

»Es war unser Oberbürgermeister, Friedrich Brohl. Er war

mit der Kulturdezernentin gekommen, aber die hat er den ganzen Abend gar nicht beachtet. Na, sie ist auch eine ziemlich langweilige Person … Eigentlich hat er nur Dela angestarrt.«

Als Schiller im Präsidium eintraf, war Birte noch nicht zurück. Nele hockte wie gewöhnlich vor ihrem Computer und löffelte, während sie auf ihren Bildschirm starrte, eine gelbliche Suppe in sich hinein.

»Ingwer«, sagte sie, als sie seinen Blick bemerkte. »Supergesund.«

Schiller nahm sich einen Kaffee, den vierten oder fünften an diesem Tag. »Ich glaube, dass der Mord in dem Theater mit unserem Fall Brohl zusammenhängen könnte.« Kurz berichtete er von seinem Besuch bei Hanno und erwähnte auch, dass er ihm den Mann mit dem Hoodie gezeigt hatte, der alte Saxofonist aber mit dem Foto nichts hatte anfangen können.

»Und du?«, fragte Nele. »Konntest du den Jungen erkennen?«

»Nein, sorry«, entgegnete Schiller. Er trat mit seinem Kaffeebecher in der Hand hinter Nele. Kurz atmete er den Duft ihres französischen Parfüms ein, sie hatte ihm einmal den Namen genannt, den er leider vergessen hatte. Das Gesicht eines etwa achtzehnjährigen Mannes war auf dem Bildschirm zu sehen.

Nele wandte sich um und lächelte ihn an. »In der Kriminaltechnik haben sie ein richtig gutes Vergrößerungsprogramm. Wir haben hier einen Volltreffer gelandet. Das ist Markus Fengler, ein achtzehnjähriger Schüler. Den Kollegen ist es gelungen, das Kennzeichen des Motorrads kenntlich zu machen, das du am Morgen nach dem Mord am Aachener Weiher fotografiert hast.«

»Der Mann mit der Drohne«, warf Schiller ein.

»Genau, aber es kommt noch besser. Birte war heute Morgen ganz früh am Aachener Weiher. Da hat jemand einen Mann fotografiert, der genau an der Stelle gesessen hat, an der Henner Brohl getötet worden ist. Das war das Foto, das ich dir heute Morgen geschickt habe.«

»Und dieser Mann ist wieder Markus Fengler gewesen?«

»Richtig. Ich habe mir seine Daten angesehen. Er ist der Sohn von Cornelia Fengler, der Turmspringerin, die Brohl zur Europameisterin gemacht hat. 2010, kurz bevor Brohl verschwand, hat sie sich umgebracht. Wegen Depressionen, hieß es. Da war Markus Fengler sieben Jahre alt. Er ist bei seiner Großmutter im Stadtteil Vogelsang aufgewachsen. Anscheinend wohnt er noch immer dort.«

»Die Dinge kommen in Bewegung«, sagte Schiller. »Warum kreuzt dieser Junge zweimal am Tatort auf?«

»Er weiß etwas«, sagte Nele. »Oder …« Sie blickte den Bildschirm an, auf das hübsche Gesicht dieses blonden Jungen. »Oder er hat etwas mit dem Mord zu tun. Wenn sich seine Mutter wegen Brohl umgebracht hat, dann hat er ein verdammt starkes Motiv.«

»Wo ist Cremer?«, fragte Schiller. »Ich möchte diesen Hausbesuch in Vogelsang ungerne allein machen.«

Doch im nächsten Moment kam Birte zur Tür herein. Sie wirkte müde und erschöpft.

»Die Tote ist in der Rechtsmedizin – bei deiner Freundin Dr. Grams«, sagte sie mit einem matten Lächeln, das Schiller galt. »Wir haben aber ihre Adresse und noch einige andere Sachen bei ihr gefunden.«

»Gut so«, sagte Schiller und griff nach seiner Jacke. »Ich habe auch schon einiges herausgefunden. Vermutlich hatte die Schauspielerin einen berühmten heimlichen Liebhaber – unseren Oberbürgermeister Brohl. Ich berichte dir ein paar Dinge, während wir unseren ersten Tatverdächtigen aufsuchen.«

14

»Du glaubst, beide Mordfälle hängen zusammen?«, fragte Birte, nachdem Jan ihr einen Kurzbericht seines Besuches bei Hanno gegeben hatte.

»Vielleicht.« Er fuhr sehr schnell über die Deutzer Brücke und dann um den Neumarkt herum. »Nicht, wenn der Junge Brohl aus Rache für den Tod seiner Mutter umgebracht hat. Dann haben wir unseren ersten Fall geklärt. Deshalb nehmen wir uns diesen Markus Fengler als Ersten vor.«

Birte schloss die Augen, aber sofort tauchte das Bild der toten Dela Pawlak in ihrem Kopf auf, einer schönen jungen Frau. Burr, der Theaterleiter, hatte ihr auf seinem Computer im Büro ein kurzes Video von dem Tucholsky-Abend vorgespielt, das auf der Homepage des Theaters zu sehen war. Dela hatte gesungen, begleitet nur von Hanno. Sie hatte eine recht tiefe, volle Stimme; und die Art, wie sie ihre Lieder sang, zeugte davon, dass sie es liebte, auf der Bühne zu stehen.

Ihre Augen öffnete Birte erst wieder, als eine SMS bei ihr einging. Zum Glück nicht von Max, der ihr wieder die aktuelle Platzierung seines Buches übermittelte – ihre eigene Regung ließ sie lächeln. Nele hatte ihr ein Foto geschickt. Friedrich Brohl neben einer lächelnden Dela – offensichtlich auf einem Fest aufgenommen worden. Nein, »Premiere von Rigoletto – Oper Köln«, hatte sie dazugeschrieben.

Als Jan an einer Ampel halten musste, hielt Birte ihm das Display hin. Er warf nur einen flüchtigen Blick darauf.

»Hat Hanno also recht«, sagte er. »Brohl ist der heimliche Freund der Schauspielerin.«

In Vogelsang, einem Vorort von Köln, waren die Straßen sinnigerweise alle nach Vögeln benannt. Falkenweg, Kuckucksweg, Bussardweg.

Jan bog mit hohem Tempo in den Kranichweg ein.

»Wenn es sich um eine Festnahme handeln könnte, hätten wir vielleicht ein paar Kollegen mitnehmen sollen«, sagte Birte.

Jan verzog das Gesicht. Seine Laune hatte sich kaum gebessert. »So einen Burschen zu befragen, werden wir wohl noch gemeinsam schaffen, oder nicht?«

Sie erwiderte nichts darauf.

Jan hielt vor einem kleinen braun verputzten Häuschen, das gewiss schon bessere Tage gesehen hatte. Ein typisches Arbeiterhaus, unten zwei Zimmer, oben zwei Zimmer, kein Luxus, aber immerhin ein Eigenheim.

Als sie ausstiegen, meinte Birte, einen Schatten hinter einer Gardine im Erdgeschoss wahrzunehmen.

»Denkst du, der Junge ist zu Hause?« Es war mittlerweile kurz vor zwölf. »Muss er nicht arbeiten oder in der Uni sitzen?«

Jan steuerte auf das Haus zu. »Das werden wir gleich herausfinden. Du hast den Job zu klingeln.« Er selbst ging nicht zum Eingang, sondern nahm den schmalen Plattenweg, der neben dem Haus offenkundig in den Garten führte.

Birte wollte auf den Klingelknopf drücken, als sie sah, dass die Haustür – ein graues verwittertes Monstrum aus Holz – einen Spaltbreit offen stand. Sie überlegte, ihre Pistole aus dem Halfter zu ziehen, die sie am Morgen eingesteckt hatte, doch dann verharrte sie nur und lauschte. Eine geöffnete Tür war selten ein gutes Zeichen. Sie versetzte der Tür einen leichten Stoß, sodass sie ein paar Zentimeter aufschwang. Ein weiterer Stoß und sie konnte in einen dunklen Flur blicken. Graue Fliesen, eine Garderobe, an der ein kurzer schwarzer Mantel hing, eine Blumenampel; die Blumen waren jedoch vertrocknet. Sie machte einen ersten Schritt hinein, als sie ein Geräusch vernahm: ein Knarren, dann einen dumpfenLaut.

Instinktiv wandte sie sich um. Ein Schatten jagte über den schmalen Streifen Gras vor dem Haus. Sie benötigte einen Moment, um diesen Blick einzuordnen. Der Junge – Markus Fengler – hatte gewartet, dass sie den Flur betrat, dann hatte er ein Fenster im Erdgeschoss geöffnet und war hinausgesprungen.

Sie eilte ihm nach über den schmalen Steinweg zur Straße. »Bleiben Sie stehen!«, rief sie. »Stehen bleiben!«

Der Junge drehte sich nicht um. Er drückte sich an ihrem Wagen vorbei, ein hochaufgeschossener Läufer in einem weißen T-Shirt und einer schwarzen Jeans, sein blondes Haar flatterte im Wind.

Dann hörte sie grausam kreischende Bremsen und sofort danach einen harten Aufprall. Glas splitterte, jemand schrie kurz auf.

Markus Fengler war aus ihrem Blickfeld verschwunden, doch wenig später sah sie ihn; er lag auf der Straße, mit einem verdrehten linken Bein, sein Kopf unter einem Arm verborgen, und gab kein Geräusch von sich. Eine junge Frau mit kurzen braunen Haaren war jammernd aus einem weißen BMW gesprungen. »Mein Gott«, rief sie. »Mein Gott!«

Eine Sekunde lang überlagerte sich das Bild des am Boden liegenden Markus Fengler mit dem von Max; sie war damals nicht dabei gewesen, natürlich nicht, weil sie sich noch gar nicht gekannt hatten, doch so ähnlich musste es gewesen sein, kam ihr in den Sinn, als er angefahren worden war und ein Bein verloren hatte.

Kaum war sie bei dem Jungen angekommen, war auch Jan neben ihr. »Verdammte Scheiße – wollte er abhauen?«

Birte erwiderte kein Wort. Wie tot lag der Junge da, doch nein, sein Oberkörper bebte, auch seine Hand glitt von seinem Kopf zurück, voller Blut zwar, aber er lebte, er konnte sich bewegen, sein Gesicht wandte sich ihnen zu, die Augen weit aufgerissen. Blut lief seine Wange hinab.

»Scheiße«, flüsterte er – und dann: »War dumm von mir. Tut mir leid.«

Neun Minuten später traf ein Krankenwagen ein; Jan hatte sich um den Jungen gekümmert, hatte ihm seine Jacke unter den Kopf geschoben und seinen Puls gefühlt, während sie die Fahrerin in ihren BMW zurückgeleitet hatte. Doch dann war sie beinahe kollabiert, so sehr hatte der Schock ihr zugesetzt. Ein Streifenwagen rauschte beinahe gleichzeitig mit der Ambulanz heran. Routiniert begannen die uniformierten Kollegen, den Unfall aufzunehmen.

Markus Fengler wurde von einem Notarzt kurz untersucht. Jan reichte ihm seine Karte.

»Lebensgefahr liegt wohl nicht vor?«, fragte er den Arzt.

»Prellungen, möglicherweise auch eine Fraktur im linken Bein«, erwiderte der Arzt. »Von inneren Blutungen würde ich nicht ausgehen.«

»Das Unfallopfer ist ein Zeuge in einem Mordfall. Wann können wir ihn vernehmen?«, fragte Jan weiter.

Der Arzt lächelte matt. »Na, heute wohl nicht mehr. Fragen Sie morgen nach. Wir werden ihn in die Uniklinik bringen.«

Markus Fengler hatte die Augen geschlossen, als zwei Sanitäter ihn auf einer Trage in den Krankenwagen hoben.

»Hat er dir verraten, warum er fliehen wollte?« Birte trat neben Jan.

»Was für ein Idiot! Haut ab und rennt vor einen Wagen.« Er blickte der Ambulanz nach. »›Sagen Sie nichts meiner Oma‹, hat er gesagt. Drei Mal – nur das, sonst nichts.«

»Klingt wie ein halbes Geständnis«, meinte Birte.

Sie gingen zum Haus zurück, aus dem niemand aufgetaucht war. Wenn Markus Fengler mit seiner Großmutter zusammenlebte, dann war sie offenbar gerade unterwegs.

Eine Frau, die sich an einem alten Damenfahrrad festzuhalten schien, passte sie vor der Tür ab. »Ich bin Frau Krahlke«, sagte sie. »Die Nachbarin – war das eben Markus da in dem Krankenwagen?«

Birte blieb stehen, während Jan auf das Haus zuging. »Es hat einen kleinen Unfall gegeben«, erklärte sie vage. »Wo ist die Großmutter des Jungen?«

Frau Krahlke gab ein schnaufendes Geräusch von sich. »Ein

Trauerspiel«, sagte sie. »Magda hatte vor sechs Wochen auch einen Unfall – ein Sturz vor der Tür. Oberschenkelhalsbruch. Sie ist jetzt in den Riehler Heimstätten. Hoffe sehr, dass sie wieder auf die Beine kommt, aber mit Ende siebzig wird das nicht so leicht werden.«

»Er wird sich aus dem Krankenhaus kaum heute Nacht verdrücken können«, sagte Jan, als sie wieder in ihrem Wagen saßen. »Trotzdem muss Nele der Klinik Bescheid geben, dass sie ein Auge auf ihn haben. Und morgen früh nehmen wir uns den Burschen vor.«

»Eine panische Flucht, weil zwei Leute vor der Tür stehen, die wie Polizei aussehen.« Birte spürte, dass ihr der Unfall zugesetzt hatte. Es hatte wenig gefehlt, und jemand wäre vor ihren Augen gestorben. »So verhält sich niemand, der nicht in irgendetwas verstrickt ist – und warum ist er zweimal am Tatort gewesen?«

Jan nickte stumm und ließ den Motor an. Seine Laune hatte sich nicht verbessert. »Und weiter geht die rasende Fahrt«, sagte er in Nachahmung eines alten Spruchs von der Kirmes, bei ihm klang es allerdings müde und wenig begeistert. »Wir haben ja noch einen anderen Fall – oder Mord Nummer zwei, ganz wie man es sieht.«

»Was willst du jetzt tun?«, fragte Birte, aber sie gab sich gleich selbst die Antwort. »Wir müssen in die Wohnung der toten Schauspielerin.«

»Ich würde auch lieber mit dir irgendwo gemütlich einen Kaffee trinken«, entgegnete Jan mit einem stark sarkastischen Unterton. Anscheinend hatte er wirklich Probleme mit seiner Freundin. Birte wagte es jedoch nicht, eine Frage zu stellen, weil er übergangslos Nele im Präsidium anrief, um sie auf den neuesten Stand zu bringen.

Zehn Minuten später waren sie in der Innenstadt von Köln. Albertusstraße.

Jan parkte vor einer Feuerwehrzufahrt. »Hier muss es sein.« Er deutete auf ein grau verputztes Haus, in dem sich unten ein Laden befand, der aber geschlossen und von innen mit braunem Papier beklebt war. »In diesem Haus hat Dela Pawlak gewohnt.«

An dem Klingelschild stand ihr Name auf einem mit Tesafilm fixierten Stück Papier und war kaum zu lesen. Als sie läuteten, wurde ihnen sofort geöffnet. Sie traten ein.

Jan schaute Birte an. »Wahrscheinlich ist Bert doch schon an der Arbeit.« Nun klang er spöttisch. Hauptkommissar Bert Cremer war nicht für seinen Übereifer bekannt.

Eine mittelalte Frau hatte ihnen geöffnet; sie trug gelbe Leggins und hatte sich ihre schwarzgraue Mähne mit einem ebenfalls gelben Band zusammengebunden.

»Noch mehr Polizei!«, rief sie aus. »Kommen Sie!« Sie winkte ihnen zu. »Schrecklich, was passiert ist. Wissen Sie schon etwas? Ist es einer von Delas Kunden gewesen?«

»Von welchen Kunden sprechen Sie?«, fragte Birte.

Sie ging voraus und wurde durch einen schmalen Flur in den Laden geführt, den sie von außen gesehen hatten. Der Raum war überraschend groß und völlig leer. Die Wände rechts und links waren komplett verspiegelt, an einer war auf Hüfthöhe eine Stange angebracht. Ein Ballettstudio, dachte Birte, allerdings ein ziemlich heruntergekommenes.

»Dela hat manchmal in einer Bar ausgeholfen. Von ihren Gagen als Schauspielerin konnte sie nicht leben. Niemand von uns kann das.«

Die Frau war älter, als sie auf den ersten Blick gewirkt hatte; sie hatte eine durchtrainierte Figur, aber die Falten am Hals und um ihre Augen verrieten, dass sie die sechzig vermutlich schon um einiges überschritten hatte.

»Ich bin Hella Schumacher«, sagte sie. »Vielleicht kennen Sie mich aus dem Karneval. Da spiele ich eine kölsche Putzfrau, trete immer in der WDR-Gala auf, schon seit zehn Jahren. Davon lebe ich, wenn es gut läuft, das ganze Jahr. Aber eigentlich bin ich Performancekünstlerin.«

»Und das ist Ihr Atelier?«, fragte Jan mit einem leicht süffisanten Unterton.

Die Frau schnaubte. »Das ist kein Atelier. Hier studiere ich Tanzperformances ein. Außerdem üben hier auch andere Leute. Hauptsächlich Comedians, bevor sie auf Tournee gehen oder Fernsehauftritte haben.«

»Wo hat Dela gewohnt?«, fragte Birte.

Hella Schumacher machte eine gezierte Handbewegung und deutete hinter sich. »Sie hatte eine kleine Kammer zum Hof, aber da sind schon zwei Ihrer Kollegen bei der Arbeit, und viel mehr Leute passen da nicht rein.«

Jan wandte sich schon ab, doch dann blieb er in der Tür stehen. »Hatte Dela einen Freund?«, fragte er. »Wissen Sie etwas darüber?«

»Bedaure.« Hella Schumacher faltete ihre Hände in Brusthöhe. »Dela und ich, wir sind uns kaum begegnet. Sie war Untermieterin hier. An meiner Arbeit hatte sie kein Interesse.«

»Und Sie an ihrer?«, fragte Birte.

Die Frau lächelte und entblößte ein großes, strahlend weißes Gebiss. »Ich habe sehr viel zu tun«, erwiderte sie.

Hinter dem Ladenraum gab es eine kleine schmutzige Küche, eine fensterlose Toilette mit einer Dusche und eine bessere Abstellkammer. Birte warf einen kurzen Blick hinein. Bert Cremer stand an einem Fenster, das vergittert war, und schien Unterlagen durchzublättern. Laura Precht hockte vor einem Schrank, in dem offenbar Kleider hingen. Der Raum war so eng, dass sich die beiden schon kaum bewegen konnten. Als einziges Mobiliar standen ein Schreibtisch und zwei Stühle da; das Bett oder vermutlich eher eine Matratze befand sich auf einer hölzernen Plattform, die zwei Drittel des Raumes einnahm und dafür sorgte, dass alle den Kopf einziehen mussten.

»Eine wirklich gemütliche Bleibe«, sagte Jan und drehte sich zu Hella Schumacher um. »Was kostet denn so ein Luxusapartment?«

Sie verzog beleidigt den Mund. »Dela war nicht oft hier«,

sagte sie. »Ich habe dreihundert Euro für die Untermiete verlangt. Reich werde ich damit nicht.« Dann drehte sie ab und verschwand.

Bert Cremer lächelte Birte an. »Laura und ich sind schon eine Weile hier. Ehrlich, die Frau hat so gut wie nichts besessen, ein paar interessante Sachen haben wir trotzdem entdeckt.«

Die Kriminalanwärterin richtete sich auf. Sie hatte Sommersprossen und langes rotes Haar. »Ich habe sämtliche Kleider untersucht. Gefunden habe ich nur das.« Sie hielt eine durchsichtige Plastiktüte hoch. Geldscheine, zwei Taxirechnungen, Streichhölzer mit der Aufschrift »Hyatt«, wahrscheinlich aus dem Luxushotel in Deutz, und eine Visitenkarte.

»Gut«, sagte Jan und nahm die Tüte entgegen.

Bert zwängte sich an Laura vorbei. »Ich bin auch auf etwas gestoßen«, sagte er bedeutungsvoll. »In einem Bildband über Gdańsk, früher Danzig. So ziemlich das einzige Buch, das hier neben ein paar Reclamheftchen zu finden war. Eine Autogrammkarte unseres Oberbürgermeisters – wusste gar nicht, dass Politiker so etwas haben. Und …«, er atmete tief ein, »dreitausend Euro in kleinen Scheinen.«

15

»Ich weiß, wo diese Dela sich die meiste Zeit aufgehalten hat«, sagte Schiller, als sie zurück am Auto waren. »Na, zumindest glaube ich es zu wissen. Ich habe mir Brohls Wohnung angesehen. Bis eine Putzfrau mich aufgescheucht hat. Es muss aber jemand schon vorher da gewesen sein. In der Wohnung befanden sich kaum mehr persönliche Gegenstände, aber eine Tasse und einen Stoffgürtel, der wahrscheinlich zu einem Bademantel gehört, habe ich sichergestellt.«

Birte schaute ihn von der Seite an. »Das glaube ich jetzt nicht«, sagte sie.

Schiller verzog das Gesicht. »Die Rechtsmedizinerin hatte einen Schlüssel bei Brohl gefunden. Die Verlockung war zu groß.« Kurz berichtete er die Einzelheiten seines inoffiziellen Besuchs in der Zweitwohnung des Bürgermeisters. Auf welche Art genau er der Putzfrau aus dem Weg gegangen war, ließ er jedoch aus.

Birte stöhnte auf. »Wenn das herauskommt, bist du bald Türsteher in einem Club am Ring, oder du kannst deine eigene Detektei aufmachen und Versicherungsbetrügereien nachgehen, aber anscheinend legst du es ja darauf an.«

»Es wird niemand davon erfahren«, sagte Schiller. »Wir müssen Brohl unter Druck setzen, sodass er die Nerven verliert.«

Birte lachte auf. »Er ist Politiker, vorher war er ein erfolgreicher Anwalt. So schnell verliert so jemand nicht die Nerven.«

Schiller spürte das Summen seines Smartphones. Er zog es hervor, als er an einer Ampel halten musste. Nele hatte ihm ein weiteres Foto geschickt, auf dem Brohl mit Dela Pawlak zu sehen war. Dem Anschein nach stammte das Foto aus dem Theater am Bauturm. Sie trug eine weiße Bluse, die ihr schwarzes Haar besonders zur Geltung brachte. Brohl beugte sich vor, als wollte er ihr etwas ins Ohr flüstern.

»Es passt alles zusammen«, sagte Schiller und hielt Birte das Display mit dem Foto hin. »Sie brauchten eine Wohnung, in der sie ganz ungestört sein konnten.«

»Wir haben keinen Beweis«, entgegnete Birte.

»Jemand wird sie gesehen haben. Und nun überbringen wir dem Herrn Oberbürgermeister die Botschaft vom Tod seiner Geliebten ganz persönlich.«

»Du weißt, wo er sich im Moment aufhält?«

»Noch nicht, aber Nele wird es mir gleich verraten.«

Sie mussten auf dem Weg zurück ins Präsidium lediglich hinter der Deutzer Brücke abbiegen, um den Oberbürgermeister zu treffen. Nele hatte seinen Termin innerhalb von zehn Minuten herausbekommen: »Deutzer Hafen, Drehbrücke.«

Drei schwarze Limousinen, die auf der Brücke standen, waren schon von Weitem zu sehen.

»Sollen hier nicht das Kasino und das Unterwasserhotel gebaut werden?«, meinte Birte.

»Oder tausend Wohnungen für Kölner Bürger«, erklärte Schiller. »Deshalb hat Brohl jetzt einigen Ärger am Hals.«

Friedrich Brohl war, umringt von etwa zehn Männern und einer einzigen Frau, die sich in einem gelben Kostüm merklich abhob, gut zu erkennen. Neben ihm stand ein Mann mit einem markanten Schnauzbart, der mit hektischen Gesten auf den Oberbürgermeister einredete. Brohls blasser Pressesprecher stand neben ihm und hielt ein iPad wie ein Tablett vor sich, auf dem anscheinend eine Karte oder Fotos zu sehen waren.

Schiller näherte sich mit schnellen Schritten. Als Brohl ihn entdeckt hatte, wandte er sich kurz mit ein paar Worten an den Mann mit dem Schnauzbart und kam auf sie zu, seinen Pressesprecher im Schlepptau.

»Gibt es etwas Neues zu Henner?«, fragte Brohl. »Sind Sie deshalb hier?«

Schiller musterte den Oberbürgermeister. Wirkte er ein wenig abgehetzt und sogar nervös? Wusste er vielleicht schon, dass Dela Pawlak ermordet worden war? Es war ihm nicht anzusehen.

»Ich hoffe, wir stören nicht bei einem wichtigen Termin«, sagte Schiller. Nun erkannte er erst, dass auch zwei Chinesen, die sich ganz am Rand gehalten hatten, zu der Gruppe gehörten. »Hier wird dieses Kasino gebaut? Richtig in den Rhein hinein?«

Brohl strich sich über die Hände. »Hören Sie«, sagte er, »was ist mit meinem Bruder? Gibt es Neuigkeiten? Einen Verdächtigen? Eine Festnahme? Der Polizeipräsident hat mir versprochen, dass ich sofort informiert werde.«

»Bedaure«, erwiderte Schiller. »Die Ermittlungen laufen auf Hochtouren. Wir haben auch einen Verdächtigen, der leider fliehen wollte und verunglückt ist und den wir daher erst morgen befragen können. Hier …« Er unterbrach sich kurz. »Hier sind wir wegen einer anderen Angelegenheit.« Er verstummte, und Birte begriff, dass sie übernehmen sollte.

»Kennen Sie eine Frau mit Namen Dela Pawlak?«, fragte Birte.

Schiller scannte Brohls Gesicht. War da ein Zucken? Ein kurzes Aufflackern in seinen Augen? Er weiß davon, ging Schiller durch den Kopf, er hat es schon gehört, aber er verliert nicht die Beherrschung.

Brohl tat, als müsse er überlegen. »Ja, ich glaube schon«, sagte er zögernd, als wäre er sich nicht ganz sicher, »eine junge Schauspielerin, der ich einmal bei einer Premiere begegnet bin. Dela – der Name ist ja nicht so häufig. Aber was hat sie mit dem Tod meines Bruders zu tun?«

»Das wissen wir noch nicht«, antwortete Birte ruhig, »aber Frau Dela Pawlak ist heute Morgen erschossen im Theater am Bauturm aufgefunden worden.«

Brohl schob die Hände so abrupt in die Hosentaschen, dass sein Pressesprecher ein Stück hinter ihm zusammenzuckte. »Sehr bedauerlich, aber was hat das mit meinem Bruder oder mit mir zu tun?« Seine Miene verdunkelte sich. »Meinen Sie, es war ein und derselbe Täter?«

Er hat sich im Griff, dachte Schiller. Die Frau, die vermutlich seine Geliebte war, wurde ermordet, und er schaltet in den Vorwärtsgang.

»Wir haben ein paar Dinge bei Frau Pawlak gefunden, die mit Ihnen zu tun haben«, übernahm nun Schiller in einem kühlen professionellen Tonfall.

»Was für Dinge?« Brohl wandte sich zu der Gruppe um, die wartend herüberblickte.

»Wie genau kannten Sie Frau Pawlak?« Nun war Birte wieder an der Reihe.

»Ich kannte sie gar nicht«, erwiderte Brohl. »Ich bin ihr vielleicht zwei- oder dreimal begegnet. Das ist alles. Es ist schon ungewöhnlich, dass ich mich überhaupt an ihren Namen erinnere.«

»Also sind Sie ihr häufiger als einmal begegnet?« Schiller warf dem Pressesprecher einen Blick zu, der drauf und dran war, sich in das Gespräch einzuschalten.

Brohl strich sich erneut über die Hände, offenbar eine typische Geste, in der sich seine Nervosität ausdrückte. »Ich fürchte, ich kann Ihnen nicht helfen, was diese Schauspielerin angeht. Und nun muss ich zu meinem Termin zurück. Es geht hier um Köln, um ein Projekt von Hunderten von Millionen. Da müssen persönliche Dinge leider zurückstehen – so schwer es mir in dieser Lage auch fällt.« Er nickte ihnen zu, in seinen Augen dunkles Eis, und ging mit schnellen Schritten zu der Gruppe auf der Brücke zurück. Der Pressesprecher eilte ihm nach.

»Du hast recht«, sagte Schiller zu Birte, während er dem Oberbürgermeister hinterherblickte, um den sich die Gruppe gleich schloss. »Er verliert so schnell nicht die Nerven. Das wird ein harter Kampf. Schade, dass ich den Wohnungsschlüssel schon abgegeben habe.«

»Ich fahre in die Klinik«, sagte Birte, »und erkundige mich, was unser Schützling Fengler macht. Vielleicht kriege ich ihn ja zu einer Aussage, und du …«, sie zögerte mit Absicht und schickte diesem Zögern ein Lächeln hinterher, »… und du wirst ja schon von deiner neuen Freundin, der Rechtsmedizinerin, erwartet. Ich hoffe, Nadine wird nicht eifersüchtig.«

Schiller ging nicht darauf ein. Monika Grams hatte ihm zweimal eine SMS geschickt; sie wollte ihn bei der Obduktion der Leiche von Dela Pawlak dabeihaben. Ihr seien bereits zwei, drei interessante Dinge aufgefallen.

Es war später Nachmittag. Sie hatten den Stand ihrer Ermittlungen zusammengetragen, der einerseits mit Markus Fengler, andererseits mit Dela Pawlak zusammenhing. Konnte es Zufall sein, dass Friedrich Brohl ein Verbindungsglied zwischen den Toten war?

Nele wollte sich darum kümmern, die Handydaten von beiden Opfern zu bekommen; auch Bankdaten waren wichtig. Woher hatte die Schauspielerin, die in einem winzigen Hinterzimmer hauste, das Geld, das sie dort gebunkert hatte? Die Visitenkarte, die Bert sichergestellt hatte, war auf einen gewissen Rolf Firnich, Kanzlei Firnich und Partner, ausgestellt. Nele würde ihn für den nächsten Tag vorladen. Die beiden Plastikbeutel mit der Tasse und dem Stoffgürtel, die Schiller aus Brohls geheimer Wohnung mitgenommen hatte, hatte er, als niemand hinsah, in seinem Schreibtisch verstaut. Vielleicht waren sie doch zwei Trümpfe, die er noch einsetzen konnte, auch wenn er sich dazu eine passende Erklärung würde einfallen lassen müssen.

Als er eine kurze Unterbrechung nutzen wollte, um zu begründen, warum er am Morgen so wichtigtuerisch auf einen Stuhl geklettert war, wurde die Tür erneut geöffnet, und Neuendorf, der Polizeipräsident höchstselbst, stand im Rahmen, mit aufgesetzt guter Laune und lauerndem Blick. Er habe gehört, dass sie den Oberbürgermeister bei einem Termin aufgesucht hätten; man möge bitte sensibler vorgehen und ihn über alle Schritte unterrichten. Der OB – so nannte der Polizeipräsident Brohl – sei ein persönlicher Freund der Polizei Köln. Während Birte ihm antwortete, konnte man ihr nicht ansehen, dass sie den stocksteifen, pedantischen Neuendorf überhaupt nicht leiden konnte. Sie vermochte es jedoch mit ein paar Sätzen so darzustellen, als hätten sie mit Markus Fengler möglicherweise den Täter bereits gefasst. »Der Junge steht unter Polizeiaufsicht«, sagte sie, obschon es nicht stimmte.

Erst im Auto auf dem Weg zur Rechtsmedizin fiel Schiller auf, dass er Nadine keine Nachricht geschickt hatte. Am Abend, nachdem sie ihm von ihrer Fehlgeburt erzählt hatte, als müsse sie ihm ein Geständnis machen, waren sie beide erschöpft ins Bett gefallen; nicht einmal für ein paar Gute-Nacht-Küsse hatte es gereicht.

»Es gibt ein paar Dinge, die Männer nie verstehen werden«, hatte ihm Carla vor vielen Jahren ganz am Anfang ihrer Beziehung gesagt. Er hatte diesen Satz damals weggelächelt, aber nun begriff er die tiefere Wahrheit darin. Niemals würde ein Mann verstehen, was es für eine Frau bedeutete, wenn sie im vierten Monat ihr Kind verlor.

Was soll ich tun?, hätte er am liebsten gefragt. Soll ich dich nicht mehr anfassen? Möchtest du jetzt bis zur Geburt in Ruhe gelassen werden? Aber natürlich hatte er es nicht getan.

Er schrieb Nadine eine unverfängliche SMS. »Alles gut. Wie war dein Tag? Bin gegen spätestens acht zu Hause.«

Monika Grams empfing ihn, nachdem ihre Sekretärin ihm geöffnet hatte, in voller Montur. Trotzdem war ihr Lächeln hinter der Maske zu erkennen.

»Schön, dass Sie so schnell herbeieilen konnten«, sagte sie in dem typischen spöttischen Unterton. Die tote Schauspielerin lag aufgedeckt auf einem Metalltisch, im Hintergrund lief leise klassische Musik.

»Beethoven – die ›Pastorale‹, mein Lieblingsstück«, sagte sie. »Wird meistens unterschätzt, finde ich. Gehen Sie gerne ins Konzert, Herr Kommissar?«

Er blickte kurz auf den Leichnam, wandte seine Augen dann jedoch rasch wieder ab.

»Ins Theater«, sagte er, »ich gehe lieber ins Theater.«

Die Rechtsmedizinerin nickte, als hätte sie sich das schon gedacht. Sie hielt ein Diktiergerät in der Hand, in das sie aber nicht hineinsprach.

»Eine sehr schöne Frau«, sagte sie. »Zwei Schüsse. Einer hat nur ihren linken Arm gestreift, der andere hat sie mitten ins Herz getroffen, hat es buchstäblich zerrissen, ein kleines Kaliber, aber Genaueres werden Ihnen Ihre Ballistiker sagen. Zwei Dinge wollte ich Ihnen mitteilen.« Nun wurde Dr. Grams plötzlich förmlich. »Sie hatte in den letzten vierundzwanzig Stunden Geschlechtsverkehr. Mit Kondom allerdings, da werden wir nichts finden, aber Spuren von Latex lassen sich nachweisen. So präzise arbeiten wir mittlerweile. Noch interessanter ist etwas anderes …«

Sie gingen um den Leichnam herum.

Schiller sah die kleinen, festen Brüste der Schauspielerin, die sich nun schon gelblich verfärbt hatten. Ihre schwarzen Haare hatten sich nach hinten aufgefächert, sodass man ihren Hals sehen konnte.

Mit ihrer freien linken Hand, die in einem grünen Gummihandschuh steckte, deutete die Rechtsmedizinerin auf eine Stelle am Hals.

»Hier, sehen Sie diesen roten Striemen? Eine winzige Verletzung, post mortem, ohne große Einblutung.« Sie hob den Kopf. Ihre grünen Augen funkelten Schiller an. »Ich gehe jede Wette ein, dass die Frau eine Kette um den Hals trug, die ihr der Mörder abgerissen hat, nachdem er sie erschossen hatte.«

16

Markus Fengler saß in seinem Krankenbett. Er öffnete die Augen erst, als Birte bereits mitten in seinem Zimmer stand. Sein rechtes Bein war eingegipst; auf seiner Stirn und auf der rechten Wange prangten hell leuchtend zwei weiße Pflaster; auch seine rechte Hand war verbunden.

»Hauptkommissarin Jessen, Polizei Köln«, sagte sie. »Können wir kurz miteinander sprechen?« Es hatte sie fünf Minuten gekostet, seinen Arzt zu überzeugen, sie vorzulassen. »Wir ermitteln in einem Mordfall«, war der Schlüsselsatz gewesen.

Der Junge nickte; seine braunen Augen taxierten sie. Er war ein attraktiver junger Mann. Nele hatte ein paar Einzelheiten zu seiner Biografie herausgefunden; er ging in die zwölfte Klasse eines Gymnasiums und galt als guter Schüler. Er hatte es kürzlich in die Auswahl der besten Bogenschützen seines Bundeslandes gebracht.

»Ihre Großmutter ist gerade in ein Altenheim gekommen?«, fragte Birte. »Nun leben Sie allein in dem Haus in Vogelsang?«

Er nickte wieder. Als er sich ein wenig aufrichtete, verzog er das Gesicht, als hätte er Schmerzen.

»Sie darf es nicht erfahren«, sagte er mit belegter Stimme. »Es war eine Dummheit, aber …« Er verstummte. Sein Blick glitt zum Fenster und verharrte dort.

Birte wartete ab. Der Arzt hatte ihr zehn Minuten eingeräumt; der Patient habe zu dem gebrochenen Bein schwere Prellungen erlitten und auch eine leichte Gehirnerschütterung.

Markus Fengler sprach jedoch nicht weiter.

»Sie sind zweimal am Tatort gewesen«, sagte sie. »Der Mann mit der Drohne, den mein Kollege verfolgt hat, waren Sie, und dann haben Sie direkt am Wasser eine Art Andacht abgehalten. Warum? Weil Sie sich schuldig fühlen?«

Er sah sie an. Trauer stand in seinen Augen, und irgendwie

schien er zu altern. Ja, zwei alte Augen sahen sie voller Trauer und Bitterkeit an.

»Seit sechs ... Tagen bin ich ... völlig durcheinander.« Sie musste sich anstrengen, ihn zu verstehen, so leise und abgehackt sprach er. »Deshalb bin ich auch weggelaufen. Panik. Ich wusste ja, dass Sie irgendwann kommen würden ... wegen ihm ... wegen meiner Mutter. Aber ...« Er hob die Hand, als wollte er sich über die Augen wischen, ließ es dann jedoch, als würde ihn so eine Bewegung zu viel Kraft kosten. »Ich denke jeden Tag an meine Mutter. Ich habe alles getan, damit es ihr gut ging, aber es ging ihr nie wirklich gut. Sie hat zuletzt wie in einer dunklen Wolke gelebt, hat sich die Fotos angeschaut, als sie eine erfolgreiche Sportlerin war. Ich war ein kleiner Junge, ich habe alles versucht, ich habe ihr sogar einmal einen Schokoladenkuchen gebacken, der ganz schlimm verbrannt ist. Die ganze Küche hat gestunken.«

Seine Mutter hatte sich im Jahr 2010 umgebracht; da war Markus sieben Jahre alt gewesen.

»Ich habe vier Monate kein Wort gesprochen, nachdem meine Mutter tot war – Schlaftabletten, hatte sie über Monate gesammelt, funktioniert meistens nicht, habe ich hinterher erfahren, bei ihr aber schon.« Seine ohnehin leise Stimme brach. Er schloss wieder die Augen. Dann redete er weiter. »Ohne meine Moma – so habe ich meine Großmutter schon als Kind genannt – wäre ich auch gestorben.«

Birte hatte am Fuße seines Bettes gestanden, nun ging sie langsam näher und setzte sich auf den einzigen Holzstuhl, der im Raum stand. Zum Glück hatte man dem Jungen ein Einzelzimmer gegeben.

»Manchmal wünsche ich mir, auch tot zu sein. Nachts wache ich auf und denke, wie schön wäre es, nicht da zu sein – oder irgendwo zusammen mit meiner Mutter zu sein.«

Er räusperte sich.

Die zehn Minuten, die man ihr zugebilligt hatte, waren gleich abgelaufen.

»Was war mit Henner Brohl?«, fragte sie sanft.

»Er ist mein Vater«, kam die Antwort, schnell und auch viel lauter und entschiedener. »Das hat er mir zumindest gesagt – vor sechs Tagen. Da stand er vor dem Haus. Drei Stunden lang. Als ich aus der Schule kam, war er schon da. Er hat mir zugenickt. ›Markus‹, hat er zu mir gesagt. Ich habe ihn nicht erkannt, weil er so anders aussah, dünn und dann die kurzen Haare. Ich kannte ihn von Fotos und irgendwie auch noch vom Training, wenn meine Mutter mich manchmal mitgenommen hatte, aber da war ich noch klein und musste immer ruhig auf der Bank sitzen. Ich habe mich vor ihm gefürchtet – er war ein großer schreiender Mann. Ein Angstmacher.« Noch ein Räuspern, dann ein fragender Blick, als brauchte er Birtes Zustimmung, um fortzufahren.

Sie nickte sanft.

»Aber der Mann vor der Tür war ganz anders – eine Gestalt wie aus einem Film. Wenn Leute kurz vor dem Verhungern sind oder aus dem Gefängnis kommen. Ich bin an ihm vorbeigelaufen, habe ihn nicht beachtet, aber er ist nicht weggegangen.«

»Und dann?«, fragte Birte, weil er erneut nicht weitersprach. »Hast du ihn ins Haus gelassen?« Sie bemerkte, dass sie unwillkürlich ins Du verfallen war.

Markus Fengler reagierte nicht darauf. »Irgendwann hat er geklingelt. ›Ich muss pinkeln‹, hat er gesagt und ist an mir vorbei. Er kannte sich aus, wusste genau, wo die Toilette war. Dann hat er geredet. Dass ihm alles leidtut, dass er gekommen ist, um sich bei mir zu entschuldigen, dass er mein Vater ist.«

Wieder Schweigen.

Birte vernahm ein vorsichtiges Pochen an der Tür, ignorierte es jedoch.

»Ich habe mich auf ihn gestürzt. ›Lügner!‹, habe ich ihn angeschrien, und dann habe ich ihn hinausgeworfen. Ich habe ihn gepackt und zur Tür geschleift. Ich habe so etwas noch nie gemacht, aber ich war stärker als er, viel stärker.« Plötzlich lächelte Markus Fengler. »Ich war stolz auf mich. ›Conny‹, habe ich in Gedanken zu meiner Mutter gesagt, ›ich habe ihn rausgeschmissen.‹ Ich war sicher, dass ich ihn nie wiedersehen würde.«

»Aber so war es nicht«, sagte Birte leise. »Nicht wahr?«

Dem Jungen liefen nun Tränen über die Wangen, die an einer Seite unter dem Pflaster verschwanden.

»Nein«, sagte er, »so war es nicht. Er hatte meine Mobilnummer. Keine Ahnung, woher – und er hat mich angerufen … mitten in der Nacht vor vier Tagen. Er wollte mich sehen und mir alles erklären. Und ich …« Er stockte wieder. »Ich wusste plötzlich, dass alles stimmte, dass er wirklich mein Vater war. Ich habe mich angezogen, es war noch dunkel, und dann bin ich zum Aachener Weiher gefahren.«

Als sie nach über einer Stunde die Uniklinik verließ, war sie erschöpft wie nach einem langen schnellen Lauf mit Max. Sie setzte sich ans Steuer, war aber für Minuten nicht in der Lage, den Motor zu starten. Sie hatte keine Aufzeichnung gemacht, und wenn der Junge seine Aussage widerrief, würde sich diese Unterlassung möglicherweise als schwerer Fehler erweisen.

Bevor sie losfuhr, rief sie Max an. Es war mittlerweile fast einundzwanzig Uhr und noch immer hell.

»Können wir spazieren gehen?«, fragte sie ihn, nachdem er sich gemeldet hatte. »Eine Stunde, mindestens?«

Er lachte. »Auch gerne zwei. Und ich verspreche dir, nicht von meinem Buch zu sprechen, kein einziges Wort.«

Sie waren verlobt, doch von Heirat hatte Max in den letzten Wochen nicht mehr gesprochen. Er hatte sich ganz in sich zurückgezogen, und die Verletzung, dass sein Buch sich nicht verkaufte und er wohl oder übel wieder als Fahrradkurier würde arbeiten müssen, tat ein Übriges.

Max stand schon vor dem Haus, als sie eintraf. Wortlos liefen sie durch den Beethovenpark. Er griff nach ihrer Hand und streichelte mit dem Daumen ihren Handrücken.

Nach zehn Minuten begann sie, darüber zu sprechen, was der Junge ihr berichtet hatte.

Seine Mutter hatte ihm nie gesagt, wer sein Vater war; einmal hatte sie sich dazu hinreißen lassen, einen amerikanischen Schwimmer zu erwähnen, mit dem sie sich eine kurze Zeit eingelassen habe. Dann wieder, dass sie nicht wisse, wer sein Vater sei. Doch insgeheim hatte Markus immer geahnt, dass es Henner Brohl war, und als der nun vor ihm saß, zusammengesunken und krank, und es ihm gestanden hatte, da war er so wütend geworden wie noch nie in seinem Leben. Brohl hatte ihn gebeten, ihm zu verzeihen; er werde bald sterben, daher müsse er ein paar Dinge klären. Ja, er habe Cornelia missbraucht, aber nicht so, wie alle gemeint hatten; er habe sie nicht vergewaltigt, sondern zu seinem Geschöpf gemacht, zu einem hörigen Wesen, das alles tun musste, was er verlangte – bis zum Letzten.

Markus Fengler hatte seinem Vater ins Gesicht geschlagen, ihn mit Fäusten traktiert und vor die Tür geprügelt.

Zwei Tage danach dann spät am Abend der Anruf.

Brohl wollte ihn, seinen Sohn, noch einmal sehen, bei Sonnenaufgang, am Aachener Weiher, ein Stück hinter dem Ostasiatischen Museum.

»Warum ist der Junge hingefahren, wenn er so wütend war?«, fragte Max, als Birte kurz in ihrer Schilderung innehielt.

»Ich weiß nicht genau. Brohl hatte ihn wohl um diesen letzten Gefallen vor seinem Tod gebeten, ja ihn regelrecht angefleht.«

»Und was haben die beiden da gemacht?«

Sie hatten den Decksteiner Weiher erreicht. Mittlerweile war es dunkel geworden. Ein letzter Schleier Licht schwebte über dem Wasser. Ein paar Vogelrufe waren zu hören und das Rauschen, das von der nahen Autobahn herüberdrang.

»Sie haben Tee getrunken. Eine japanische Teezeremonie. Sie haben kaum miteinander gesprochen. Brohl hat sehr akribisch und mit größter Seelenruhe den Tee zubereitet. Es muss einige Zeit in Anspruch genommen haben. In der Tat haben wir Teetassen im Weiher gefunden.«

»Ein Teeritual mitten in der Nacht? Und dann?«, fragte Max weiter. »Was geschah dann?«

Birte sah den Jungen vor sich. Sie war sich absolut sicher gewesen, dass er die Wahrheit sagte; immer wieder spiegelten sich neue Empfindungen auf seinem Gesicht. Trauer, Entsetzen, Überraschung ...

»Henner Brohl hat seinen Sohn noch einmal um Verzeihung gebeten, und dann hat er gesagt, dass er Seppuku begehen wollte. Das ist ein ritueller Selbstmord mit einem Dolch. Er habe Schuld auf sich geladen, zu viel Schuld, und er wolle dem schmählichen Krebstod zuvorkommen.«

Max blieb stehen, ihre Hand in seiner.

»Dann war es also gar kein Mord, sondern ...«

Birte schüttelte den Kopf. »Es gibt bisher keine Tatwaffe. Die Wunden, die zu Brohls Tod führten, könnten von einem Dolch stammen, aber wenn es stimmt, was der Junge sagt, ist es dazu nicht gekommen. Brohl hat unter einer Decke zwar den Dolch hervorgezogen, doch als der Junge aufsprang und davonlief, sei er noch am Leben gewesen. Er habe ganz ruhig dagesessen, den Dolch vor sich, und habe dem Jungen zugewinkt.«

»Du glaubst dem Jungen?«

»Ja, ich glaube ihm«, entgegnete Birte nachdenklich. Zum Schluss hatte Markus Fengler nur noch stumm geweint. »Es muss noch jemand am Weiher gewesen sein, jemand, der wirklich wollte, dass Henner Brohl starb, sofort und nicht erst in ein paar Wochen oder Monaten.«

17

Seppuku – er hatte dieses Wort noch nie gehört. Kurz vor Mitternacht hatte Birte ihm geschrieben, was Markus Fengler ihr gestanden hatte. »Eigentlich wollte Brohl Seppuku begehen.«

Nadine lag warm und weich in seiner Armbeuge. Ein wenig Licht schimmerte von der Straßenlaterne herein. »Weißt du, was Seppuku ist?«, fragte er leise.

Sie wusste es natürlich. Was wusste sie eigentlich nicht?

»Ein Ritual, bei dem sich ein Japaner, um seine Ehre wiederherzustellen, einen Dolch in den Bauch stößt. Wenn ich mich richtig erinnere, haben das die Samurai im 12. Jahrhundert gemacht. Man kann auch Harakiri dazu sagen – dieser Ausdruck ist vielen geläufiger.«

Harakiri – ja, dieses Wort war ihm schon eher geläufig.

»Henner Brohl ist zurückgekommen, um ein paar Schulden abzutragen – so sieht es aus«, sagte Schiller.

»Und dabei hat er sich einen gefährlichen Feind gemacht«, fuhr Nadine fort.

Er drückte sich an sie und atmete ihren Geruch ein. Wenig später war er eingeschlafen, doch schon um kurz nach vier schlug er die Augen wieder auf.

Ein erstes helles Flimmern zog vor dem Fenster auf.

Noch eine SMS war eingegangen, erkannte er, nicht von Birte, sondern von Nele. Auch sie schien nun Tag und Nacht zu arbeiten. Sie hatte ihm um kurz nach Mitternacht drei Fotos von Rolf Firnich geschickt, dessen Visitenkarte sie bei Dela Pawlak gefunden hatte. Die Bilder zeigten einen offenbar notorisch gut gelaunten Mann Anfang fünfzig – mit dunklen lockigen Haaren und einem markanten Schnauzbart, wie ihn auch der Sänger der Band Höhner trug. Schiller richtete sich im Bett auf. Er begriff sofort, wo er diesen Mann schon einmal gesehen hatte: Am Deutzer Hafen hatte Rolf Firnich zu der Entourage des Oberbürgermeisters gehört und das große Wort geführt.

Vorsichtig stand er auf und setzte sich in der Küche an den Tisch. Auf der Homepage der Kanzlei Firnich und Partner gab es einen ausführlichen Lebenslauf des Anwalts. Er war in Köln geboren, hatte in Heidelberg und Lausanne studiert und war Experte für Wirtschaftsrecht sowie – wie es hieß – für Mergers and Acquisitions. Auf Fotos, die seinen Lebenslauf garnierten, lächelte er neben einigen prominenten Politikern, einem ehemaligen Trainer des FC und dem berühmten Sänger einer kölschen Rockband in die Kamera. Ein Foto von Friedrich Brohl fand sich allerdings nicht.

Dann suchte Schiller nach weiteren Bildern von Dela Pawlak im Netz. Er entdeckte drei Kritiken ihres Tucholsky-Abends – sie schien tatsächlich nicht nur eine talentierte Schauspielerin, sondern auch eine gute Sängerin gewesen zu sein –, doch auf den Aufnahmen zu den Artikeln war nirgends zu sehen, ob sie eine Kette um den Hals trug. Was konnte an einer Kette so wichtig sein, dass man sie einer Toten entriss?

Er hätte Hanno fragen müssen, fiel ihm ein. Hanno war einer der Letzten, die sie lebend gesehen hatten.

Um halb fünf am Morgen war Hanno nach drei Sekunden am Telefon.

»Schiller«, sagte er mit einem Lachen, »was ist mit der Kölner Polizei los? Schlaft ihr nie?«

»Doch«, sagte Schiller, »ich hatte schon meine vier Stunden Schlummerzeit, aber bei dir weiß ich ja, dass du nicht vor sieben Uhr ins Bett gehst.«

»Genau«, sagte Hanno, »Vormittage langweilen mich. Der Tag beginnt nicht vor drei Uhr nachmittags – mit einem heißen schwarzen Kaffee.«

»Ich muss mehr zu Dela Pawlak wissen«, sagte Schiller. Dann erwähnte er kurz den Bericht der Rechtsmedizinerin. »Was ist mit der Kette?«, wollte er wissen. »Ist dir da etwas aufgefallen?«

Der alte Saxofonist zögerte. »Ich weiß nicht«, sagte er. »Trug sie eine Kette? Kann sein. So nah sind wir uns nicht gekommen.«

»Hatte sie noch andere Verehrer außer unserem werten Oberbürgermeister?«, fragte Schiller. »Zum Beispiel einen Mann mit einem üppigen schwarzen Schnauzbart?«

»So ein Kerl, der sich seine gezwirbelten Bartenden mit Pomade eingestrichen hat? Wie dieser Sänger von den Höhnern?«

»Er heißt Rolf Firnich und ist Anwalt«, sagte Schiller. »Dann kennst du ihn also?«

Hanno stöhnte auf. »Es macht mir wirklich zu schaffen, dass die Kleine tot ist. Und wer wird jetzt noch in ein Theater kommen, in dem ein Mord passiert ist? Ja, dieser Anwalt war kürzlich da, er hat auf Dela gewartet, nach unserer Generalprobe, und ich weiß, dass sie sich gestritten haben. Dela hat ihn rausschmeißen wollen, aber er ist nicht gegangen. Da habe ich mich lieber vom Acker gemacht.«

»Wir haben Geld bei Dela gefunden – dreitausend Euro. Hast du eine Ahnung, wie sie an so viel Geld gekommen sein könnte?«

»Dreitausend Euro – nicht durch die Schauspielerei, bestimmt nicht, aber bei Dela war ich mir anfangs nicht sicher, ob sie ihre Schönheit nicht noch für andere Zwecke eingesetzt hat.«

Um sieben Uhr waren sie alle im Präsidium versammelt, auch Bert Cremer und Laura Precht waren schon da.

Nachdem sie ihre neuen Erkenntnisse auf dem Whiteboard zusammengetragen hatten, war Schiller sich noch sicherer, dass es zwischen den beiden Morden einen Zusammenhang gab.

»Die Schlüsselfigur ist unser Oberbürgermeister«, sagte er. »Leider macht es die ganze Sache schwieriger, denn kein Richter wird uns erlauben, dass wir eine Durchsuchung seines Hauses und seiner geheimen Wohnung vornehmen.« Für einen Moment war er tatsächlich versucht zu erwähnen, wie gut er diese Wohnung kannte, aber Birtes warnender Blick brachte ihn von diesem Gedanken ab.

»Wir müssen mehr über Dela Pawlak erfahren«, sagte Birte. »Hatte sie eine gute Freundin, der sie alles erzählt hat? Wo ist sie hingegangen, wenn sie nicht im Theater war? Ist sie mit Friedrich Brohl oder vielleicht sogar mit Henner Brohl gesehen worden?«

Sie begannen, die Arbeiten aufzuteilen. Bert Cremer würde noch einmal im Theater nachforschen. Laura Precht sollte sich um die Verkehrsüberwachung an der Aachener Straße kümmern. War da etwas aufgefallen? Nele sollte im Internet genauere Nachforschungen über Rolf Firnich anstellen.

»Das habe ich längst getan«, sagte sie. »Firnich steckt in fast allen großen Geschäften mittendrin, die in dieser Stadt getätigt werden. Seine Kanzlei sitzt in dem ersten Kranhaus am Rheinauhafen, und er verfolgt jeden, der irgendetwas von ihm in die Öffentlichkeit zerren will.«

»Wie jemand, der sich schüchtern im Hintergrund hält, sieht er allerdings nicht aus«, wandte Schiller ein.

»Das ist seine Taktik«, erklärte Nele entschieden. »Er inszeniert sich als öffentliche Figur, ist in vielen Vereinen aktiv, aber im Hintergrund zieht er ganz andere Fäden. Ich habe übrigens eine Idee. Ist allerdings nicht ganz konventionell.«

Schiller sah, wie Birte ihren Kopf in die Höhe riss. »Was für eine Idee?«

Nele lächelte Bert auffordernd an, der sogleich aufsprang und mit Blick auf Laura Precht meinte: »Wir machen uns schon an die Arbeit. Da könnt ihr eure Idee allein ausbreiten.«

Erst als die beiden das Zimmer verlassen hatten, sprach Nele weiter. »Ich habe mir die halbe Nacht um die Ohren geschlagen, um einiges über Firnich zusammenzutragen. Über seine Geschäfte findet man so gut wie nichts. Er hat ein paar Mandanten genannt, große Firmen wie die Messe oder Bayer, aber nichts Konkretes. Einen freien Journalisten, der ihm nachweisen wollte, dass er in Cum-Ex-Geschäfte verwickelt war und auch eine chinesische Firma vertreten hat, die auf einer geheimen Liste steht, hat er verklagt und schließlich so eingeschüchtert, dass der Mann seine Anschuldigungen zurückgezogen hat. Und bei diesem Kasinobau in Deutz ist er ebenfalls dabei. Es gibt Gerüchte, dass er sogar selbst an dem Konsortium beteiligt ist, das das Hotel bauen will.«

Birtes Misstrauen war erwacht. »Was willst du uns mit alledem sagen? Dass wir das LKA einschalten sollen? Aber bisher haben wir nur eine Visitenkarte, die bei einer Toten lag. Mehr nicht.«

»Ich will sagen, dass wir über Firnich auf üblichem Wege nichts herausfinden werden«, entgegnete Nele.

»Und was ist deine Idee?«, fragte Schiller. »Möchtest du dir eine Perücke anziehen und Firnich nachts an einer Hotelbar auflauern, dann mit ihm aufs Zimmer gehen und ihm ein paar Geheimnisse entlocken?«

»Nein«, sagte Nele mit fester Stimme, »ich möchte bei ihm arbeiten. Er sucht jemanden für sofort am Empfang in seiner Kanzlei. Ich habe mich heute Morgen per E-Mail beworben und …« Sie blickte auf die Uhr. »Vor fünf Minuten habe ich einen Terminvorschlag für heute um elf Uhr bekommen. Die haben es wohl wirklich eilig.«

»Du bist verrückt!«, stieß Birte hervor. »Färbt es ab, wenn man jahrelang mit jemandem wie Jan Schiller zusammenarbeitet, der sich auch selten an Regeln und Absprachen hält?«

»Wie soll das genau aussehen?«, fragte Schiller, ohne auf Birte einzugehen. »Er wird sofort herausfinden, wer du bist. Nele Krach, seit drei Jahren Kriminalassistentin bei der Kölner Polizei.«

»Ja«, erwiderte Nele. Sie strich sich eine blonde Haarsträhne aus der Stirn, ungewohnt kokett, als würde sie schon für eine Rolle proben. »Das ist ein berechtigter Einwand, aber ich würde mich nicht als Nele Krach vorstellen, sondern als Meike Rosman. Das ist meine Zwillingsschwester. Zufällig ist sie zu Besuch und würde mir ihren Pass ausleihen.«

»Du hast eine Zwillingsschwester?« Birtes Überraschung und Entrüstung steigerten sich noch.

»Schon seit sechsundzwanzig Jahren. Sie lebt eigentlich in Melbourne, Australien, da ist sie mit einem Musiker verheiratet und leitet eine Tanzschule.«

»Das hast du uns nie erzählt«, sagte Schiller. Ihm gefiel die Idee, Nele bei dem Anwalt einzuschleusen. »Aber wenn du heute ein Vorstellungsgespräch hast, werden sie dich nicht sofort einstellen. Vielleicht erst in einem Monat.«

»Oder gar nicht«, rief Birte. »Das ist eine Schnapsidee!«

»Gut«, sagte Nele und klatschte in die Hände, eine Geste, die Schiller noch nie an ihr gesehen hatte. »Dann machen wir es also. Ich kann ja erst mal probeweise zu dem Vorstellungsgespräch gehen. Ich, Meike Rosman, geborene Krach.«

Birte war so aufgebracht, dass sie ihm den Autoschlüssel aus den Händen riss und selbst hinter das Steuer stieg. »Du hättest sie aufhalten müssen«, sagte sie. »Mit dieser Idee gefährdet ihr unsere Ermittlungen!«

»Noch ist doch gar nichts passiert«, entgegnete Schiller ruhig. »Wir fahren jetzt selbst zu diesem Anwalt und schauen uns den Vogel einmal an. Dann überlegen wir weiter.«

»Seit Nele mit diesem Musiker aus Ehrenfeld zusammen ist, nehmen ihre schrägen Ideen wirklich überhand«, behauptete Birte, ohne dass Schiller begriff, worauf sie anspielte. »Es spricht überhaupt nichts dafür, dass er mit diesem Mord zu tun hat.«

»Er hat mit dem Oberbürgermeister zu tun. Er war auch am Hafen, als Brohl sich das Gelände für das Kasino angeschaut hat.«

»Es ist überhaupt nicht sicher, ob da ein Kasino und ein Hotel gebaut werden.« Mit quietschenden Reifen rauschte Birte vom Parkplatz.

»Ja«, sagte Schiller, »darum ist Firnich so interessant. Der Oberbürgermeister hat Sozialwohnungen für den Deutzer

Hafen versprochen, und nun soll da ein schickes Hotel hin. Anscheinend existiert ein veritabler Konflikt.«

»Und was soll das mit Henner Brohl und der Schauspielerin zu tun haben?« Birte war nicht zu besänftigen.

»Genau meine Frage!« Schiller lächelte. An einer Ampel konnte er die Überschrift im Express lesen. »Eine Tote im Theater«, stand da. »Zweiter Mordfall in Köln. Eifersuchtsdrama um die schöne Dela P.«

Eifersuchtsdrama? Wer war auf diesen Einfall gekommen? Er nahm sein Smartphone hervor und schrieb Hanno eine Nachricht. »Seid ihr nach der Aufführung manchmal noch irgendwohin gegangen? Hatte Dela einen Freund oder eine Freundin im Theater?«

Rolf Firnich empfing sie, nachdem sie zwanzig Minuten hatten warten müssen, in einem riesigen Büro mit einer Fensterfront direkt zum Rhein. Er thronte hinter einem antiken Schreibtisch, das war aber auch das einzige ältere Möbelstück; alles andere war in Weiß gehalten. Das einzige Foto an einer Wand zeigte ihn mit einem farbigen Schlagersänger in einem Tennisdress.

Der Anwalt trug ein weißes Hemd ohne Krawatte. Sein Haar und sein Schnauzbart sahen aus, als würde er jeden Morgen dafür sorgen, dass jedes Härchen an seinem Platz lag.

»Sie laufen mir nach, was?« Mit einem Zeigefinger deutete er auf Birte. »Gestern in Deutz haben Sie uns den Oberbürgermeister entführt. Die Chinesen wurden ganz unruhig, als sie hörten, dass Sie von der Polizei sind. Die denken da gleich Gott weiß was – sind sie von zu Hause aus so gewohnt.«

Birte lächelte geziert, wie sie es immer tat, wenn sie jemanden auf Anhieb nicht mochte. »Als eine Entführung ging das wohl nicht durch«, sagte sie. »Wir hatten ein paar dringende Fragen an den Oberbürgermeister.«

Firnich deutete auf einen Tisch, auf dem zwei Karaffen Wasser standen. »Traurige Geschichte mit Friedrichs Bruder. Tut mir alles sehr leid für ihn. Wissen Sie schon mehr?«

Birte und Schiller setzten sich, während der Anwalt hinter einem Stuhl stehen blieb und sich anlehnte.

»Wir haben nur eine Frage, Herr Firnich«, sagte Schiller. »Es hat noch einen zweiten Mordfall gegeben. Eine Schauspielerin ist im Theater am Bauturm nach einer Aufführung getötet worden.«

Firnich musterte Schiller und nickte dann und wann, als müsse er jedes Wort bekräftigen.

»Die Schauspielerin heißt Dela Pawlak. In welchem Verhältnis standen Sie zu ihr?«

Firnich riss den Kopf zurück, als wollte er sich an jemanden wenden, der neben ihm stand. Zum ersten Mal wirkte seine Reaktion nicht souverän und kontrolliert. »Was meinen Sie damit – Verhältnis? Ich kenne keine Dela Pawlak. Wüsste nicht, wer das sein soll.«

Schiller hielt ihm sein Smartphone mit dem Foto der Schauspielerin hin. »Vielleicht können Sie sich jetzt erinnern?«

»Eine attraktive Person, aber wie kommen Sie darauf, dass ich diese Frau kennen könnte? Ich gehe selten ins Theater, würde ich zwar gerne, aber da fehlt mir leider die Zeit.« Das Telefon auf seinem Schreibtisch klingelte. Er hob den Kopf. »Würden Sie mich nun entschuldigen? Die chinesische Delegation ist noch immer in der Stadt. Ich habe versprochen –«

»Wir haben Ihre Visitenkarte bei der Toten gefunden – in ihren persönlichen Unterlagen«, unterbrach Schiller den Anwalt rüde.

Firnich funkelte ihn wütend an, während das Telefon auf seinem Schreibtisch weiter penetrant klingelte. »Deshalb kommen Sie zu mir? Wegen einer Visitenkarte, die Sie gefunden haben? Wissen Sie, wie viele Visitenkarten meiner Kanzlei jeden Monat in dieser Stadt verteilt werden?«

Er beugte sich über den Schreibtisch, nahm den Hörer in die Hand und brummte unwirsch. »Die Herren müssen sich noch gedulden. Fünf Minuten.«

»Gut«, sagte Schiller, als Firnich sich ihnen wieder zugewandt hatte, »Sie kennen Frau Pawlak also nicht. Was ist mit Henner Brohl? Haben Sie den Bruder des Oberbürgermeisters einmal getroffen?«

»Bedaure«, erwiderte der Anwalt, nun keine Spur mehr jovial und aufgeschlossen. »Ich glaube, ich habe alles gesagt, was ich sagen konnte. Ich kann Ihnen bei Ihrer Arbeit leider nicht weiterhelfen.« Er machte eine Bewegung zur Tür. »Man wird Sie zum Fahrstuhl geleiten.«

Birte lächelte ihn süßlich an. »Dieses Hotel ...«, fragte sie. »Wann wird es gebaut? Ich habe ein Modell gesehen, sieht toll aus.«

»Ihnen hat es gefallen?« Firnich hatte sein Lächeln wiedergefunden. »Das wird das spektakulärste Hotel von ganz Deutschland, ach, von ganz Europa ... in den Rhein hineingebaut. Unten im Kasino werden Sie Fische vorbeischwimmen sehen, und daneben, auch unter der Wasseroberfläche, bauen wir eine Sauna und ein Fitnesszentrum. Da können auch Kölnerinnen und Kölner hingehen, die nicht im Hotel wohnen. Das wird die Attraktion schlechthin!«

»Und der Oberbürgermeister ist auf Ihrer Seite?«, fragte Schiller, als sie schon an der Tür waren.

»Der OB hat begriffen, was für eine Chance so ein exquisites Hotel für Köln sein wird. Damit schlagen wir nicht nur Düsseldorf, sondern auch Berlin und München.«

18

»Er lügt«, sagte Birte, nachdem sie das Kranhaus verlassen hatten. Sie meinte, Nele gesehen zu haben, die aus der anderen Richtung auf die Kanzlei zulief.

»Wie gedruckt.« Jan hatte Nele offensichtlich auch registriert, er hob kurz die Hand, ließ sie dann aber rasch wieder fallen. Ein Gruß wäre hier auch absolut fehl am Platze. »Hanno hat Firnich eindeutig erkannt. Dieser Anwalt kannte Dela so gut, dass sie sich gestritten haben.«

»Trotzdem ist es eine Schnapsidee, dass Nele sich dort einschleicht. Wir brauchen sie im Präsidium, und wenn Fitschen oder Neuendorf von dieser Aktion erfahren …« Sie hob die Achseln.

Im nächsten Moment summte ihr Smartphone.

Ein paar lange Momente meldete sich niemand, dann fragte eine zaghafte Stimme nach ihrem Namen, obschon sie sich laut und deutlich gemeldet hatte.

»Frau Jessen?«

Sie erkannte sofort, dass Markus Fengler am Apparat war.

»Tut mir leid«, sagte sie schuldbewusst. »Ich komme nachher vorbei, um noch einmal Ihre Aussage aufzunehmen. Oder wann werden Sie entlassen, dass Sie ins Präsidium kommen können?«

»Mir ist noch etwas eingefallen«, sagte Markus Fengler. »Ich bin so durcheinander … immer noch, aber nachher wird meine Moma mich besuchen. Sie hat eine Betreuerin gefunden, die sie bringt.«

»Was ist Ihnen noch eingefallen?«, fragte Birte nach.

Markus Fengler räusperte sich. »Er … hat mir Geld angeboten, hunderttausend Euro, vielleicht noch mehr, hat er gesagt.« Mit »er« war eindeutig Henner Brohl gemeint. »Er könnte es in spätestens zwei Tagen besorgen. Dann könne ich sorgenfrei studieren. Das sei er mir schuldig.«

Birte blieb unwillkürlich stehen. Also hatte Henner Brohl doch nicht wirklich vor den Augen seines Sohnes Selbstmord begehen wollen. »Hat er Ihnen verraten, woher er so viel Geld hatte?«

»Nein.« Der Junge klang ein wenig lebhafter. »Ich habe nicht gefragt. Ich war da schon aufgesprungen und wollte nur noch weg, aber es wirkte nicht, als würde er lügen. Überhaupt … er war kein Lügner. Ich glaube, er wollte mir etwas zeigen, als Beweis. Er hielt mir sein Smartphone hin, aber ich –«

»Henner Brohl hatte ein Smartphone?« Wenn sie sich nicht irrte, hatte man kein solches Gerät bei ihm gefunden.

»Ein Samsung, ziemlich neu, würde ich sagen«, entgegnete Markus Fengler. »Und da war noch etwas anderes, das ich vergessen habe. Als wir da saßen, Tee tranken und gar nichts sagten, war da plötzlich hinter mir ein Licht gewesen, ganz kurz, wie ein Scheinwerfer, der kurz aufleuchtete, eine starke Taschenlampe vielleicht, als würde jemand nach ihm suchen.«

Hatte der Junge sich das ausgedacht, um mit einem weiteren Detail seine Unschuld zu beweisen?

»Hat Henner Brohl etwas dazu gesagt, was er bisher in Deutschland gemacht hat?«

»Er hat Blumen für das Grab meiner Mutter bestellt, hat er gemeint, und er hat seine eigene Mutter besucht«, erwiderte der Junge.

Die Mutter von Friedrich und Henner Brohl – warum hatten sie daran noch nicht gedacht?

»Danke, dass du mich angerufen hast.« Erst als sie es ausgesprochen hatte, fiel ihr auf, dass sie ins Du verfallen war. »Ich glaube dir«, fügte sie ganz unprofessionell hinzu, »und wenn dir noch etwas einfällt, ruf mich an, egal zu welcher Tageszeit.«

Sie änderten ihre Pläne und fuhren, nachdem sie im Büro des Oberbürgermeisters die Adresse erfahren hatten, nach Rodenkirchen zu dem Altenheim, in dem Hedwig Brohl lebte. Das Haus lag sehr zentral, ein weiß verputztes recht neues Gebäude.

»Frau Brohl ist auf ihrem Zimmer«, teilte man ihnen am Empfang mit. »Aber seien Sie bitte vorsichtig. Sie ist ein wenig verwirrt, noch verwirrter als ohnehin schon.«

Die alte Dame hockte an einem schmalen Tisch, vor sich einen geschälten Apfel, auf den ihr rechter Zeigefinger in einem merkwürdigen Rhythmus tippte, und starrte in einen begrünten Innenhof hinaus, in dem sechs ältere Leute im Kreis saßen. Sie mochte Mitte achtzig sein, wirkte sehr gepflegt, ja sogar leicht geschminkt; in ihrem grauen Haar schimmerte ein leichter Ton von Pink.

»Frau Brohl«, sprach Birte sie an. »Wir kommen von der Polizei Köln. Es geht um Ihren Sohn – Henner.«

Hedwig Brohl wandte den Kopf; ihre grauen Augen waren erloschen, ohne jedes Licht. Sie nickte, dann lächelte sie.

»Polizei?«, fragte sie. »Was ist passiert?«

Eine Pflegerin, der sie auf dem Gang begegnet waren, hatte sie darauf hingewiesen, dass die Mutter des Oberbürgermeisters an einer recht fortgeschrittenen Demenz litt. Ja, sie wisse bereits von dem Tod ihres Sohnes. Zwischendurch habe sie durchaus klare Momente, und am Morgen habe sie kurz geweint, als sei die Nachricht tatsächlich zu ihr durchgedrungen.

»Ihr Sohn Henner …« Birte wägte ihre Worte ab, während die alte Frau sie anschaute, als stände sie hinter Milchglas. »… wir haben ihn tot aufgefunden. Hat er Sie hier kürzlich besucht?«

Die alte Frau nickte, ihr Mund verschob sich zu einem Lächeln, das ihr zu groß wirkendes Gebiss entblößte. »Der Arme!«, rief sie aus. »Friedrich muss sich um ihn kümmern. Friedrich ist der Älteste, und wissen Sie was …« Beinahe verschwörerisch beugte Hedwig Brohl sich vor. »Er ist reich. Friedrich hat Geld, deshalb …« Nun setzte sie sich aufrecht hin. »… muss er sich kümmern. Rudolf ist anders.« Rudolf war der zweite der Brohl-Brüder, den sie auch noch nicht kontaktiert hatten. »Und Henner ist ... der Jüngste, aber er ist stark, besonders stark in den Armen, und er schwimmt sehr gut, wissen Sie?«

Aus den Augenwinkeln bemerkte Birte, dass Jan neben ihr unruhig wurde. Sie kam ihm zuvor, indem sie fragte: »Wann war Ihr Sohn Henner denn zuletzt hier? Und was hat er Ihnen erzählt?«

Hedwig Brohl deutete auf ihr Herz. »Er ist immer da«, flüsterte sie, als würde sie ein Geheimnis kundtun, »der Jüngste ... Er hatte es nicht immer leicht. Nun ist er tot?« Es klang wie eine Frage.

»Leider«, erwiderte Birte. »Jemand war offensichtlich sehr ... böse auf ihn.«

Jans Smartphone summte, und er nutzte die Gelegenheit, um das Zimmer zu verlassen.

Birte war sich nicht sicher, ob ihre Worte zu der alten Dame durchgedrungen waren. Lebte sie ganz in der Vergangenheit mit drei halbwüchsigen Kindern, oder war doch ein wenig Gegenwart bei ihr angekommen?

»Wann war denn Ihr Sohn Friedrich zuletzt bei Ihnen?«, fragte sie.

Hedwig Brohl lächelte, dann blies sie die Backen auf und bewegte ihren Oberkörper vor und zurück, als würde sie marschieren oder sich schnell bewegen. »Friedrich ist wichtig«, sagte sie, unterbrochen von einem weiteren Lächeln, »ganz wichtig.«

»Er ist der Oberbürgermeister«, gab Birte ihr recht.

Die alte Dame verharrte. »Ja, vielleicht«, sagte sie, »aber manchmal weint er in sich drin, weint ... eine Träne im Herzen ...«

Er weint? Eine Träne im Herzen? Birte versuchte sich, diese Worte zu übersetzen, als die Tür aufgerissen wurde und Friedrich Brohl hereinstürmte.

»Wie können Sie es wagen!«, rief er aus. »Sie überfallen

meine Mutter, meine kranke, demente Mutter.« Er eilte an Birte vorbei, beugte sich dann vor und nahm die Hand seiner Mutter, als müsse er sich beruhigen. »Sie kann Ihnen nichts sagen«, stieß er hervor. »Das sehen Sie doch wohl. Meine Mutter lebt in ihrer eigenen Welt. Ich bin froh, wenn sie mich noch erkennt.«

Jan wartete am Wagen auf sie. Er hatte von irgendwoher zwei Kaffeebecher organisiert, einen hielt er ihr hin. In Köln schien der Sommer ausgebrochen zu sein. Blauer Himmel und angenehme fünfundzwanzig Grad.

»Ich vermute, der Herr Oberbürgermeister war nicht *amused*«, sagte er. Ein Stück weiter parkte eine große schwarze Limousine, der allgegenwärtige Pressesprecher lehnte an der hinteren Tür und rauchte hektisch.

»Er will sich bei Neuendorf über mich beschweren«, erwiderte Birte. »Aber wenn unsere Aktion mit Nele herauskommt, kann ich ohnehin nach Hamburg zurückgehen und auf Sankt Pauli kellnern.«

»War doch immer ein Traum von dir.« Jan kippte den Kaffee hinunter. »Henner Brohl war vor sieben Tagen das erste Mal hier. Hat mir eine Pflegerin gesagt. Er hat sie sogar gefragt, ob er bei seiner Mutter im Zimmer schlafen könnte. Da hatte er anscheinend noch keine Bleibe.« Er lächelte und warf seinen Becher geschickt in einen Mülleimer hinter sich. »Nele hat übrigens den Job, hat sie mir eben geschrieben. Morgen schon soll sie anfangen, und heute Abend …« Er unterbrach sich, augenscheinlich, um Birte auf die Folter zu spannen.

»Jan«, sagte sie vorwurfsvoll, »hör auf, hier noch einen auf Spannung zu machen.« Sie blickte auf ihr Smartphone. Max hatte ihr gegen sein Versprechen doch wieder die Platzierung seines Romans geschickt. »Rang 142.967«.

»Ich wette, Nele ist Firnich schon über den Weg gelaufen. Na, man kann sich vorstellen, dass so jemand auf eine Schönheit wie Nele abfährt. Sie soll ihn heute Abend schon begleiten – zu einem Essen mit einer chinesischen Delegation, beinahe bei uns vor der Tür, in dem zu einem Restaurant umgebauten Deutz-Kalker-Bad.« Jan lächelte, als er Birtes ungläubiges Gesicht registrierte. »Nele ist nicht ganz wohl bei dem Gedanken. Sie muss Englisch parlieren, aber eigentlich sollte es ihr als halber Australierin nicht schwerfallen.«

»Von mir aus kann sie zu diesem Essen gehen.« Birte nippte an ihrem Kaffee und beobachtete, wie Friedrich Brohl im Sturmschritt aus dem Altenheim zu seinem Wagen eilte. Trotz seines Zorns hatte er müde und ausgelaugt auf sie gewirkt. »Aber danach sollte Meike Rosman wieder von der Bildfläche verschwinden.«

»Wir beide«, rief Jan, »sind wahrhaftig ein Herz und eine Seele, siamesische Zwillinge, was gute Polizeiarbeit angeht.« Er streckte seine Hand aus, damit sie ihm die Autoschlüssel gab. »Ich habe Nele gesagt, du hast Bedenken bekommen, also darf sie nur einen Tag arbeiten. Morgen ist Freitag. Danach soll sie ihrem Chef Herrn Anwalt Firnich mitteilen, dass es doch nichts für sie ist, bei einem Anwalt am Empfang zu hocken und für ihn Kaffee zu kochen.«

»Und ihre Zwillingsschwester – wo ist die?«, fragte Birte misstrauisch. »Nicht dass Nele auf die Idee kommt, sie zu schicken.«

»Meike ist wohl ein paar Tage in Amsterdam, bevor sie dann von dort zurückfliegt«, erwiderte er. »Sie kann also niemandem in die Quere kommen.«

Nele war schon im Präsidium zurück, als sie eintrafen. Birte hatte sich nicht geirrt. Bei Henner Brohl war kein Smartphone gefunden worden. Immerhin hatten sie herausgefunden, dass er seine erste Nacht nach der Ankunft vor acht Tagen in einem billigen Hotel in Kalk verbracht hatte. Ein Hotelportier hatte sein Foto in der Zeitung gesehen. Aber statt der zwei Nächte, wie geplant, war er bereits nach einer Übernachtung weitergezogen. Besuch hatte er offenbar dort nicht erhalten.

»Sieht nicht so aus, als hätte er ein supergroßes Budget«, sagte Jan.

»Wir haben seine Mobilfunkdaten noch nicht«, meinte Nele, »aber wir wissen zumindest, dass er sich in ein deutsches Netz eingeloggt hat.«

»Und er muss sich irgendwo ein Messer gekauft haben.« Jan schaute Bert Cremer an, der mit Laura Precht ebenfalls zu ihrer Besprechung gestoßen war. »Mit so einem Dolch kommt man in kein Flugzeug, oder? Wo kriegt man einen japanischen Dolch her?«

»Wenn nicht in Köln, dann in Düsseldorf«, erwiderte Bert. »Da gibt es eine große Kolonie von Japanern. Ich werde mich morgen früh umhören.«

»Was habt ihr im Theater herausgefunden?«, fragte Birte. »Hatte Dela eine Freundin oder einen Freund, der uns mehr sagen kann?«

»Wir haben uns diesen schrägen Theaterleiter vorgenommen.« Bert lächelte spöttisch. Er war der größte Zyniker im Präsidium – und der größte Spießer. »Von einer Halskette weiß er angeblich nichts, aber er meint, dass Dela oft mit einer anderen Schauspielerin zusammen war – sie heißt Eva, sie spielt in irgendeiner Soap mit. Ich habe sie …«, er blickte auf seine silberne Armbanduhr, »für halb sieben ins Café am Bauturm bestellt, dachte, Jan will da bestimmt seinen Abendkaffee einnehmen.«

»Schön, wie fürsorglich du für mein Abendprogramm sorgst. Und …?« Jan schaute Bert Cremer auffordernd an. »Kommst du mit?«

»Bedaure.« Bert schüttelte übertrieben den Kopf. »Ich habe heute Kinderdienst. Marion lässt sich scheiden, wenn ich nicht pünktlich bin.«

19

»Ich werde Vater«, sagte er, als sie die Deutzer Brücke erreicht hatten. Der Dom ragte rechts von ihnen majestätisch in den Himmel. »Eigentlich sollte ich hier nicht in der Gegend herumfahren, sondern bei Nadine sein. Sie hat Angst vor einer Fehlgeburt – sie hatte schon einmal eine.«

»Verstehe.« Birte schaute ihn sanft von der Seite an. »Deshalb bist du in letzter Zeit so seltsam. Und dann dieser Auftritt vorgestern im Büro …«

»Als ich auf den Stuhl gesprungen bin? Ja, ich dachte, ich mache mal eine stilsichere Ankündigung.«

»Hat ja super geklappt.« Birte lachte auf. »Ich freue mich für dich, ehrlich. Nadine tut dir gut.«

Schiller nickte. »Und was ist mit Max? Ihr wolltet doch eigentlich heiraten, oder nicht?«

»Max ist enttäuscht, weil sein Roman sich nicht verkauft und er auch kaum Rezensionen bekommt.« Sie seufzte. »Ich habe zehn Bücher bestellt, müssten morgen oder übermorgen im Präsidium ankommen, nur damit sein Buch bei diesem großen Onlinehändler ein paar Plätze steigt.«

»Wir sollten uns eigentlich mehr um unsere Leute kümmern«, sagte Schiller, »stattdessen sind wir Tag und Nacht unterwegs …«

»Wir haben zwei Morde«, sagte Birte, nun wieder sehr entschieden. »Das vor allem zählt, aber ich kann mit dieser Freundin auch allein sprechen.«

»Nein«, erwiderte Schiller genauso entschieden, »kannst du nicht.«

Eine wunderschöne rothaarige Frau wartete in dem Café des Bauturmtheaters auf sie. Das Theater war aus betrieblichen Gründen geschlossen, verriet ein Schild am Eingang.

Als wären sie eindeutig als Polizisten zu erkennen, sprang die Rothaarige auf und winkte ihnen zu.

»Sie sind die Kommissare, nicht wahr?«

Schiller überlegte, ob er die Frau schon einmal im Fernsehen gesehen hatte, war sich aber nicht sicher.

Birte stellte sie vor.

»Ich bin Eva Bahner«, sagte die Frau. »Ich kann gar nicht glauben, was passiert ist. Wir haben gestern den ganzen Tag gedreht, ich habe erst heute Morgen davon erfahren.«

Sie saßen an einem Tisch ganz am Rand. Eine Kellnerin kam. Schiller bestellte ausnahmsweise ein alkoholfreies Bier, Birte einen Milchkaffee.

»Seit wann kennen Sie Dela Pawlak?«, frage Birte.

Die Rothaarige runzelte die Stirn. »Nicht sehr lange. Knapp zwei Jahre vielleicht. Ich gebe manchmal Kurse in der Schauspielschule. Da habe ich Dela getroffen. Sie war die Einzige, die wirklich Talent hatte. Deshalb habe ich ihr auch eine kleine Rolle in unserer Serie besorgt, nicht viel, drei Drehtage, aber so ist sie dann wenigstens an dieses Theater hier gekommen.« Sie deutete hinter sich.

»Wir wissen zu wenig über Dela Pawlak«, sagte Schiller. »Wie hat sie gelebt, was hat sie gemacht, wen hat sie getroffen? Hatte sie einen Freund?«

Die Schauspielerin hatte einen orangefarbenen Cocktail vor sich stehen, an dem sie nippte. Sie strich ihr langes lockiges Haar zurück, eine echte Schauspielergeste, die auch die Blicke von zwei jungen Männern am Nebentisch auf sich zog. »Dela ist erst mit zwölf aus Danzig nach Deutschland gekommen, sie hatte deshalb einen leichten Akzent, aber sie hatte diesen Traum, eine berühmte Schauspielerin zu werden, und sie hatte Talent und sah gut aus. Bei den Männern war alles einfach für sie, vielleicht zu einfach. Kaum betrat sie einen Raum, hatte sie die Aufmerksamkeit. Präsenz nennt man das bei Schauspielern. Dela hatte eine Menge Präsenz.«

Wenn Sie das sagen!, hätte Schiller beinahe entgegnet. Eva

Bahner würde jeden Raum, jede Bühne mit ihrer Präsenz erfüllen.

»Ich weiß, dass sie mit Leuten ausgegangen ist, Geschäftsessen. Es gab da einen Anwalt, der sie manchmal ... soll ich sagen, gebucht hat?«

»Rolf Firnich«, warf Birte ein. »Hieß der Anwalt so?«

Eva Bahner zuckte mit den Achseln, auch das eine beeindruckende schauspielerhafte Bewegung. »Ich weiß den Namen nicht. Am Anfang, gerade als Dela die Schauspielschule verließ und kein Geld hatte, war sie abends viel unterwegs. Sie hatte einen speziellen Kunden, mit dem sie oft zusammen war.«

Friedrich Brohl, dachte Schiller. Konnte es sein, dass der Anwalt Dela mit Brohl zusammengebracht hatte?

»Haben Sie einen Namen für uns?«, fragte Birte.

»Nein.« Die roten Locken glitten zur Seite, als die Schauspielerin den Kopf schüttelte. Ihre grünlichen Augen funkelten auf. »Ich mache mir Vorwürfe, dass ich nicht besser auf Dela aufgepasst hatte, aber sie war auch sehr diskret. Einmal hat sie gemeint, sie habe richtig was falsch gemacht mit Mister Sylt – ja, so hat sie ihn genannt.«

»Mister Sylt – weil er von dort kam oder oft dort Urlaub gemacht hat?« Schiller nahm sich vor zu recherchieren, ob Brohl möglicherweise ein Haus oder eine Wohnung auf Sylt gehörte.

Die Schauspielerin verzog den Mund und lächelte bitter. »Nein«, sagte sie. »Der Mann hatte wohl ein Muttermal am Rücken oder an einer anderen Stelle, das so wie Sylt geformt war. Sie kennen vielleicht die Aufkleber von Sylt, die man gelegentlich an Autos sieht, mit dieser markanten Form der Insel.«

Schiller sah, dass Birte ihr kleines Notizbuch hervorgezogen hatte.

»Kennen Sie diesen Anwalt Firnich?«, fragte sie. »Haben Sie Dela vielleicht einmal bei diesen Treffen begleitet?«

Eva Bahner lehnte sich zurück. »Hören Sie«, entgegnete sie

entrüstet. »So etwas mache ich nicht. Ich bin seit fünf Jahren in dieser Serie, ich kenne meinen Freund seit zehn Jahren. Solche Dinge gibt es bei mir nicht. Meinen Sie, ich möchte mein Foto im Express wiederfinden, wie ich in einer Bar hocke und mit einem fremden Mann knutsche?«

»Verstehe«, sagte Birte. Sie schob ihre Visitenkarte über den Tisch. »Wann haben Sie Dela Pawlak zuletzt gesehen?«

»Wir haben telefoniert«, sagte die Schauspielerin. »Im Moment haben wir einen Drehtag nach dem nächsten. Deshalb konnten wir uns nicht treffen. Dela war aufgekratzt, irgendwie voller positiver Energie. Ja, so kam es mit vor. ›Bald wird etwas passieren‹, hat sie mir gesagt. ›Ich glaube, ich bin aus allen Schwierigkeiten heraus.‹ Ich habe gedacht, sie hätte vielleicht ein neues großes Engagement, aber vielleicht hatte es auch mit Mister Sylt zu tun. Ich habe nicht gefragt, leider. Es war nur ein kurzes Telefonat, weil ich gleich wieder in die Maske musste.«

Es war kurz nach zwanzig Uhr, als sie sich von der Schauspielerin verabschiedet hatten und wieder in ihrem Auto saßen.

»Wie«, fragte Birte voller Ernst, »kommen wir an ein Nacktfoto unseres Oberbürgermeisters?«

Nadine und er duschten lange. So etwas hatten sie schon länger nicht mehr gemacht. Für Schiller war es, als könnte er den Schmutz des Tages abwaschen und mit ihm all die dunklen Gedanken. Danach lagen sie nackt auf dem Bett. Schiller streichelte Nadine, erst die Brust, dann den Bauch. Sie hatte die Augen geschlossen. Draußen war es immer noch hell. Bald würde der längste Tag des Jahres anbrechen.

»Ich freue mich auf das Kind«, sagte er leise. »Obwohl wir uns noch nicht so lange kennen, weiß ich, dass es das Richtige ist.«

»Solange es ein Mädchen wird.« Nadine lächelte. Zwei Fältchen bogen sich um ihren Mund. Sie sah müde aus, als hätte sie auch schlecht geschlafen oder zu viel nachgedacht. »Ich glaube, ich habe den Oberbürgermeister auch einmal getroffen«, wechselte sie abrupt das Thema. »Nach einer Premierenfeier mit unserer langweiligen Kulturdezernentin, er war originell, lebenslustig, aber er hatte eine unangenehme Eigenschaft.« Sie schlug die Augen auf. »Er hat alle Frauen immer angepackt, hier eine Berührung an der Schulter, dort ein Streichen über den Arm, nicht aufdringlich, aber ziemlich penetrant.«

Schiller hatte ihr von ihrem Gespräch mit der Schauspielerin berichtet.

»Das Problem bei manchen Männern ist, dass sie nicht mehr wissen, was falsch und was richtig ist. Sie haben zu viel Macht gespürt, sie kennen von ihrer Umgebung nur Liebedienerei und Jasagen. Da fehlt die Distanz zu dem eigenen Tun.«

»Brohl wird seinen eigenen Bruder nicht umgebracht haben«, sagte Schiller, »und Dela Pawlak auch nicht.«

»Aber irgendwo wird es einen Zusammenhang geben.« Nadine begann, ihn auf die Schulter zu küssen, als sein Smartphone summte.

Er schreckte auf und sah Neles Namen aufblinkten.

»Geh schon ran«, flüsterte Nadine.

»Kannst du mich abholen?«, fragte Nele ohne jede Begrüßung. »Ich weiß, es ist schon spät, und wahrscheinlich hast du was Besseres vor, aber …« Sie atmete tief ein. »Ich hatte einen schrecklichen Abend.«

Schiller sah Nadine an, nachdem er aufgelegt hatte. »Hast du Lust, noch irgendwo etwas zu trinken? Vielleicht am Eigelstein? Ist doch eine hübsche Gegend.«

Wenn er Nele so auf der Straße getroffen hätte, wäre er vermutlich an ihr vorbeigelaufen. Sie hatte ihr blondes Haar zu einem Zopf zusammengebunden, trug einen roten Rock, eine beigefarbene Bluse und eine ebenfalls rote leichte Jacke, und sie sah absolut genervt aus.

Sie sprang hinten in den alten Golf und begrüßte erst Nadine, als wären sie alte Freundinnen.

»Tut mir leid«, sagte sie dann zu Schiller. »Ich musste heute von jemandem gerettet werden. Mein Freund hat ein Konzert in einem Kaff am Niederrhein. Lieber sitze ich einen Tag und eine Nacht am Computer als mit solchen Leuten drei Stunden in einem teuren Drei-Sterne-Restaurant.«

Nadine lächelte nachsichtig. »Ging die große Anmache los?«

»Wir waren zehn Leute, davon zwei Frauen. Außer mir noch eine Übersetzerin, die aber den ganzen Abend kaum etwas gesagt hat. Firnich hatte mich neben den Oberhäuptling der Chinesen platziert; er saß mir direkt gegenüber. Ich weiß nicht, wer von beiden schlimmer war. Der Chinese hat einmal sogar seine Hand auf mein Knie gelegt. Beinahe hätte ich ihn mir gepackt und seinen Kopf in die Suppe gedrückt. Dann ist mir eingefallen, dass ich ja Meike Rosman bin, ab morgen Sekretärin bei Firnich und Partner.« Sie stöhnte auf. »Jan, ich weiß nicht mehr, ob das wirklich eine gute Idee war.«

»Nein, war es eindeutig nicht«, sagte Schiller.

Er fand einen Parkplatz vor einem türkischen Supermarkt, nur wenige Schritte vom Lapidarium, einer Kneipe direkt am Eigelsteintor, entfernt.

»Was machen wir hier?«, fragte Nele erstaunt.

»Wir sorgen dafür, dass du etwas Anständiges zu trinken bekommst«, antwortete er.

Die Kneipe war gut gefüllt, aber sie fanden noch einen freien Tisch nahe am Eingang.

»Hier gegenüber liegt die geheime Wohnung vom Oberbürgermeister«, sagte Nele. »Wir trinken etwas, und du betreibst noch ein wenig Feldforschung, nicht wahr? Ob man hier den Oberbürgermeister gelegentlich gesehen hat. Vielleicht ist er sogar einmal hereingekommen, um ganz volkstümlich ein Kölsch zu trinken.«

Nadine lächelte, und Schiller meinte: »Man sagt zu Recht, dass du die klügste und schönste Person im ganzen Präsidium bist.«

Nele bestellte sich ein Kölsch. Sie blieb ernst. »Ich bin sicher, dass Brohl heute Abend hier nicht auftauchen wird. Er war auch bei diesem Essen, mit seinem Pressesprecher, einem Mann namens Hauck, Dr. Wilfried Hauck, um genau zu sein. Der Typ hat mir seine Visitenkarte aufgedrängt.« Sie holte ein paar Karten aus ihrer kleinen roten Ledertasche, die sie bei sich trug. »Fünf oder sechs davon habe ich bekommen und eine Einladung nach Peking.«

»Klingt nach einem erfolgreichen Abend«, bemerkte Nadine spöttisch. Sie hatte es gewagt, kein Kölsch, sondern ein Glas Mineralwasser zu bestellen.

»Ich weiß nicht«, sagte Nele nachdenklich. »Brohl saß neben Firnich. Dem Oberbürgermeister scheint die Sache mit seinem Bruder und vielleicht auch mit Dela Pawlak zuzusetzen. Er sah müde aus, richtig fertig, er hat auch kaum etwas gegessen. Morgen wird im Rathaus ein Vorvertrag unterschrieben, und er wird verkünden, dass das Hotel mit dem Kasino in Deutz gebaut wird – von einem deutsch-chinesischen Konsortium. Für die versprochenen tausend Wohnungen sucht man einen Ausweichplatz im Kölner Norden, irgendwo bei Worringen. Ich habe draußen eine Zigarette geraucht, um mit ihm reden zu können.« Nele sah Nadine an. »Eigentlich rauche ich gar nicht, aber so ein Abend war das heute – ich musste lauter Dinge tun, die ich verabscheue. Leider ist ihm dieser Hauck nicht von der Seite gewichen, und dann ist obendrein noch Firnich gekommen. Er hat mich groß vorgestellt, dass ich nun die neue wunderschöne Blüte am Empfang sei – ›neue wunderschöne Blüte‹, so hat er mich genannt, extra aus Australien eingeflogen. Brohl hat überhaupt nicht reagiert, er hat mich gar nicht angeschaut, und dann hat Firnich etwas gesagt, was mir beinahe die Beine weggezogen hätte. In einem Tonfall, als wäre er der Boss, hat er gemeint: ›Friedrich, denk bitte daran, was wir vor vier Tagen besprochen haben.‹«

Nele hatte die letzten Worte mit solchem Nachdruck ausgesprochen, dass Nadine sie verwundert ansah.

Schiller begriff sofort. »Vor vier Tagen«, sagte er. »Das war der Tag, an dem sein Bruder ermordet worden ist und Brohl für mehr als zehn Stunden abgetaucht war.«

»Genau«, sagte Nele.

»Er ist nicht durch die Eifel gelaufen, um nachzudenken. Firnich hat ihn bearbeitet, wegen des Kasinos oder warum auch immer.«

»Sieht so aus.« Nele kippte ihr Bier hinunter. »Morgen um neun Uhr habe ich meinen ersten Arbeitstag. Vielleicht bekomme ich etwas heraus, wie Firnich und Friedrich Brohl zueinander stehen, aber dann …«, sie schaute Schiller ernst an, »möchte ich mit diesen Leuten nichts mehr zu tun haben, dann sitze ich wieder im Präsidium an meinem Computer und recherchiere, was ihr wissen wollt.«

»He«, sagte Schiller, er hob die Hände, als müsse er sich ergeben, »das Ganze war deine Idee, und ein Tag an einem Empfang in einer schicken Kanzlei wird wohl nicht so schlimm werden.«

20

Sie war mit einem mulmigen Gefühl aufgewacht. Es war Freitag; seit fünf Tagen hatten sie zwei Mordfälle zu lösen und waren kaum weitergekommen. Zumindest war Max am Abend in besserer Stimmung gewesen. Ein Radioredakteur hatte ihn angerufen und gefragt, ob er nicht ein Feature über den Einsturz des Stadtarchivs machen könne – dreißig Minuten beste Sendezeit. Dieses Angebot hatte ihn schier in Euphorie versetzt. Also gab es doch Leute, die sein Buch zur Kenntnis genommen hatten. Dann hatten sie zum ersten Mal wieder über ihre Hochzeit geredet, aber recht vage und ohne zu einem Entschluss gekommen zu sein. Erst danach hatte Birte ihm verraten, dass Jan Vater wurde. Max hatte diese Nachricht stillschweigend aufgenommen. Von einem eigenen Kind hatten sie schon lange nicht mehr gesprochen.

War eigentlich alles in Ordnung mit ihnen? Waren sie bloß aus dem Stadium der Verliebtheit in etwas anderes hinübergeglitten, für das sie noch keinen Namen hatten? Birte wusste es nicht, wenn sie ehrlich war. Niemals früher jedenfalls hatte es Momente gegeben, in denen Max ihr so fremd war wie in den letzten Tagen, wenn er vor seinem Computer hockte und manisch nach Spuren fahndete, die sein Roman im Netz hinterlassen hatte – oder eben auch nicht.

Das mulmige Gefühl blieb, auch nachdem sie sich mit einem innigen Kuss von Max verabschiedet hatte. Um kurz nach acht war sie im Präsidium. Die beiden Mordfälle waren noch immer in den Schlagzeilen. Im Stadt-Anzeiger wurde – ohne seinen Namen zu erwähnen – auf Markus Fengler angespielt. Ein Verdächtiger liege, weil er auf der Flucht verletzt worden sei, im Krankenhaus. Dazu die Klage, dass die Kölner Polizei mit Ermittlungserkenntnissen hinter dem Berg halte.

Fitschen und Dr. Schroeter hatten für elf Uhr eine Besprechung angesetzt, danach wollten sie eine Pressekonferenz geben; zum Glück ohne Jan und sie.

»Wo nur sind Firnich und Brohl gemeinsam gewesen, als wir den OB gesucht haben?« Jan war sicher, dass die Beantwortung dieser Frage sie weiterbringen würde. »Wie genau stehen Firnich und Brohl zueinander? Und wie passt die tote Schauspielerin da ins Bild?«

»Vielleicht sind die beiden gemeinsam durch die Eifel gelaufen«, sagte Birte. Es war seltsam, in den Nebenraum zu blicken, in dem Nele nicht wie gewöhnlich an ihrem Schreibtisch saß.

»Wenn es eine harmlose Wanderung war – warum verschweigt Brohl sie uns dann?« Jan wandte auch den Blick zu Neles Computer. »Vielleicht findet sie doch mehr heraus.«

»Und was sollen wir mit diesem Wissen anfangen? Sie schleicht sich unter falschem Namen ein. Da werden Dr. Schroeter und Fitschen beide Hurra schreien und uns zu diesem Coup beglückwünschen.«

»Es ist nur für einen Tag.« Jan holte eine Tasse und einen Stoffgürtel, beides in einer Plastiktüte, aus seiner Schublade. »Ich werde untersuchen lassen, ob wir DNA-Spuren von Henner Brohl oder Dela Pawlak daran finden.«

»Diese Sachen hast du aus Brohls Wohnung mitgenommen, nicht wahr? Du bist verrückt geworden.«

Jan lächelte nur. »Ich war gestern mit Nele und Nadine im Lapidarium. Zweimal in den letzten Wochen ist Friedrich Brohl in der Kneipe gewesen; und ein Gast war sich sicher, Henner Brohl am Eigelstein gesehen zu haben. Ist es nicht logisch? Sein Bruder taucht plötzlich auf, sterbenskrank, ohne Geld, und irgendwo muss man den Ungeliebten, der vor Jahren unter zwielichtigen Umständen aus Köln abgehauen ist, ja unterbringen, wenn man kein Unmensch ist.«

»Schultke wird wissen wollen, woher die Dinge stammen.« Birte sah auf die Uhr. Es war gleich halb neun. Sie schrieb Nele eine kurze Nachricht. »Melde dich, falls es Probleme gibt.«

»Alles fein«, schrieb Nele sofort zurück.

»Schultke braucht es nicht zu wissen«, sagte Jan. »Ich habe die Rechtsmedizinerin gebeten, ihre Kanäle zu nutzen, ganz inoffiziell.« Er blickte gleichfalls auf sein Smartphone. »Wie lange geht so ein erster Tag in einer Kanzlei? Bis vierzehn Uhr? Dann müssen wir vorher noch ein wenig arbeiten, bevor wir Nele treffen. Solange wir nicht an den Oberbürgermeister herankommen, habe ich eine andere Idee: Beehren wir seine Gattin noch einmal.«

Birte nickte. »Aber vorher müssen wir mit Fitschen und Schroeter reden.«

Im nächsten Moment öffnete Bert Cremer die Tür. Er sah übernächtigt aus. Die zu langen Haaren hingen ihm ins Gesicht. Er hielt ein Paket im Arm. »Birte, hast du Bücher zu uns ins Präsidium bestellt? Willst du hier nun Krimis verteilen, oder was soll das?«

»Habe ich das richtig verstanden?« Sie hatte sich mittlerweile von Jans schlechter Laune anstecken lassen. »Fitschen und Neuendorf wollen informiert werden, wenn wir mit Friedrich Brohl sprechen?«

»Ich habe nicht genau zugehört«, erwiderte Jan. Er hatte sich ans Steuer gesetzt. »Ich fand unsere Sitzung ziemlich langweilig. Klar, sie stehen unter Druck, wir haben nicht viel für die Presse, da müssen sie ein wenig herumnörgeln.«

»Nörgeln ist untertrieben«, sagte Birte.

»Von Brohls Ehefrau haben sie zum Glück nicht gesprochen.« Jan lächelte. Er parkte genau vor der Einfahrt zu Brohls Haus.

Brigitte Brohl kam ihnen entgegen. Sie hatte soeben die Haustür abgeschlossen. Misstrauisch schaute sie ihre Besucher an, die ihr eindeutig gar nicht gelegen kamen. »Mein Mann hat den ganzen Tag Termine«, sagte sie dann abgehetzt. »Vor heute Abend gegen zehn wird er kaum zurück sein.«

»Wir stören nicht lange.« Jan versuchte es auf seine sanfte Art, die er mitunter an den Tag legen konnte. »Nur eine Frage.

Wir versuchen zu rekonstruieren, wo sich Henner Brohl aufgehalten haben könnte.«

Brigitte Brohl stellte einen kleinen Metallkoffer ab. »Ja und?« Lauernd sah sie zu Jan auf.

»Frau Brohl«, übernahm Birte, »Sie haben uns ja selbst auf die Wohnung Ihres Mannes am Eigelstein hingewiesen. Können Sie uns genauer sagen, warum er sich diese Wohnung zugelegt hat? Hatte er eine Geliebte?«

»Das müssen Sie Friedrich selbst fragen. Ich weiß ja offiziell gar nichts von dieser Wohnung.« Sie antwortete schnell und hektisch. »Und es wäre mir auch sehr recht, wenn Sie mich da rauslassen würden.«

»Sie haben Henner Brohl nicht getroffen, haben Sie uns mitgeteilt.« Jans Tonfall geriet eine Nuance weniger freundlich. »Und was ist mit Dela Pawlak – sagt Ihnen dieser Name etwas?«

Nun kam die Antwort nicht sofort. Brigitte Brohl zögerte, sie nahm ihren Koffer wieder auf. »Man erwartet mich. Ich muss zu einem Bauherrn – ein neues Projekt vorstellen«, sagte sie.

»Dela Pawlak ist die Schauspielerin, die im Bauturmtheater erschossen worden ist.« Jan musterte Brohls Ehefrau.

»Kann sein, dass ich sie auf einem Empfang oder im Theater einmal getroffen habe.« Brigitte Brohl machte einen Schritt nach vorn. »Es tut mir leid, was mit ihr passiert ist, aber ich wüsste nicht, wie ich Ihnen helfen könnte.« Sie versuchte, sich an Jan vorbeizuschieben, doch er wich kaum zurück, sondern bewegte sich im Gleichschritt mit ihr.

»Wir haben die Vermutung, dass Ihr Mann eine Affäre mit der Schauspielerin hatte, aber vielleicht sollten wir dazu Rolf Firnich fragen, den Anwalt. Kennen Sie ihn? Könnte er uns darüber eine kompetente Auskunft geben?«

Der Blick, den Brigitte Brohl ihm zuwarf, war voller Entrüstung und Hass. Ja, blanken Hass meinte Birte in ihren Augen zu lesen.

»Herr Hauptkommissar Schiller«, erwiderte Brigitte Brohl mit schneidender Stimme, »fragen Sie, wen Sie wollen, aber ich werde Ihnen ohne meinen Anwalt – und das ist nicht Herr Firnich – nichts mehr sagen. Beim nächsten *Gespräch* …«, das Wort betonte sie voller Verachtung, »laden Sie mich und meinen Mann bitte offiziell vor.«

Dann rauschte sie an ihnen vorbei und steuerte auf einen kleinen weißen Mercedes SUV zu.

»Brigitte Brohl scheint zu bedauern, dass sie uns den Tipp mit der Wohnung gegeben hat«, meinte Birte. »Wahrscheinlich wollte sie nur, dass wir die heimliche Wohnung ihres Manns ausheben, doch nun gibt es diese tote Schauspielerin.«

»Ja, kann sein, dass sie es bedauert. Ich bin mir nicht sicher, ob sie zu ihrem Mann rennt und ihm von unserem Gespräch berichtet, aber wenn sie es tut, haben wir Brohl und Firnich richtig aufgescheucht. Und Neuendorf und Fitschen werden toben«, fügte Jan mit einem Lächeln hinzu.

Birte konnte Jans offensichtlich gute Stimmung nicht teilen. Seine Frage nach Firnich war ein Schuss ins Blaue gewesen und unverschämt obendrein. Fitschen würde dafür eine Rechtfertigung verlangen, die sie kaum bieten konnten.

Sie sah auf ihrem Smartphone, dass sie eine weitere Nachricht von Nele erhalten hatte. Die letzte vor zwei Stunden hatte gelautet: »Bin eingetroffen. Firnich selbst hat mich herumgeführt.«

»Hier ist der Teufel los«, lautete die neue offenbar hastig geschriebene Nachricht. »Ich muss Kaffee und Wein ausschenken. Die Chinesen von gestern Abend sind alle da und dieser widerliche Hauck, der Wachhund des OBs. Gleich geht es ins Rathaus. Die große Verkündigung steht an. Der Bau des Kasinos. Bis später.«

»›Der Wachhund des OBs‹«, wiederholte Jan, nachdem Birte ihm die SMS vorgelesen hatte. »Vielleicht sollten wir uns einmal näher mit diesem Hauck befassen. Er weiß wahrscheinlich mehr über Brohl als dessen Ehefrau.«

»Wir können schlecht bei Firnich auftauchen, solange Nele da sitzt«, meinte Birte. »Außerdem wissen wir ja offiziell gar nicht, dass Hauck sich dort im Moment aufhält.«

»Also fahren wir zum Rathaus.« Jan sah dem SUV nach, in dem Brigitte Brohl an ihnen vorbeiraste. »Dort wird man uns bestimmt gerne Auskunft geben, wo wir diesen Hauck finden. Gibt es nicht diesen Spruch, dass man immer schlauer vom Rathaus zurückkommt, als man hingegangen ist?«

Birte kannte diesen Spruch nicht.

Als sie sich durch die engen Einbahnstraßen gequält hatten, sahen sie den großen Aufzug vor dem Spanischen Bau des Rathauses. Drei Limousinen waren vorgefahren, vor dem Eingang stand wartend Friedrich Brohl, Hauck neben ihm sowie drei weitere Männer und eine Frau.

»Erwarten die hier einen Staatsbesuch?«, fragte Birte.

Dann sah sie Nele, die aus einem der Wagen stieg. Sie sah elegant aus, mit offenen langen Haaren und in einem rosafarbenen Hosenanzug, den Birte noch nie an ihr gesehen hatte. Nach Nele verließen zwei Chinesen die schwarze Limousine; aus einer weiteren sprang, kaum dass sie gehalten hatte, Rolf Firnich. Er trug einen grauen Anzug mit einer roten Krawatte. Der Chauffeur, ein etwa dreißigjähriger Mann mit kurzen schwarzen Haaren, hatte den Wagen ebenfalls verlassen, um einem weiteren Chinesen, der im Fond gesessen hatte und schon älter war, beim Aussteigen zu helfen.

»Nele muss hier weiter die Chinesen unterhalten.« Jans Tonfall verriet sein Unbehagen. »Firnich hat sie als schöne Begleiterin abgestellt. Da wird es nichts mit einem Acht-Stunden-Tag.«

Sie beobachtete, wie Nele mit dem schönsten Lächeln zwei Chinesen zu Brohl führte, als würde sie solch einen Job jeden Tag erledigen. Kurz war Birte beunruhigt. War Brohl ihr vielleicht schon einmal im Präsidium begegnet? Nein, das konnte kaum sein.

Die Chinesen, selbst der ältere, der offenbar der wichtigste von allen war, verbeugten sich vor dem Oberbürgermeister, der ihnen dann freundlich lächelnd die Hand schüttelte. Firnich folgte ihnen, Nele nun an seiner Seite. Man konnte dem Anwalt ansehen, wie angetan er von Nele war. Wie hatte er sie bei der Vorstellung genannt? Seine wunderschöne neue Blüte aus Australien. Deshalb hatte er sie sofort angestellt – weil sie mit ihrer Schönheit und ihrem Stil für diesen Auftritt perfekt war.

Vier andere Männer und eine Frau, wahrscheinlich die Übersetzerin, die Nele bereits erwähnt hatte, schlossen sich an. Nachdem das Begrüßungszeremoniell beendet war und drei Fotografen ihre Aufnahmen gemacht hatten, parkten die Limousinen ein paar Meter weiter, und die Delegation verschwand im Rathaus.

»Die arme Nele!«, erklärte Birte mit echtem Kummer in der Stimme. »Was haben wir ihr da angetan! Und dann muss sie auch noch aufpassen, dass sie nicht fotografiert wird und ihr Bild in der Zeitung auftaucht.«

Jan lächelte. Er sah, dass Hauck der Letzte war, der mit einem Kontrollblick zurück ins Rathaus gegangen war. Zuvor hatte er noch kurz mit Firnichs Chauffeur gesprochen. »Sie kann sich glücklich schätzen. Sie ist bei einer Sternstunde in der neueren Kölner Geschichte dabei – wenn Brohl verkündet, dass in Deutz ein Kasino und ein super Luxushotel gebaut wird. Ist es nicht genau das, was diese Stadt unbedingt braucht? Glanz und jede Menge Geld?«

21

Im Präsidium konnten sie via Internet verfolgen, wie der Vertrag für den Hotelbau mit Kasino in Deutz unterschrieben wurde. Brohl saß an einem Tisch, flankiert von dem älteren Chinesen und Rolf Firnich. Friendship Cooperation hieß das Unternehmen, das für dieses Projekt gegründet worden war. Ein einmaliges deutsch-chinesisches Joint Venture nannte Brohl es; der Bau sei ein Meilenstein für Köln, man schließe zu New York, London, Berlin auf. Es zeige sich, dass die Stadt eine aufregende Metropole sei, und der Rhein, den man in diesem Hotel ganz unmittelbar erleben werde, sei ohnehin der schönste und legendenreichste Fluss der Welt.

Bert Cremer, der an Neles Platz saß, klatschte ironisch. »He, man sollte Haie im Rhein aussetzen. Dann kann man Roulette spielen und Haie anglotzen.«

»Superidee! Aber Delfine würden mir noch besser gefallen. Oder gleich Piranhas«, meinte Schiller.

Nach Brohl sprach der ältere chinesische Geschäftsmann, dessen Worte nach jeweils wenigen Sekunden übersetzt wurden. Er sprach von Freundschaft und Völkerverständigung und lächelte dabei gefühlt nach jedem dritten Laut. Gebe es ein schöneres Zeichen für Völkerverständigung als ein Hotel an einem Friedensfluss, in dem sich Menschen aus aller Welt treffen könnten?

»Hat er wirklich ›Friedensfluss‹ gesagt?«, meinte Birte. »Da haben seine Leute wohl bei Wikipedia nicht richtig nachgeschaut.« Sie warf Schiller einen bangen Blick zu, den er sofort verstand. Die Kamera war bisher auf die drei Männer auf dem Podium gerichtet gewesen, aber sobald sie in den Saal schwenkte, würde sie vermutlich unweigerlich Nele erfassen.

Nach dem Chinesen sprach auch noch Firnich. Er stellte sich ganz förmlich als Sprecher des deutschen Teils des Konsortiums vor. Auch er sang das Hohelied auf Köln. Die neue Herberge in Deutz – so seine Worte, die vermutlich humorig klingen sollten – würde auf der Welt ihresgleichen suchen, und ein Kasino habe Köln schon immer gefehlt. Der Mensch sei ein spielendes Wesen – schon die Römer hätten Glücksspiele geliebt und diese Tradition auch nach Colonia getragen. In vier Wochen würden der Oberbürgermeister und er den ersten Spatenstich ausführen, und in weniger als zwei Jahren – das verspreche er hier hoch und heilig – könnten die ersten Gäste einziehen und es sich am Roulettetisch bequem machen, um ihr Glück zu suchen.

Friedrich Brohl sah währenddessen immer müder aus, Schatten unter den Augen, sein Blick flackerte hin und her, als wolle er sich an etwas festhalten.

Als die drei Ansprachen beendet waren, eilte Hauck herbei; er trug eine Art Buch, nein, es war eine opulente Vertragsmappe, die er geziert aufschlug und zuerst Brohl hinhielt. Mit starrer Miene, beinahe als würde er sein Todesurteil unterzeichnen, unterschrieb der Oberbürgermeister. Dann war der chinesische Investor an der Reihe. Anders als Brohl blickte er auf, lächelte routiniert in die Kamera und unterzeichnete dann. Firnich war bei der Unterschrift ebenfalls die Freude anzusehen. Es schien, als würden alle ein gutes Geschäft machen – alle außer Friedrich Brohl.

Ein matter Applaus erklang, als Hauck die Mappe mit dem unterschriebenen Vertrag wieder an sich nahm. Offenkundig waren nicht viele Personen im Raum.

Die Kamera schwenkte herum. Schiller fürchtete schon, Nele in Großaufnahme zu sehen, weil sie wahrscheinlich die jüngste und schönste Frau im Saal war. Doch hinter einem Rednerpult tauchte Hauck auf.

»Meine Damen und Herren«, sagte er mit einer überraschend angenehmen, volltönenden Stimme. »Sie haben einer historischen Stunde beigewohnt. Ich danke Ihnen sehr für die Aufmerksamkeit. Bitte haben Sie Verständnis, dass der

Oberbürgermeister angesichts dieses freudigen Anlasses keine Fragen beantworten wird. Näheres zum Projekt werden wir am Montag bei einer Pressekonferenz bekannt geben. Und nun darf ich Sie auf Kosten der Stadt Köln zu einem kleinen Umtrunk einladen.« Er neigte leicht den Kopf.

Dann erlosch das Bild, und das Logo der Stadt Köln wurde eingeblendet.

»Brohl sieht aus, als hätte er die Hosen gestrichen voll«, bemerkte Bert Cremer. »Aber dazu hat er auch guten Grund. Statt tausend Sozialwohnungen kriegt Köln so einen Luxusschuppen für Chinesen und Pokerspieler. Na, da können sich doch alle freuen.«

»Er sieht aus, als hätte er tagelang nicht mehr geschlafen«, sagte Birte. Ihr war die Erleichterung anzusehen, dass Nele nicht im Bild gezeigt worden war. »Vielleicht geht ihm der Tod seines Bruders doch näher, als wir denken.«

Eher der Tod der Schauspielerin, dachte Schiller. Laut sagte er: »Wie kommen wir an diesen Hauck heran? Er wird mehr über Brohl wissen als jeder andere in der Stadt. Da bin ich mir sicher.«

Nele, gab er sich die Antwort selbst. Nele würde ihnen helfen können. Sie saß mit diesen Leuten an einem Tisch, im Auge des Hurrikans gewissermaßen.

Er hatte Birte angelogen. Die beiden Dinge, die er aus Brohls geheimer Wohnung mitgenommen hatte, lagen noch gar nicht bei der Rechtsmedizinerin für einen DNA-Abgleich. Er hatte überhaupt keine Ahnung, ob Monika Grams sich für so etwas hergeben würde.

Freitagnachmittag – wahrscheinlich war sie längst in ihrem gemütlichen Heim. Trotzdem fuhr er zum Institut für Rechtsmedizin. Als er klingelte, öffnete sie ihm selbst die Tür.

»Welch unerwarteter Besuch!« Sie lächelte ihn an.

»Ich wusste, dass Sie Überstunden machen«, erwiderte Schiller.

Die Rechtsmedizinerin führte ihn in ihr Büro. »Ich mache keine Überstunden«, sagte sie. »Ich trauere. Gestern musste ich mein Pferd einschläfern lassen – es war zweiundzwanzig Jahre alt. Das steckt sogar jemand wie ich nicht einfach so weg.« Sie deutete auf die Kaffeemaschine. Schiller nickte, und sie schenkte ihm eine Tasse ein. »Ich würde also nur in meiner Wohnung sitzen und Trübsal blasen – was für ein schöner Ausdruck.«

Schiller nahm die Tasse. Er begann, sich unbehaglich zu fühlen. Bisher hatte die Rechtsmedizinerin harmlos mit ihm geflirtet; zu persönlich war ihr Kontakt bisher nie gewesen.

»Sie sind bestimmt gekommen, um mich zum Essen einzuladen, was?« Monika Grams strich sich eine dunkelrote Locke aus der Stirn. Ihre Augen funkelten provozierend auf.

»Bedaure«, sagte Schiller. »Ich muss zu meiner Freundin. Sie erwartet ein Kind, und …« Er brach ab.

Monika Grams hatte den Blick gesenkt, als hätte sie wirklich gehofft, er würde sie einladen.

»Ich habe hier zwei Dinge, die ich aus Brohls Wohnung …« Er zögerte. »Niemand weiß, dass ich dort war. Die Wohnung war schon aufgeräumt, ich konnte nur diese beiden Dinge mitnehmen.«

»Und nun fragst du dich, ob du Spuren von Brohls Bruder und dieser Schauspielerin nachweisen kannst.« Die Rechtsmedizinerin war zum Du übergegangen; sie streckte ihre rechte Hand aus.

»Schiller«, sagte sie, wieder mit ihrem typischen Lächeln, »aber das kostet dich etwas, ein Abendessen, auch wenn du Vater wirst.«

Fünf Minuten später stand er an Thereses Grab auf dem Melatenfriedhof. Hatte er die Rechtsmedizinerin völlig falsch eingeschätzt? Sie hatte ihn geradezu traurig angesehen, als er sich eilig verabschiedet hatte. Nadine war noch im Theater, und Nele hatte sich auf seine lapidare Frage, wie es laufe, nicht gemeldet. Vermutlich musste sie Firnich bis ans Ende dieser ganzen Vertragsshow begleiten und vielleicht sogar noch ein wenig länger.

Das Grab der alten Hebamme lag noch im Sonnenlicht. Nicht mehr lange, dann würde der längste Tag des Jahres anbrechen. Wir kommen nicht recht weiter, Therese, so redete er stumm mit ihr. Dieser Fall ... zwei Tote ... und der Oberbürgermeister ...

Vermutlich hatte Therese den Oberbürgermeister gekannt; es war verblüffend, in welchen Häusern sie ein und aus gegangen war. Doch nun war sie fort; ihr Leichnam lag verscharrt in einer Kiste.

Trauer überfiel ihm; da war eine Leerstelle in seinem Leben, die nicht einmal Nadine und ein Kind würden füllen können.

»Ihr macht das schon ganz gut«, sagte Therese in seinem Kopf, »aber denk jetzt auch an dein Kind. Das ist das Schönste, was man im Leben haben kann: ein eigenes Kind. Ich hatte nie eines, aber ich weiß es trotzdem. Ach, eigentlich hatte ich fünftausend eigene Kinder, jedes, dem ich auf die Welt verholfen habe.«

Er hörte ihr heiseres Kichern.

Dann summte sein Smartphone. Neles Name leuchtete auf, doch dann, bevor er sich melden konnte, erstarb das Summen. Sie hatte den Anruf abgebrochen.

Er wartete ab, ob sie sich noch einmal meldete, während er zu seinem Wagen am Institut für Rechtsmedizin zurückging, doch auch nach zehn Minuten hatte sie es nicht noch einmal versucht.

Schiller spürte, dass er unruhig wurde. Was wäre, wenn plötzlich auch der Polizeipräsident bei Brohl aufgetaucht wäre oder jemand anders Nele erkannt hätte? Andererseits konnte sie bei einer solch exklusiven Veranstaltung kaum in Gefahr schweben.

Nach weiteren zehn Minuten probierte er selbst, sie zu erreichen, doch nur ihre Mailbox sprang an. Er hinterließ keine Nachricht, sondern fuhr in seine Wohnung.

Es war kurz nach neunzehn Uhr, als er dort eintraf. Nadine wollte heute im Theater verkünden, dass sie schwanger war; gegen acht würde sie zu Hause sein.

Im Internet rief er den Namen »Wilfried Hauck, Pressesprecher« auf. Es wurden mehrere Artikel angezeigt. Hauck war zweiundvierzig Jahre alt, er war ledig, Jurist und gehörte derselben Partei wie Friedrich Brohl an. Kurz nach seinem Studium war Hauck der persönliche Referent eines Bundestagabgeordneten gewesen; er hatte beste Aussichten, dessen Nachfolger zu werden, als er in einen handfesten Skandal verwickelt war. Um eine Konkurrentin für den Listenplatz auszustechen, hatte er Gerüchte gestreut und sogar Drohanrufe in der Nacht getätigt. Durch eine Fangschaltung war er aufgeflogen, und damit war seine Karriere erst einmal zu Ende gewesen. Er hatte danach einige Jahre als Anwalt gearbeitet. Brohl war es dann, der Hauck aus der Versenkung geholt hatte. Eine nicht sehr erfreuliche, aber wohl nicht untypische Parteilaufbahn.

Plötzlich hatte Schiller das Gefühl, dass sie in ihren Ermittlungen vollkommen in die Irre gelaufen waren. Sie hatten den Oberbürgermeister als zentralen Punkt angesehen, aber was war, wenn beide Mordfälle gar nicht zusammenhingen? Wenn Markus Fengler der Täter war und nur eine gute Geschichte gestrickt hatte, um sie zu täuschen? Und was wussten sie von Dela Pawlak? Sie war eine Schauspielerin, die gleichzeitig Männer begleitet hatte, insofern diese sie gut bezahlten. Vielleicht hatte Dela Pawlak einen ihrer Kunden erpresst, weil sie von einem Geschäftsgeheimnis erfahren hatte?

Er rief ein Video mit der Schauspielerin auf. Ein Ausschnitt aus ihrem Tucholsky-Programm, sie machte das richtig gut; nein, sie war eine Schauspielerin und kein besseres Escortgirl – und warum hatte der Mörder ihr eine Kette vom Hals abgerissen?

Wieder versuchte er, Nele zu sprechen; nun meldete sich eine mechanische Stimme. Der Teilnehmer sei zurzeit nicht zu erreichen.

Was war passiert? Hatte sie ihr Smartphone ausgeschaltet? Er überlegte, Birte anzurufen, als Nadine vor seiner Tür stand und klopfte. Sie küsste ihn auf den Mund.

»Ich bin müde«, sagte sie, »und ich möchte gleich mit dir schlafen, aber vorher muss ich dir noch etwas erzählen. Eine unserer Regieassistentinnen hat die tote Schauspielerin gekannt, und einmal hat Jenna – so heißt die Regieassistentin – sie mit einem älteren Mann am Eigelstein gesehen. Jenna hat nicht gewusst, wer der Mann war, aber dann habe ich ihr ein Foto von Brohl gezeigt.« Nadine schwieg einen Moment. »Ihr habt recht gehabt. Jenna hat den Oberbürgermeister eindeutig erkannt. Brohl war mit der toten Schauspielerin zusammen.«

Schiller erwachte, weil Nadine ihm im Schlaf Worte ins Ohr geflüstert hatte. Er schreckte auf: Es war halb zwei. Sofort griff er nach seinem Smartphone. Keine Nachricht von Nele, dafür zwei von Birte.

»Kann Nele nicht erreichen«, lautete die erste. »Wo ist Nele?«, die zweite, die sie um kurz vor ein Uhr abgeschickt hatte.

Er schlich aus dem Bett und ging in Nadines Küche. Sie hatten sich noch kurz etwas zu essen gemacht und waren dann ins Bett gegangen. Für eine kurze Weile hatte er alles abschütteln können und war in Nadines Armen eingeschlafen.

Er drückte auf Wahlwiederholung. Immer noch die Ansage unter Neles Nummer, dass der Teilnehmer nicht zu erreichen sei. Man möge es später probieren. Ging die Feier bis tief in die Nacht? War das die Erklärung? Saß irgendwo in einer Bar im Hyatt oder im Excelsior eine kleine Gruppe zusammen, zu der auch weiterhin Nele gehörte, die Firnich erst gestern als Meike Rosman eingestellt hatte? Die schöne kultivierte Nele wäre einerseits für jeden Mann eine wundervolle Begleitung, ein Gedanke, der Schiller beruhigte; andererseits war es nun mitten in der Nacht. Das würde bedeuten, dass Firnich seine neue Angestellte seit mehr als sechzehn Stunden beschäftigte.

Sein Unbehagen wuchs. Eine Nachlässigkeit, dass ihr Smartphone keinen Strom mehr hatte, wäre völlig untypisch für Nele. Oder konnte es sein, dass sie ihr Smartphone irgendwo liegen gelassen hatte?

Als er Birte anrief, war sie nach dem dritten Läuten am Apparat.

»Du machst dir auch Sorgen?«, fragte sie, kein bisschen verschlafen.

»Ja, was ist da los?«

»Niemals würde sich Nele mit solchen Leuten betrinken. Sie würde irgendwann höflich den Absprung schaffen, und das hätte spätestens gegen zwanzig Uhr der Fall sein müssen.« Birte wurde mit jedem Wort ernster. »Ich fürchte, sie ist aufgeflogen. Jemand hat sie erkannt.«

»Wer soll sie erkannt haben?« Schiller bemühte sich, ruhig zu bleiben. »Sie ist Kriminalassistentin, sie sitzt Tag für Tag an ihrem Schreibtisch im Präsidium, hat keine Außenkontakte.«

»Trotzdem«, sagte Birte. Eine Stimme war im Hintergrund zu hören. Max meinte offenbar, sie solle wieder ins Bett kommen.

»Sie wohnt in Nippes, nicht wahr? In der Christinastraße in dieser schicken Dachwohnung?« Vor ein paar Monaten hatte Nele das ganze Team einmal zum Essen eingeladen. Schiller war über ihre großzügige, zugleich karg eingerichtete Wohnung erstaunt gewesen.

»Ja«, sagte Birte. »Willst du hinfahren? Wir können uns da treffen.«

»Ich fahre gleich los und gebe dann Bescheid«, entgegnete Schiller, bevor er die Verbindung unterbrach.

Um kurz nach zwei traf er in Nippes ein; er brauchte eine Weile, um einen Parkplatz zu finden. Nur in einer Pizzeria brannte noch Licht; ein Taxi passierte ihn mit hoher Geschwindigkeit, auf der anderen Seite ein Radfahrer, der ohne Licht unterwegs war; sonst war niemand zu sehen. Er trat auf die Straße und blickte zu Neles Fenstern hinauf. Damals bei ihrem Treffen hatten sie eine Zeit lang auf dem kleinen Balkon gesessen und einen Aperitif getrunken; die Balkontür und ein langes Fenster wiesen zur Straße, wenn er sich richtig erinnerte. Im ganzen Haus brannte kein Licht. Er ging auf die Haustür zu, die ein Stück abseits der Straße lag. Drei Stufen eine breite Treppe hinauf. Die Tür war geschlossen; an ihrem Briefkasten hatte Nele für ihre Tarnung sogar den Namen ihrer Schwester angebracht, aber vielleicht war das schon vorher geschehen. »Krach/Rosman«, stand da auf einem provisorischen Schild.

Schiller wollte sich schon abwenden, als sich von innen eine Gestalt im Treppenhaus näherte. Er wich die drei Stufen zurück und verharrte vor dem Eingang; die Tür wurde langsam geöffnet. Jemand trat hinaus, der sich offensichtlich im Dunkeln durch das Haus bewegt hatte. Eine Schattengestalt, die etwas unter dem Arm trug, einen Karton.

Die Gestalt erstarrte, als sie Schiller bemerkte, dann bewegte sie ruckartig ihren Kopf.

Dieser Jemand war in Neles Wohnung gewesen. Schiller war sich ganz sicher.

»Stehen bleiben, Polizei!«, rief er, obschon die Schattenfigur sich keinen Zentimeter bewegt hatte. Den Reflex, nach seiner Waffe zu greifen, unterdrückte er. Seine Dienstpistole lag im Präsidium.

Schiller hatte einen schnellen Schritt die erste Stufe hinaufgetan, als er ein Geräusch hinter sich vernahm, ein Keuchen, einen tiefen Atemzug. Im nächsten Moment erfasste ihn ein greller Schmerz, der seine rechte Schulter entflammte; er ging in die Knie, ein weiterer Schlag mit einem harten Gegenstand traf ihn am Kopf. Er stürzte vor, versuchte, sich mit den Händen abzustützen, als ihn jemand mit einem blauen Sportschuh in die Seite trat. Er wollte nach dem Schuh greifen, doch nun verlor er endgültig das Gleichgewicht. Er kippte gegen die Hauswand. Der Schuh geriet aus seinem Sichtfeld, in dem Moment lief die Gestalt mit dem Karton an ihm vorbei; schwarze elegante Schuhe. Ein kurzes Zischen war zu hören, zugeraunte Worte.

Als Schiller sich umdrehen konnte, sah er zwei Gestalten links zur Hauptstraße abdrehen. Mit aller Kraft gelang es ihm, wieder auf die Beine zu kommen. Taumelnd tat er den ersten Schritt. Um nicht erneut zu stürzen, musste er sich an der Hauswand abstützen und ein paarmal kräftig durchatmen. Irgendwo glaubte er einen Motor zu hören, dann ein Rauschen, ein, nein, zwei Autos fuhren auf der Hauptstraße vorüber.

Er wankte die Stufen zum Gehsteig hinunter, wandte sich dann ebenfalls nach links, aber die Kreuzung war leer und verlassen. Niemand mehr zu sehen.

Sie trafen sich an der Tankstelle an der Neusser Straße, ein Stück vor der Inneren Kanalstraße. Hier gab es auch nachts um drei Uhr einen Kaffee, den sie allerdings draußen vor dem Nachtschalter zu sich nehmen mussten.

Schiller hatte höllische Kopfschmerzen, seine Schulter brannte, und seine rechte Wange war aufgeschürft.

Birte versorgte ihn mit zwei Schmerztabletten und klebte ihm ein Pflaster auf seine Wunde.

Schweigend sahen sie sich ein paar Sekunden an, beide ihre Kaffeebecher in den Händen.

»Wir haben Scheiße gebaut«, sagte Birte dann. Sie seufzte. Schiller sah, dass sie Tränen in den Augen hatte. »Nele ist da in etwas hineingelaufen, das wir alle übersehen haben.« Sie hob ihre Stimme an und meinte in einem künstlichen Tonfall: »Nur einen Tag in der Kanzlei – was soll da schiefgehen?« Sie verstummte wieder für ein paar Sekunden. »Nun ist Nele verschwunden, jemand dringt in ihre Wohnung ein – wahrscheinlich mit ihrem Schlüssel.«

Schiller schwieg weiter. Er fühlte sich ausgelaugt, die Tablette nahm ihm nicht die Schmerzen, sondern sorgte dafür, dass ihm jedes Nachdenken schwerfiel.

»Sollen wir Fitschen alles gestehen?« Birte seufzte ein weiteres Mal und wischte sich über das Gesicht. »Eine Abmahnung ist uns sicher; vermutlich wird man uns auch suspendieren. Den Fall müssen wir mit Sicherheit abgeben.«

»Das darf nicht passieren.« Sie mussten sich eine Strategie zurechtlegen. Wie würden sie mit Neles Verschwinden umgehen? »Wir sind an etwas dran, sonst wäre das doch alles nicht passiert, sonst läge Nele längst in ihrem Bett und würde am Montag wieder friedlich ins Präsidium kommen.« Er kippte den Rest seines Kaffees hinunter und warf den Becher in einen Abfallkorb. »Es dreht sich alles um diese Kanzlei – um Rolf Firnich. Da müssen wir einen Fuß in die Tür bekommen.«

»Sie werden uns schon erwarten«, sagte Birte; es klang resignierend. »Wenn sie Nele enttarnt haben, dann werden sie auf unser Kommen vorbereitet sein.«

»Egal«, erwiderte Schiller. »Wir werden kommen und ihnen die Tür einrammen. Schließlich geht es darum, Nele zu finden.«

»Was ist, wenn wir nichts tun?« Birte lächelte zum ersten Mal. »Zumindest nach außen hin. Wir geben eine Erklärung heraus, dass wir für den Mord an Henner Brohl einen jungen Tatverdächtigen haben, und zu Dela Pawlak sagen wir gar nichts, aber wir beobachten, wir sehen uns an, was Firnich den ganzen Tag tut. Irgendwo muss Nele sein, ich kann mir nicht vorstellen, dass sie …« Birte verstummte abrupt.

Schiller schloss die Augen. Ihn schüttelte es, ja, er begann wirklich zu zittern. Er wusste, wie Birte eigentlich fortfahren wollte – dass sie einen Mord begehen.

Doch, hätte er beinahe erwidert, doch, damit müssen wir rechnen. Zwei Menschen sind schon gestorben – was zählt da ein drittes Opfer, selbst wenn es eine Polizistin ist?

22

Sie fuhren von der Tankstelle direkt ins Präsidium. Jan schlief zwei Stunden an seinem Schreibtisch, während Birte versuchte, mehr über Firnich herauszufinden. Er war zweiundfünfzig Jahre alt, geschieden und hatte einen Sohn, der Patrick hieß und in den USA lebte. Er gehörte der Partei des Oberbürgermeisters an, doch war er vor zehn Jahren in einen Skandal um neue Messebauten in Köln verwickelt gewesen, die ohne Ausschreibung an bestimmte Firmen vergeben worden waren. Der Partner seiner Kanzlei hatte sich damals von ihm getrennt, sodass Firnich offensichtlich in finanzielle Schwierigkeiten geraten war. In Prozessen um den Hambacher Forst hatte er sich für den Erhalt des Braunkohlereviers eingesetzt und gegen einige Bauern geklagt, die ihr Land und ihre Höfe nicht verkaufen wollten. Ein Dorf, das abgerissen werden sollte, hatte er komplett zwangsräumen lassen, damit hatte er sich in einem Zeitungsartikel gebrüstet.

Als Jan aufgewacht war und sich mit einem starken Kaffee gestärkt hatte, hatte Birte ein kleines Memo über Firnich und dessen Kanzlei zusammengetragen.

»Offenbar ein wirklich netter Zeitgenosse«, sagte Jan. Er versuchte wieder einmal, Nele zu erreichen, und legte dann resigniert sein Smartphone auf den Tisch. »Aber was machen wir mit der Erkenntnis, dass Firnich ein skrupelloser Anwalt ist, dem ein gutes Geschäft wichtiger ist als alles andere?«

Birte nahm sich auch einen Kaffee. »Aus welchem Grund könnte Nele aufgeflogen sein?«

»Jemand hat sie erkannt, oder vielleicht hat sie etwas herausgefunden. Ja …« Jan richtete sich auf. »Irgendetwas ist ihr aufgefallen, sie hat etwas mitbekommen, und als sie mir dann Bescheid geben wollte, hat sie jemand beobachtet. Gestern Abend …«, er nahm sein Smartphone hervor und blickte auf das Display, »genau um achtzehn Uhr neunundzwanzig hat sie mich angerufen, war aber nicht mehr am Apparat, als ich den Anruf angenommen habe.«

»Vielleicht hat sie auch die Veranstaltung im Rathaus früher verlassen und ist noch einmal in die Kanzlei. Möglicherweise hatte sie schon Zugang zum Computersystem, sie glaubte, ganz ungestört zu sein, war aber leider nicht vorsichtig genug.« Birte stöhnte auf. Sie konnten sich in unendlich vielen Spekulationen ergehen, aber eigentlich wussten sie nichts – nicht einmal, ob Nele noch am Leben war.

»Ja«, sagte Jan müde, »so könnte es sein – oder auch ganz anders. Aber was ist mit ihr geschehen? Was tut man, wenn man herausfindet, dass die Mitarbeiterin, die gerade ihren ersten Tag gearbeitet hat, eine Schnüfflerin ist, vielleicht sogar von der Polizei kommt?«

»Man bringt sie zum Schweigen.« Birte erschrak selbst über ihre Worte.

»Ja«, sagte Jan tonlos. »Aber wie genau macht man das?«

»Wie können wir schnell an die letzten Funksignale ihres Smartphones gelangen? Und sollten wir uns nicht anschauen, was Firnich heute tut? Ob er in seine Kanzlei fährt?«

Dann fiel ihr ein, dass Samstag war; da würde selbst ein viel beschäftigter Anwalt vermutlich nicht in seiner Kanzlei sitzen.

Jan hob die Schultern. Er blickte durch die geöffnete Tür zu Neles Büro hinüber. Leer und anklagend wirkte ihr Schreibtisch. Nele, dachte Birte, sie hätte eine Idee, sie würde rasch herausfinden, woher die letzten Funksignale gekommen waren.

»Wo ist der Oberbürgermeister gewesen, als er unauffindbar war? Er ist mit Firnich zusammen gewesen. Gibt es da irgendwo eine Hütte, ein Wochenendhaus, irgend so etwas? Dann könnte Brohl uns weiterhelfen.« Fragend schaute Jan sie an.

»Und wie willst du das aus ihm herausbekommen?«

»Ich fahre zu ihm. Ich sage ihm die Wahrheit. Er hat Nele

gesehen. Es wird ihm nicht gleichgültig sein, dass eine junge Frau verschwunden ist und in höchster Gefahr schwebt.«

»Als Erstes wird er Neuendorf anrufen«, erwiderte Birte. »Dann sind wir unseren Job sofort los, wahrscheinlich auf immer und ewig.«

»Egal.« Jan stand auf. Es war kurz vor sechs. Ein hellblauer Himmel leuchtete vor dem Fenster. Es würde ein schöner Tag werden, Frühsommer in Köln. »Ich fahre zu Brohl, und du schaust dir Firnich an. Wo wohnt er genau?«

Firnich wohnte mitten in der Stadt, in einer Apartmentanlage in der Nähe von Groß Sankt Martin, die vor zwanzig Jahren wohl einmal sehr gepflegt gewesen war, nun aber ein wenig heruntergekommen wirkte, doch von einigen Fenstern hatte man gewiss einen fabelhaften Blick auf den Dom und das Museum Ludwig. Birte parkte ihren Dienstwagen knapp hinter einer Feuerwehrzufahrt. Es war kurz nach sieben. Still war es hier, zwei, drei frühe Passanten auf dem Weg zum Rhein, keine Jogger, nur aus einem halb geöffneten Fenster leise Musik. Sie ging in einen Innenhof hinein und versuchte auszumachen, in welcher Etage Firnich wohnte, aber auch hier: alles ruhig, keine Menschen. Als sie einmal um den Komplex herumgegangen war, sah sie, wie ein schwarzer BMW in die Einfahrt der Tiefgarage einbog; Firnich fuhr einen weißen BMW SUV, er konnte es nicht sein, aber irgendetwas zog ihre Aufmerksamkeit an. Der Wagen geriet ein wenig ins Schlingern, als wäre der Fahrer ungeübt oder unaufmerksam. Sie wollte sich schon abdrehen, als sie das Gesicht des Mannes am Steuer für einen Bruchteil zu erkennen meinte: Wilfried Hauck, der Pressesprecher, rollte mit seinem BMW in die Tiefgarage der Anlage ein. Kurz leuchteten die Bremslichter auf, dann erhob sich das Absperrgitter, und der Wagen verschwand.

Was tat Hauck um diese Zeit hier? Für einen geschäftlichen Besuch bei Firnich war es gewiss zu früh.

Noch einmal ging sie um die Anlage herum, es gab mehrere

Eingänge. Sie sah sich alle Klingelschilder an, auf dem letzten fand sie seinen Namen: »Dr. Wilfried Hauck«.

Der Pressesprecher des Oberbürgermeisters wohnte im selben Apartmentblock wie Firnich. Ein Zufall, vielleicht.

Als ein rotes Mazda-Cabriolet die Tiefgarage verließ, schaffte sie es hineinzugelangen, bevor sich das Gitter wieder geschlossen hatte. Die Müdigkeit, die sie auf dem Weg hierher noch verspürt hatte, war wie weggeblasen. Ihre Instinkte als Ermittlerin waren geweckt. Wenn Hauck hier wohnte – wo kam er um diese Zeit her? Bis in den frühen Morgen würde er wohl nicht gefeiert haben, sonst hätte er kaum seinen Wagen steuern können.

Sie fand den Wagen, ordnungsgemäß abgestellt auf einem privaten Parkplatz, der mit seinem Nummernschild ausgewiesen war.

Auf dem schwarzen Lack war der Dreck nicht wirklich zu sehen, aber die Räder, Radkappen und auch die Kotflügel waren so schmutzig, als wäre er kürzlich irgendwo durchs Gelände gefahren. In Köln jedenfalls, da war Birte sich sicher, gab es kaum Feldwege, die so viel Dreck verursachten.

Mit den Fingerspitzen zog sie ein paar Erdbröckchen ab und verstaute sie in einer Plastiktüte. Hoffnung erfüllte sie auf einmal. Nele lebte noch. Niemand brachte einfach so und aus dem Stand eine Polizistin um. Und wenn Firnich und Co. noch gar nicht wussten, dass sie eine Polizistin aus dem Verkehr gezogen hatten? Nele würde es ihnen nicht bei der ersten Unterredung auf die Nase binden …

Sollte sie geradewegs zu Hauck in dessen Wohnung marschieren? Das Momentum der Überraschung ausnutzen und ihn fragen, wo er nun um diese Zeit herkam?

Nein, sagte Birte sich, sie brauchten noch mehr Material über ihn. Sie suchte den Weg, um aus der Parkgarage in das Treppenhaus zu gelangen, und machte sich dann daran herauszufinden, wo genau sich in dieser unübersichtlichen Anlage Firnichs und Haucks Apartments befanden.

In der dritten Etage, nach längerem Umschauen, bei dem sie jedoch von niemandem gestört wurde, entdeckte sie die beiden Klingelschilder. Die Wohnungen lagen sich direkt gegenüber. Wenn sie in den Gängen die Orientierung nicht verloren hatte, dann wies Firnichs Apartment zur Domseite, während Hauck vermutlich in den Innenhof blickte.

Unschlüssig stand sie da. Als müsste sie ihre Ermittlung dokumentieren, zog sie ihr Smartphone hervor und fotografierte die beiden weißen identischen Türen, an denen sich lediglich die Namensschilder unterschieden. Nicht auszumachen war, ob sowohl Firnich als auch Hauck ihre Apartments allein bewohnten.

Plötzlich, nachdem sie ihr Smartphone eingesteckt hatte, drang eine dumpfe Stimme aus Firnichs Wohnung, die rasch lauter wurde. Der Anwalt sagte etwas, ja, es war offenkundig seine Stimme; sie konnte keinen genauen Wortlaut wahrnehmen, doch schien er sich seiner Wohnungstür zu nähern. Birte schaffte es gerade noch, die erste Stufe im Treppenhaus zu erreichen, als sie aus den Augenwinkeln registrierte, wie Hauck auf den Gang trat. Er trug den Anzug, den er auch am Abend im Rathaus getragen hatte, und wirkte bleich und müde. Mit schleppenden Bewegungen bewegte er sich auf sein Apartment zu, während Firnich ihm ein »Schlaf dich aus!« hinterherrief, das wie ein Befehl klang, jedenfalls nicht fürsorglich oder freundlich.

23

Es war kurz nach sieben, als er bei Friedrich Brohl vorfuhr. Vor Müdigkeit hatte er einen bitteren Geschmack im Mund. Die Gedanken, was mit Nele geschehen sein könnte, versuchte er beiseitezuschieben und sich ganz auf seinen Besuch zu konzentrieren. Was tat ein Oberbürgermeister so früh an einem Samstagmorgen? Hatte er schon Termine, war er vielleicht auf seiner Joggingrunde unterwegs, oder konnte er einmal ausschlafen? Das Haus lag ruhig da, kein Laut war zu hören, genau wie in der ganzen Straße. In Junkersdorf wohnten keine Frühaufsteher. Schiller hatte im Präsidium seine Waffe eingesteckt – aus einem Impuls heraus, als könnte ihm Gefahr drohen.

Er musste viermal klingeln, bevor er in dem Fenster in der Haustür einen Schatten wahrnahm. Brohl kam im Bademantel und mit zerzausten Haaren, um selbst zu öffnen. Verschlafen schaute er Schiller an.

»Was gibt es?«, fragte er mit belegter Stimme. »Haben Sie den Mörder meines Bruders gefunden? Schrecken Sie mich deshalb zu dieser Zeit auf?«

»Nein«, erwiderte Schiller. »Wir haben den Mörder Ihres Bruders noch nicht, aber ich habe ein paar Fragen an Sie, die ich unbedingt stellen muss.«

Brohl schaute ihn unfreundlich an, und ohne ein Wort zu erwidern, als würde er Schillers Entschiedenheit spüren, ließ er ihn ein. »Wir können in die Küche gehen«, sagte er leise. Dann schaute er sich im Flur um, als hätte er Angst, er könnte seine Frau wecken.

In der Küche, nachdem er sich gesetzt hatte, tat Schiller etwas, was ihn selbst überraschte. Er zog seine Dienstpistole hervor und legte sie auf den Tisch vor sich.

Brohl starrte die Waffe an. »Was bezwecken Sie …?«, sagte er, brachte den Satz dann jedoch nicht zu Ende.

»Herr Brohl«, sagte Schiller, »ich bin hier, obwohl es mir wahrscheinlich eine Suspendierung oder Schlimmeres einbringen wird, aber ich kann mir heute keine Höflichkeiten erlauben. Ich weiß, dass Sie uns anlügen, dass Ihr Bruder bei Ihnen war, wahrscheinlich in Ihrer Wohnung am Eigelstein. Ich will nicht behaupten, dass Sie es waren, der ihn umgebracht hat, aber Sie wissen weit mehr, als Sie uns bisher mitgeteilt haben. Und dann gibt es noch Dela Pawlak und diesen Anwalt, Rolf Firnich. Auch da haben Sie uns nicht die Wahrheit gesagt, doch nun geht es um etwas anderes.« Er beugte sich vor und stieß die Pistole an, sodass sie sich einmal um ihre Achse drehte.

Es ist verrückt, was du hier tust, flüsterte eine Stimme in seinem Kopf, die er gern zum Schweigen gebracht hätte. Das wird dich deinen Job kosten – das muss dir doch klar sein.

»Gestern haben Sie den Vertrag für ein Kasino und ein Luxushotel in Deutz mit den Chinesen unterzeichnet«, fuhr Schiller fort, ohne auf die Stimme in seinem Kopf zu achten. »Im Rathaus … mit vielen Reden. Obwohl Sie eigentlich etwas anderes versprochen haben – tausend Wohnungen für Köln.«

Für einen Moment geriet er aus dem Takt. Was sollten die Wohnungen und das Kasino mit ihrem Fall zu tun haben?

Brohl war sich bei Schillers ersten Worten durch sein zerzaustes Haar gefahren, er hatte aufgestöhnt, als wolle er etwas einwerfen, dann jedoch hatte er lediglich ein zweites Stöhnen hervorgebracht.

»Danach haben Sie irgendwo gefeiert«, Schiller redete weiter, weil Brohl kein Wort hervorbrachte, »mit allen Leuten vermutlich, mit den Chinesen, Firnich, mit Ihrem Pressesprecher … Oder waren Sie nicht dabei? War Ihnen nicht nach Feiern zumute? So kurz nach dem Tod Ihres Bruders?« Er starrte Brohl an und versuchte, etwas aus dessen reglosen Gesichtszügen herauszulesen.

Der Oberbürgermeister lehnte sich ein wenig zurück. »Ich weiß nicht, worauf Sie hinauswollen«, sagte er beinahe flüsternd und nicht sonderlich selbstsicher.

»Die Frage ist nicht schwer.« Schillers Tonfall wurde schärfer. »Wo haben Sie hinterher gefeiert? Oder sind Sie sofort brav nach Hause gegangen? Aus Pietät? Aus Trauer?«

Brohl schüttelte sanft den Kopf. Schiller fiel auf, wie erschöpft er aussah, gleichzeitig wirkte es so, als würde er seine Fassung zurückerlangen.

»Wir waren noch für ein Essen im Marriott«, sagte der Oberbürgermeister langsam, als müsse er über seine Worte nachdenken, »das konnte ich nicht absagen. Unsere chinesischen Partner haben es erwartet – das sind internationale Gepflogenheiten. Solch wichtigen Leuten kann man nicht mit persönlichen Befindlichkeiten kommen.« Er hielt kurz inne. »Ich weiß allerdings nicht, was Sie das angeht.«

Schiller versetzte der Pistole einen weiteren Stoß. »Herr Brohl, es geht mich eine Menge an.« Er zog sein Smartphone hervor und rief ein Foto von Nele auf. »Kennen Sie diese Frau?«, fragte er und hielt dem Oberbürgermeister das Display hin. »Diese attraktive junge Frau war bei Ihrer Feier dabei.«

Brohl kniff die Augen zusammen. Er betrachtete das Bild auf dem Display. Ein kurzes aufflackerndes Erkennen meinte Schiller in dessen Blick zu erkennen.

»Diese Frau haben wir erst gestern als verdeckte Ermittlerin bei Firnich eingeschleust. Sie sollte uns … weiter reichende Informationen beschaffen, doch nun …«, er zögerte, »ist sie spurlos verschwunden, und jemand war in ihrer Wohnung, hat sie durchsucht und mich vor ihrem Haus niedergeschlagen, als ich eingreifen wollte.«

In der Stille, die eintrat, schien Brohl nicht einmal zu atmen.

»Was ist mit meiner Kollegin passiert, Herr Brohl? Diese Frage interessiert mich mehr als alles andere«, setzte Schiller hinzu.

In der nächsten Sekunde wusste er, dass er verloren hatte.

Brohl stieß ein schnaubendes Geräusch aus. Er zog den Kragen seines Bademantels zusammen. »Ich glaube, Sie sind verrückt geworden«, sagte er mit fester Stimme. »Ich dachte immer, Polizisten müssten rational handeln und vertrauenswürdig sein und so jemanden wie Sie, der hierherkommt, mit einer Pistole herumfuchtelt, so jemanden könne es in einer deutschen Polizeibehörde gar nicht geben.« Er unterbrach sich und hob kurz den Kopf, als hätte er ein Geräusch im Haus gehört, dann fuhr er fort: »Und ist es üblich, dass man bei einem angesehenen Anwalt eine verdeckte Ermittlerin einschleust?« Er lächelte matt. »Ich kann mir nicht vorstellen, dass so ein Vorgehen von Ihren Dienstvorschriften gedeckt ist.«

»Nein«, sagte Schiller, »das ist es nicht, aber wir hatten unsere Gründe.«

»Diese Gründe werden den Polizeipräsidenten und die Staatsanwaltschaft gewiss brennend interessieren«, erwiderte Brohl. »Und nun bitte ich Sie, mein Haus zu verlassen. Das wird auch vermutlich Ihre letzte Amtshandlung als Hauptkommissar gewesen sein.«

Er erhob sich, und Schiller tat es ihm gleich.

»Diese Frau, die verschwunden ist«, sagte Schiller, »ist eine meiner engsten Mitarbeiterinnen und eine der besten Polizistinnen, die Köln je gesehen hat. Wenn ihr etwas passiert ist, werden auch Sie zur Rechenschaft gezogen werden – egal, ob ich dann noch Hauptkommissar bin oder nicht.«

Brohl lachte höhnisch auf. »Nun drohen Sie mir auch noch? Ich weiß nicht, wo diese Frau ist. Finden Sie den Mörder meines Bruders! Das ist Ihre Aufgabe und nicht, ehrenwerte Anwälte zu bespitzeln.« Er zog ostentativ die Tür auf.

Schiller ging an ihm vorbei in den Flur. Ein Schatten war im hinteren Teil des Hauses zu sehen. Brigitte Brohl stand da, in Jeans und T-Shirt, und schaute ihn stumm an.

Geschlagen bewegte Schiller sich zur Haustür, die er selbst öffnete. Dann wandte er sich noch einmal um. Brohl wirkte nun völlig gefasst, wieder Herr der Lage.

»An dem Tag, an dem Ihr Bruder getötet wurde, sind Sie für ein paar Stunden von der Bildfläche verschwunden«, sagte er. »Wir wissen, dass Ihre Erklärung dafür auch gelogen war.

Sie waren mit Firnich zusammen. Wo waren Sie? Was hatten Sie einen ganzen Tag mit Firnich zu besprechen? Oder besser gesagt – er mit Ihnen?«

»Gehen Sie!«, stieß der Oberbürgermeister hervor. »Und packen Sie am besten schon einmal Ihre Sachen. Ich glaube nicht, dass Sie je an Ihren Schreibtisch im Präsidium zurückkehren werden.«

Schiller trat vor die Tür. Der blaue Himmel tat ihm in den Augen weh. Ein weiterer Sonnentag breitete sich über Köln aus.

»Meine verschwundene Kollegin heißt übrigens Nele Krach«, sagte er. »Normalerweise sitzt sie im Präsidium am Computer, bereitet Informationen und Daten auf. Es war das erste Mal, dass sie so einen Einsatz gemacht hat. Falls ihr etwas geschehen sein sollte, etwas sehr Schlimmes, wird sie mich und auch Sie bis in unsere Träume verfolgen.«

Ihm war übel. Die Kopfschmerzen waren zurückgekehrt, und seine Schulter tat weh, als würde er den harten Schlag aus der letzten Nacht erst jetzt wirklich spüren. Doch auf dem Weg zu seinem Wagen riss er das Pflaster ab, das Birte ihm an der Tankstelle auf die aufgeschürfte Wange geklebt hatte, und warf es hinter sich in den Vorgarten des Oberbürgermeisters.

Sie saßen im Präsidium und starrten abwechselnd durch die offene Bürotür Neles sorgsam aufgeräumten Schreibtisch an. Als hätte sie gewusst, dass sie nicht zurückkommt, dachte Schiller, aber das war natürlich Unsinn. Anders als er war Nele einfach eine ordentliche Person.

Bert Cremer hatte sich gemeldet, er würde etwas später kommen, um sich weiter um die Aussagen zu Henner Brohl zu kümmern, wann Zeugen ihn in der Stadt gesehen zu haben glaubten; auch etliche Zeugenaussagen zu Dela Pawlak mussten noch abgearbeitet werden; zudem lagen die genauen Obduktionsberichte vor sowie der Bericht der Wohnungsdurchsuchung bei der Schauspielerin.

Keiner von ihnen beiden rührte sich oder sagte ein Wort. Schiller trank seinen bitteren, lauwarm gewordenen Kaffee.

»Ich würde mich gerne auf mein Kind freuen«, sagte er, »und auf die nächste Zeit mit Nadine, aber das hier ...«, er machte eine fahrige Handbewegung in Richtung Neles Büro, »das hier bringt mich schier um. Therese war uralt, als sie gestorben ist, es war schlimm genug, doch bei Nele ... Bei ihr ist es etwas völlig anderes. Wir haben sie in ihr Unglück laufen lassen.«

»Es war ihre Idee«, erwiderte Birte matt; es klang nicht, als würde sie selbst an ihre Worte glauben.

Auf ihren getrennten Wegen zurück ins Präsidium hatten sie am Telefon überlegt, was sie als Nächstes tun könnten – wo könnten sie nach Nele suchen? Könnten sie sich unter einem Vorwand Einlass in Firnichs Kanzlei verschaffen? Würden sie da eine Spur von ihr finden? Oder sollten sie ins Marriott fahren, wo das Essen nach der Feier im Rathaus stattgefunden hatte?

»Ich werde Fitschen anrufen«, sagte Schiller. »Ich werde ihm in allen Details mitteilen, was wir unternommen haben – warum genau Nele verschwunden ist. Er darf dann von mir aus alles machen, uns anschreien, die Suspendierung androhen, aber er darf uns nicht diesen Fall wegnehmen.«

»Das wird er als Erstes tun«, erwiderte Birte. »Und wahrscheinlich hat er recht damit – wir haben uns wie Stümper angestellt.«

Schiller wollte widersprechen, unterließ es dann jedoch. Wann hatte er Birte einmal so niedergeschlagen erlebt? Er konnte sich nicht erinnern.

In der untersten Schublade seines Schreibtisches, fiel ihm ein, hatte er ein Schreiben abgelegt, das er vor ein paar Monaten einmal verfasst hatte: seine Kündigung. Damals war er so erschöpft und desillusioniert gewesen, dass er sich hatte vorstellen können, als Privatdetektiv zu arbeiten.

Nun war die Situation gewissermaßen spiegelverkehrt. Er

erwartete, dass jeden Moment die Tür geöffnet wurde und Fitschen hereinkam, um ihn zu suspendieren.

Oder hatte Friedrich Brohl doch nicht sofort zum Hörer gegriffen, um den Polizeipräsidenten anzurufen?

»Ich weiß nicht, wo wir ansetzen sollen«, sagte Birte verzweifelt und durchbrach das dumpfe unangenehme Schweigen, das sie einhüllte. »Wo, verdammt, könnte Nele sein?«

Diese Frage hatten sie sich in den letzten Stunden etliche Male gestellt.

Eigentlich war klar, dass sie ihre Lähmung abstreifen und ins Marriott fahren mussten; dort verlor sich vermutlich Neles Spur.

»Wir müssten«, sagte Birte, »die ganze Stadt auf den Kopf stellen, um Nele zu finden.« Doch auch sie bewegte sich nicht.

Wenn es in Ermittlungen einen Nullpunkt gab, wenn alles stand und es nicht vorwärtsging, dann musste man alles noch einmal auf den Tisch legen und neu sortieren – so hatte es ihm vor vielen Jahren einer seiner Ausbilder geraten.

Schiller blickte zu dem Whiteboard, an dem sie die Namen aufgeschrieben hatten, die sie im Fokus hatten. Friedrich Brohl – das war der Mittelpunkt. Immer wieder kam er auf diesen Namen zurück. Die einzige Verbindung zwischen Henner Brohl, Dela Pawlak, Wilfried Hauck und Rolf Firnich.

Birte sah von ihrem Smartphone auf. »Ich habe mir die offizielle Seite des Oberbürgermeisters angesehen. In den Kommentaren kommt der Hoteldeal mit den Chinesen gar nicht gut an. ›Verräter‹ und ›Lügner‹ sind noch die harmloseren Ausdrücke. Einige unserer Zeitgenossen lassen sich zu schweren Beleidigungen hinreißen.«

»Wieso wohnt der Pressesprecher unseres Oberbürgermeisters Tür an Tür mit einem Anwalt wie Firnich?«, fragte Schiller sich selbst laut. »Da könnte man beinahe davon ausgehen, dass Firnich alles erfahren würde, was beim OB so los ist.«

Birte sah auf und zog eine kleine Plastiktüte aus ihrer Jacke, die sie über den Stuhl gehängt hatte. »Ich habe ein paar Erdbröckchen von Haucks Wagen eingesteckt«, sagte sie. »Dachte, es wäre vielleicht wichtig herauszufinden, wo er gewesen ist.«

Schiller setzte sich auf und betrachtete die schwarze Erde in dem Tütchen. »Warum sagst du das erst jetzt? Er muss also irgendwo auf dem Land gewesen sein. Ist er derjenige, der Nele aus dem Verkehr gezogen hat? Ist er deshalb so spät in seine Wohnung gekommen?«

»Du meinst, wir müssen ihn nur im Auge behalten und er führt uns zu Nele?« Birte lächelte, doch die Müdigkeit war ihr ins Gesicht geschrieben.

»Ich rufe Schultke an, ganz inoffiziell. Wir brauchen einen Sender, den wir an Haucks Wagen festmachen – und dann warten wir.«

Einen Moment später klingelte sein Smartphone. Er erwartete, Nadines Namen aufleuchten zu sehen, er hatte ihr versprochen, sich bald zu melden, doch da stand: »Unbekannte Nummer«.

Jemand räusperte sich, eine Frau.

»Ich habe Sie belauscht«, sagte Brigitte Brohl mit leiser Stimme, »nein, nicht belauscht. Die Tür stand offen, da konnte ich alles mit anhören. Ich liebe meinen Mann, er ist ein guter Bürgermeister, aber …« Sie brach kurz ab, und Schiller fürchtete schon, sie würde das Gespräch beenden. »Er ist in Schwierigkeiten geraten, ganz ohne Schuld. Er hat sich mit den falschen Leuten eingelassen, Leuten, die behauptet haben, sie würden alles für ihn und diese Stadt tun …« Sie atmete tief durch. »Mein Mann hat nicht nur diese Wohnung am Eigelstein, er hat auch eine Waffe … die hat er sich ganz inoffiziell vor ein paar Jahren beschafft, als ihn jemand verfolgt hat …« Brigitte Brohl verstummte wieder.

Schiller hörte sie atmen. »Sie teilen mir also mit, dass Ihr Mann uns nicht die Wahrheit gesagt hat.« Schiller spürte, dass die Frau des Oberbürgermeisters noch nicht das gesagt hatte, was sie ihm eigentlich hatte vermitteln wollen.

»Ja.« Es klang fast unhörbar. »Ich glaube, Firnich hat etwas gegen ihn in der Hand. Darum ging es auch vor sechs Tagen, als sie ihre Besprechung hatten. Ich glaube auch zu wissen, wo die beiden waren – an einem Ort, an dem sie garantiert keiner aufspüren und stören konnte.«

»Und wo genau waren die zwei?«

»In Lützerath«, sagte Brigitte Brohl. »Dahin hat Firnich Friedrich schon einmal gebracht.«

»Irgendein Kaff in der Eifel?« Schiller beugte sich vor, um nach einem Stift zu greifen.

»Lützerath ist ein Geisterdorf«, erklärte Brigitte Brohl. »Dort lebt so gut wie niemand mehr. Das Dorf liegt bei Garzweiler. Demnächst wird es komplett abgerissen, und dann holt ein riesiger Bagger da Braunkohle aus der Erde.«

24

»Warum?«, fragte Jan. »Warum hat sie das getan – uns angerufen und ihren Mann hintergangen?«

»Vielleicht«, sagte Birte, »will sie ihren Mann vor Firnich retten. Sie begreift, dass Brohl in etwas hineingeraten ist, das ihn in größte Schwierigkeiten bringen kann. Vielleicht will sie ihn im letzten Moment schützen.«

»Ja, vielleicht«, erwiderte Jan, »oder sie will uns auf eine falsche Spur locken – uns aus der Stadt treiben. Damit ihr Mann sich ungestört um ein paar Dinge kümmern kann.«

»Wir müssen es trotzdem als eine Spur ansehen. Und in so einem Geisterdorf kann man leicht jemanden verstecken, den man aus dem Weg haben will.« Birte hatte auf ihrem Smartphone eine Landkarte aufgerufen. Dieses Dorf Lützerath, das Brigitte Brohl genannt hatte, war ein Teil der Stadt Erkelenz, und es lag tatsächlich in dem Braunkohlengebiet, das unter dem Namen Garzweiler bekannt war. Ein paar Dörfer waren schon ausradiert worden, und obschon der Abbau von Braunkohle bald eingestellt werden sollte, würde Lützerath offenbar in Kürze auch den Baggern zum Opfer fallen.

»Wir schauen uns dieses Dorf an«, sagte Jan entschlossen, »aber vorher regeln wird noch ein paar andere Dinge.« Mit einer vagen Hoffnung hatte er zum zigsten Male versucht, Nele auf ihrem Mobiltelefon zu erreichen. Mittlerweile war es tot, als würde der Anschluss gar nicht mehr existieren. »Wir nehmen uns zuerst Brohls heimliche Wohnung am Eigelstein vor, und wir sorgen dafür, dass jemand Hauck, Firnich und Brohl im Auge behält.«

»Da haben wir ja Glück«, meinte Birte sarkastisch, »dass der Anwalt und der Pressesprecher im selben Haus wohnen.«

Sie brauchten eine halbe Stunde, um Bert Cremer zu erreichen und einzuweisen, dass er sich vor Brohls Haus postieren solle. Danach trieben sie eine genauere Karte von Lützerath auf, und Birte meldete sich bei Max. Sie brauchten jemanden, der Firnich und Hauck beschattete, je nachdem, wer zuerst das Haus verließ. Laura Precht oder eine andere Anwärterin kamen dafür nicht in Frage. Sie hätten ihr zu viel erklären müssen.

»Ich komme mit dem Alfa vorbei«, sagte Birte, »und schicke dir ein paar Fotos von den beiden Männern. Wir haben den Verdacht, dass mindestens einer von ihnen wissen könnte, wo Nele sich befindet.«

Max schwieg einen Moment, dann lachte er leise. »Ernennt ihr mich jetzt zum Hilfssheriff, oder was?«

»Sag ihm, dass ich hundert Exemplare seines Buches kaufe, wenn er uns hilft«, rief Jan herüber, doch Birte war froh, dass Max es offenkundig nicht mitbekommen hatte.

»Also gut«, sagte Max. »Ich mache es, aber ich kann nichts versprechen. Ganz allein wollt ihr Nele suchen?«

»Max«, sagte Birte in einem leicht gereizten Tonfall. »Wir können das Ganze nicht an die große Glocke hängen. Bis heute Abend haben wir uns Zeit gegeben, danach geben wir eine allgemeine Fahndung heraus, doch dann wird man uns ganz sicher von dem Fall abziehen und suspendieren.«

»Schick mir eine kurze Nachricht, wo du den Alfa parkst«, entgegnete Max. »Ich schaue mir diese beiden Typen an, doch viel mehr kann ich nicht tun.«

»Eigentlich bräuchten wir zwei Leute bei Firnich und Hauck«, meinte Jan, nachdem sie aufgelegt hatte. »Nadine muss ich allerdings aus dem Spiel lassen, und Broder … er darf nach seiner schweren Kopfverletzung nicht einmal mehr Auto fahren.«

»Es wird auch so gehen«, erwiderte Birte, obschon sie sicher war, dass vieles dagegensprach, dass ihre Aktion funktionieren würde.

Sie hatten sich mit einem skrupellosen Gegner eingelassen, daher war es fahrlässig gewesen, Nele einfach loszuschicken.

Birte konnte nichts dagegen tun: Ihre Gedanken drehten sich im Kreis. Ein Selbstvorwurf jagte den nächsten. Wie waren sie nur auf die Idee gekommen, Nele in eine solche Situation zu bringen? Ein Job am Empfang in einer Kanzlei – kein Problem, nur ein Tag unter dem Namen der Zwillingsschwester – da kann nichts schiefgehen – am Montag geht sie einfach nicht mehr hin – niemandem wird etwas auffallen, sie hatte ja die Identität ihrer Zwillingsschwester, die längst wieder abgereist war … Nun hatte sie sich in eine beinahe ausweglose Lage manövriert, und vielleicht war Nele tatsächlich nicht mehr am Leben. Die schöne, kluge Nele … Ihr kamen beinahe die Tränen.

An einer Bäckerei ließ sie Jan anhalten. Birte war so übel, dass sie sich drei süße Brötchen kaufte, von denen sie eines sofort hinunterschlang. Als sie ihren Alfa geparkt hatte, war Max ihr entgegengekommen und hatte den Daumen nach oben gestreckt. Für einen Moment hatte ihr sein Anblick neue Zuversicht verliehen, doch kaum waren sie um die nächste Ecke gebogen, hatte sich dieser vage Optimismus, dass sie nun das Richtige taten, schon wieder verflüchtigt.

»Bist du schon einmal bei einer Aktion dabei gewesen, die richtig schiefgegangen ist?«, fragte sie Jan, der mit ernster Miene in Richtung Eigelstein fuhr. Er war nicht davon abzubringen gewesen, erst noch einmal zu Brohls geheimer Wohnung zu fahren; er misstraute Brohls Frau und war überzeugt, dass der Hinweis auf Lützerath ein Ablenkungsmanöver war. Birte war sich da nicht so sicher.

»Eine Geiselnahme lief aus dem Ruder«, sagte er stockend. »Ich war noch in der Ausbildung. Da hatte sich ein Mann in einer Wohnung mit seiner Exfrau und seinem Kind verschanzt, doch jemand hatte dem SEK eine falsche Information gegeben. Sie brachen die gegenüberliegende Tür auf, und der Mann drehte völlig durch und erschoss die Frau. Eine Katastrophe!«

»Solche Fehler kommen vor.« Birte stopfte das zweite Brötchen in sich hinein. Immer wieder sah sie die wunderschöne, lächelnde Nele vor sich und versuchte, jeden Gedanken daran zu verdrängen, dass sie vermutlich schon tot war, irgendwo im Rhein versenkt oder in einem Wald verscharrt. »Aber da hat niemand eigenmächtig gehandelt – nicht so, wie wir es getan haben.«

»Hör auf«, stieß Jan in einem harten Tonfall hervor. »Das hilft jetzt nicht weiter.«

So nervös und gereizt hatte sie ihn noch nie erlebt. Mit einem Ohr schien er immer auf den Klang seines Telefons zu lauschen.

»Brohl hat weder den Polizeipräsidenten noch Fitschen angerufen«, sprach er weiter. »Was sagt uns das?« Er warf Birte einen kurzen Blick zu. »Das sagt uns, dass er in die Sache verwickelt ist – dass ich mit vielem recht habe, was ich ihm vorgeworfen habe.«

In den engen Straßen am Eigelstein war wie immer kaum ein Parkplatz zu finden. Jan entdeckte schließlich eine Lücke vor einem Geschäft für Brautmoden. Birte warf einen flüchtigen Blick hinein. Da standen mindestens zehn ausstaffierte lächelnde Puppen mit weiten weißen Hochzeitskleidern. Wenn sie irgendwie heil aus dieser Sache herauskam, sollte sie vielleicht doch heiraten – heiraten, schwanger werden und keine Polizistin mehr sein, zumindest für eine Weile. Aber höchstwahrscheinlich würde man Jan und sie ohnehin hinauswerfen.

»Wir gehen nicht in den Laden, sondern klingeln an der Tür des Buchhändlers«, sagte Jan, während sie auf das große Stadttor zusteuerten. »Du redest mit ihm. Zeig ihm die Fotos von Henner Brohl und Dela Pawlak und frag ihn, ob er sie im Haus gesehen hat. Ich gehe dann schon einmal zur Wohnung hinauf.«

»Und wie kommst du hinein?«, fragte Birte.

Jan verzog das Gesicht zu einem matten Lächeln. Das regele ich schon, sagte dieses Lächeln. Er war nicht umsonst zwei Jahre im Einbruchsdezernat gewesen, da lernte man so manches.

Es dauerte eine Weile, bis der schnauzbärtige Buchhändler ihnen die Tür öffnete. Es war kurz vor dreizehn Uhr; gleich würde er vermutlich schließen. Hinter ihr drückte Jan sich vorbei und schlich durch das dunkle Treppenhaus die Stufen hinauf.

»Ich hoffe, ich störe Sie nicht«, sagte Birte betont höflich. »Ich habe noch eine Frage zu der Wohnung des Oberbürgermeisters.«

Der Buchhändler lächelte freundlich. Er trug ein knallgelbes Jackett, darunter ein bordeauxrotes Hemd. »Ich will ehrlich sein«, sagte er leise. »Man hat mit mir gesprochen. Ich soll nichts mehr sagen ... über irgendwelche Mieter des Hauses.«

»Wer hat Sie dazu aufgefordert?« Aus den Augenwinkeln bemerkte Birte, dass Jan längst aus dem Blickfeld des Buchhändlers geraten war.

»Bedaure.« Der Schnauzbärtige hob die Schultern, dann deutete er hinter sich. »Ich habe Kunden im Laden und bin ganz allein. Bedaure«, wiederholte er und schloss die Tür.

Birte zögerte einen Moment. Was hatte der Buchhändler ihr da eben gesagt? Dass man ihn unter Druck gesetzt hatte! Keine Auskünfte mehr an die Polizei. Hatte Brohl seinen Pressesprecher vorgeschickt? Oder gab es noch andere Wachhunde, von denen sie nichts wussten?

Sie lauschte. Aus dem Treppenhaus war nichts zu vernehmen. War Jan schon widerrechtlich in die Wohnung eingedrungen? Ihm schienen mittlerweile einige Regeln völlig gleichgültig geworden zu sein, vermutlich weil auch er damit rechnete, versetzt, suspendiert oder vielleicht sogar entlassen zu werden, sobald sie diesen Fall irgendwie zu Ende gebracht hatten.

Ein Polizist, der in die Wohnung des ersten Bürgers Kölns einbrach – es war wirklich verrückt und ein Akt purer Verzweiflung.

Die Tür zu Brohls Wohnung stand einen Spaltbreit offen, als Birte das Dachgeschoss erreicht hatte. Am Schloss waren keine Spuren zu finden. Immerhin hatte Jan sie nicht gewaltsam geöffnet. Vorsichtig trat sie ein.

»Schließ die Tür!«, rief Jan ihr zu.

Birte zog sich Latexhandschuhe über. Die Wohnung war nicht groß, vier Türen wiesen von dem kleinen Flur ab.

»Jemand ist kürzlich hier gewesen und hat hier getrunken«, sagte Jan. »In der Küche stehen zwei leere Weinflaschen und ein Glas, das noch halb voll ist. Ein normales Wasserglas. Das war niemand, der beim Saufen auf Etikette Wert legt.«

Birte warf einen Blick in die Küche hinein; altmodisches, heruntergekommenes Mobiliar: Tisch, drei Stühle, eine Küchenzeile mit Spülmaschine, Kühlschrank und Herd. Alles sah aus, als wäre es seit mindestens zwanzig Jahren nicht verändert worden. Das Glas stand einsam auf dem Tisch unter einer kleinen Lampe, als hätte da jemand gesessen, gelesen oder geschrieben und getrunken.

Sie hörte, wie Jan in einem anderen Raum hantierte. Er war im Schlafzimmer, hatte die Schranktüren geöffnet und griff hinein.

»In diesem Schrank habe ich gehockt, als die Putzfrau mich überrascht hat«, sagte er lächelnd. »Eine meiner peinlichsten Stunden. Wird heute wohl nicht vorkommen.«

Dann runzelte er die Stirn und zog einen braunen Umschlag aus einem Stoß Unterwäsche heraus.

»Wenn jemand hier wirklich etwas verstecken wollte, hat er sich aber besonders viel Mühe geben.« Jan wandte sich um, er nickte Birte zu, und sie gingen in die Küche zurück.

Der Umschlag hatte ein gängiges DIN-Format; er war nicht zugeklebt.

Vorsichtig griff Jan hinein. Vier Fotos kamen zum Vorschein; schwarz-weiß und nicht von besonderer Qualität, doch die beiden Personen auf den vier Aufnahmen waren unschwer zu erkennen. Dela Pawlak und Friedrich Brohl. Beide waren nackt. Dela Pawlak beugte sich über Brohl, der auf einem breiten Bett lag; seine Arme waren an den vorderen Bettpfosten gefesselt, er hatte die Augen geschlossen, ein genussvolles Lächeln lag auf seinem Gesicht. Was die Schauspielerin da zwischen seinen Beinen anstellte, schien ihm sehr zu behagen.

Die vier Fotografien zeigten eine Abfolge derselben Szene, nur Brohls Gesicht veränderte sich. Auf Foto Nummer vier hatte er die Augen weit aufgerissen und schien zu schreien: Es war eindeutig kein Schmerzensschrei.

Jan schaute Birte an. »Warum liegen diese Fotos einfach so in seinem Schrank? Wenn ich Brohl wäre, hätte ich sie sofort vernichtet.«

Birte nickte. »Aber jetzt ist wohl klar, was abgelaufen ist. Jemand hat Brohl eine Falle gestellt. Dela Pawlak wurde auf ihn angesetzt, um ihn unter Druck setzen zu können. Wenn nur eines dieser Fotos irgendwo erscheint, ist er erledigt.«

Jan schob die Fotos in den Umschlag zurück. »Die guten alten Stasimethoden – oder nein, wahrscheinlich hat früher jeder Geheimdienst so gearbeitet. Man schickt eine Julia oder einen Romeo los, damit man hinterher bestimmte Leute erpressen kann.«

»Aber wer hat Dela auf Brohl angesetzt?«

Jan schob den Umschlag in seine Jacke. »Ich würde eins zu hundert auf Firnich wetten, und vielleicht hat er auch die Fotos hier platziert. Damit wir sie finden. Jetzt, wo der Vertrag unterzeichnet ist und er den Oberbürgermeister nicht mehr braucht. Neulich, da bin ich mir fast sicher, waren die Fotos noch nicht da.« Er wandte sich zur Tür, als ihr Smartphone summte.

Bert Cremer rief sie an. »Brohl hat eben das Haus verlassen – in Joggingklamotten. Er scheint eine Runde drehen zu wollen. An der Haustür sah es noch so aus, als hätte er sich mit seiner Frau gestritten. Was soll ich tun?«

»Bleib am Platz«, sagte Birte. »Sei unsichtbar und warte, bis er zurückkommt.«

25

Köln erfreute sich an einem warmen Frühsommertag; die Temperaturen mochten zum ersten Mal fast dreißig Grad erreichen.

Schiller saß am Steuer, als sie nach Lützerath hinausfuhren. Seine Intuition sagte ihm, dass sie auf der falschen Spur waren, doch Birte war völlig anderer Meinung.

»Was würdest du tun, wenn du einen Menschen loswerden möchtest?« Birte sprach mit tonloser Stimme.

Nele war nun seit ungefähr sechzehn Stunden verschwunden. Ihr Telefon war tot, nichts mehr, keine Mailbox, kein Ton.

»Ich weiß nicht«, erwiderte Schiller, dabei hatte er diesen Gedanken schon hundertmal durchgespielt. Wenn man jemanden spurlos von der Bildfläche verschwinden lassen wollte, bot sich in Köln zuerst der Rhein an; ein Leichnam, richtig beschwert, würde so schnell nicht wiederauftauchen und konnte bis in die Niederlande abgetrieben werden.

»Nele ist nicht tot«, sagte er. »Selbst wenn jemand sie enttarnt hat, dann tötet man einen Menschen nicht so schnell. Für Henner Brohl und Dela Pawlak gab es einen Plan; da ist jemand mit Vorsatz herangegangen. Bei Nele nicht.«

»Dann ist ein Geisterdorf doch der richtige Ort, um sie für eine Weile verschwinden zu lassen – bis man einen Plan hat«, sagte Birte.

Sie schwiegen eine Zeit lang. Die Autobahnen um Köln waren an jedem Tag verstopft, selbst an einem Samstag.

Schiller wartete immer noch darauf, dass Fitschen oder Neuendorf, der Polizeipräsident höchstpersönlich, ihn anrief, um ihn einzubestellen, aber: nichts. Kein Anruf. Friedrich Brohl hatte geblufft, oder er hatte im Moment ganz andere Sorgen. Im Internet gab es einen Shitstorm gegen die Entscheidung, in Deutz ein Hotel mit einem Kasino zu bauen.

»Was ist eigentlich mit Neles Wohnung?«, fragte er. »Hätten wir uns da noch umsehen müssen? Und was ist mit ihrer Zwillingsschwester? Sollten wir mit ihr Kontakt aufnehmen?«

»Sie wird irgendwo in Amsterdam in einem Straßencafé in der Sonne sitzen. Und was sollen wir ihr mitteilen?«, entgegnete Birte zaghaft. »Sorry, haben Sie etwas von Ihrer Schwester gehört? Sie ist wahrscheinlich von einem Doppelmörder entführt worden?«

»Was ist, wenn wir es doch mit zwei Fällen zu tun haben? Zwei Mörder – ein Täter hat Henner Brohl getötet, der andere Dela Pawlak? Wenn Dela selbst den Oberbürgermeister erpresst hat, dann hätte er einen Grund gehabt, sie zum Schweigen zu bringen.«

»Wir wissen es nicht«, erwiderte Birte resigniert.

Bevor sie am Dreieck Jackerath die Autobahn verließen, meldete sich Bert Cremer wieder.

»Der Oberbürgermeister ist von seinem Lauf zurück. Er sieht völlig fertig aus. Kurz vor seinem Haus ist er in die Knie gegangen und hat sich übergeben. Hat richtig gekotzt. Seine Frau hat ihn dann ins Haus geholt.«

»War sie die ganze Zeit im Haus?«, fragte Schiller.

»Ja, war sie vermutlich. Nun sind die beiden im Haus verschwunden.«

»Bleib weiter dran«, sagte Schiller und legte auf.

Kaum hatten sie die Autobahn verlassen, war der riesige tiefe Krater zu sehen, den der Tagebau in die Landschaft hineingefräst hatte. Schwarz und dunkel. Eine tiefe Wunde gleichsam in die Haut der Erde geschlagen.

»Kein Wunder, dass alle Welt gegen so eine Zerstörung protestiert«, sagte Birte, während sie auf den Tagebau blickte. »Soll das nicht irgendwann aufhören?«

»Ein, zwei Dörfer werden wohl noch ausradiert.« Schiller bog auf die L 227 ein. Sie kamen an einem Schild vorbei, das auf den Ort Immerath hinwies, der jedoch gar nicht mehr existierte. Nur noch wenige Grundmauern und Schutthaufen waren zu erkennen, dahinter begann das düstere Abbaugebiet. Eine trostlose Mondlandschaft, keine fünfzig Kilometer von Köln entfernt.

»Schauerlich«, meinte Birte.

Ein riesiger Bagger ragte bedrohlich aus dem Tagebau ein paar hundert Meter rechts von ihnen.

Verkehr herrschte hier kaum. Ein weißer Van und ein alter Audi waren ihnen entgegengekommen, sonst niemand.

Der Ort Lützerath bestand aus zwei Straßen – die eine führte von der Landstraße in das Dorf, die andere bildete eine Querstraße.

Schiller bremste ab und ließ den Wagen ausrollen. Die Straßen rechts und links wirkten nicht verfallen, doch war auf einen Blick klar, dass hier niemand mehr wohnte. Kleine Mehrfamilienhäuser mit verwitterten Fassaden. Rollläden waren heruntergelassen worden, einige hingen schief. Andere Fenster waren mit Brettern vernagelt.

Dann passierten sie ein schmales Wohnhaus, das ausgebrannt war.

Birte furchte die Stirn. »Hat da jemand aus Wut gleich sein Haus angezündet?«

In einem Klinkerhaus stand die Haustür offen, als wäre gerade jemand geflohen. Der Weg zum Eingang war aber schon beinahe zugewachsen.

An eine Hauswand hatte jemand in Rot »Willkommen« gemalt, an einer anderen stand: »Wiederstand 2019«. Daneben hing noch ein gelber Briefkasten, der wahrscheinlich schon seit Jahren nicht mehr geleert worden war.

»Sollen wir aussteigen?«, fragte Schiller.

Birte nickte. Es war heiß. Kein Laut war zu hören, nur ein paar Vögel sangen. »Wirklich ein Geisterdorf.«

Sie gingen die Dorfstraße entlang.

»Ein kleiner Ort«, sagte Birte, »aber mit ziemlich vielen Plätzen, um jemanden zu verstecken.«

Auch zwei große Bauerngehöfte gab es hier.

»Wenn es dunkel wäre, hätten wir vielleicht eine Chance, jemanden zu finden«, sagte Schiller. Er holte sein Smartphone hervor; es war vierzehn Uhr vierzig; es würde noch etliche Stunden hell bleiben.

»Wir könnten warten, ob jemand kommt«, sagte Birte. »Wenn Nele hier irgendwo ist, dann muss jemand irgendwann nach ihr sehen.«

Ihr Smartphone summte. Max meldete sich. Hauck hatte mit einem Taxi seine Wohnung verlassen, kurz danach war auch Firnich weggefahren.

»Versuche herauszufinden, wohin Firnich fährt«, sagte Birte. Mit einem Seufzen legte sie auf. »Keine Ahnung, ob Max das schafft.«

Als ein Wagen die Straße herankam, zuckten sie beide regelrecht zusammen. Sie lasen die Aufschrift »Werkschutz« auf dem Fahrzeug. Der Mann am Steuer schaute sie argwöhnisch an, doch er bremste nicht ab, sondern rollte langsam weiter.

Sie streiften weiter durch den Ort. Als eine Katze ihren Weg passierte, erschrak Birte und griff unwillkürlich nach ihrer Waffe.

Wir sind beide am Ende, fertig mit den Nerven, dachte Schiller, wir rennen da in einem Geisterdorf einem Geist her, einer Hoffnung, dass Nele hier irgendwo ist, dabei haben wir keine Ahnung, zwei müde ausgebrannte Polizisten, die in einer Sackgasse gelandet sind.

»Dieser Junge … dieser Markus Fengler war schlau«, sagte Birte plötzlich mit einem hohlen Lachen. »Eine Drohne würde uns jetzt helfen – ein Adlerauge von oben.«

Sie gingen an einem Grabstein vorbei, der genau an der Straße platziert war, allerdings war er so verwittert, dass man die Inschrift nicht mehr lesen konnte. Irgendwer war anscheinend vor Jahrhunderten auf die Idee gekommen, hier jemanden zu begraben.

Hier finden wir niemanden, wollte Schiller sagen, nicht einmal mit einer Drohne.

»Oder wir müssten eine Hundestaffel rufen«, redete Birte weiter. »Ein guter Spürhund könnte Nele vielleicht finden.«

»Ja«, sagte Schiller, »vielleicht. Leider sehe ich hier im Moment keinen Spürhund.« Er blickte neben sich, als müsste ihm da tatsächlich ein Hund folgen.

Von der Straße flog das Rauschen eines Motors herüber, doch der Wagen, der da entlangraste, bog nicht in dieses Totendorf ab, sondern wendete und fuhr zurück.

Ich muss Nadine anrufen, dachte er plötzlich, ich brauche ein Wort von ihr, ich muss ihre Stimme hören, um hier nicht irrezuwerden. Nadine hatte ihm in den letzten Wochen abends manchmal Gedichte vorgelesen; Rilke, Heine, richtige Klassiker, wie sie meinte, und wenn sie diese Gedichte sprach, hatten sie wie Lieder geklungen, gesprochene Lieder, falls es so etwas gab. In einem Gedicht war ein Torso vorgekommen, eine Figur ohne Kopf, die gleichwohl sehen konnte, und am Ende hatte der Torso sein Gegenüber angeschaut und ihm gesagt: Du musst dein Leben ändern.

Ich muss das auch, kam ihm nun in den Sinn, während sie weitergingen, nun um ein verlassenes Gehöft herum, aber eigentlich wollte ich mein Leben ändern, weil ich Vater werde, weil Nadine da ist, nicht weil ich als Polizist komplett versagt habe und man mich rausgeworfen hat.

Birte lief auf die Hofeinfahrt zu, doch die Reifenspuren, die man sah und die von schweren Treckern stammen mochten, hatten sich vermutlich vor vielen Jahren in den Beton eingegraben. Es gab auch längst kein Land mehr in der Nähe, das jemand bebauen konnte. Da war nur noch Braunkohle, die ein gigantischer Schaufelbagger der Erde entriss, damit man sie wenige Kilometer weiter in einem Kraftwerk verfeuerte. Aber der Strom ging auch nach Köln – sie waren alle schuld daran, dass es so eine Totenlandschaft gab.

»Ich hätte gedacht, dass hier wenigstens noch ein paar Leute wohnen«, sagte Birte. »Irgendwelche Alte, die sich nicht vertreiben lassen. Und wenn Firnich tatsächlich den ganzen Tag mit Brohl hier war, dann werden sie hier nicht die zwei Straßen auf und ab gelaufen sein, dann muss es hier noch Häuser mit Strom und fließendem Wasser geben. Vielleicht sollten wir einfach gucken, ob wir nicht irgendwo in ein Haus gelangen.«

Schiller antwortete nicht. Er ging in die Hofeinfahrt, da stand eine alte verwitterte Bank. Er setzte sich und spürte, wie das Holz unter ihm nachgab und zurückfederte.

»Nein«, sagte er und zog sein Smartphone hervor. Seine Schulter schmerzte noch immer von dem Schlag, den jemand ihm vor Neles Wohnung verpasst hatte. Am liebsten wäre er zur Seite gekippt und hätte ein paar Momente geschlafen, zumindest die Augen geschlossen. »Wenn wir wirklich glauben, dass wir hier etwas finden, brauchen wir eine Hundertschaft, die alles durchkämmt.« Er hielt sein Telefon in die Höhe. »Brohl hat stillgehalten, warum auch immer, doch ich rufe jetzt Fitschen an und erkläre ihm alles – dass Nele verschwunden ist, dass wir Verstärkung brauchen, eine Fahndung, dass wir Firnich und Hauck richtig observieren müssen … und vielleicht auch Brohl.«

Er sah Birte an und wartete auf ihre Reaktion; sie stand reglos da, hielt ihren Kopf in den leichten Wind, ihr kurzes blondes Haar war zerzaust, sie sah immer noch gut aus, eine Schönheit für den zweiten Blick, aber die Spuren der letzten Tage hatten sich in ihr Gesicht gegraben.

»Also«, sagte er. »Einverstanden?«

Sie drehte noch einmal den Kopf, wandte sich dann ihm zu; ihre Augen funkelten ihn an. »Riechst du das nicht auch? Rauch – irgendwo brennt etwas.«

Schiller sprang auf, plötzlich mit neuer Energie erfüllt. Er stellte sich neben Birte.

Ja, ein vager Brandgeruch lag in der Luft, und da – eine Ecke weiter schien sich eine schmale Rauchsäule in den blauen Sommerhimmel zu erheben.

Sie liefen beide gleichzeitig los, in den Hof hinein, um ein verlassenes Wohnhaus herum auf eine Stallung zu. Aus einem

Fenster stieg tatsächlich Rauch auf, dünner grauer Qualm, von einer Fensterbank. Stroh glomm da mehr, als dass es wirklich brannte.

Schiller stürmte auf das Fenster zu, das jemand eingeschlagen hatte. Nur noch ein paar Scherben ragten aus einem alten Holzrahmen. »Nele!«, schrie er und meinte, hinter dem Rauch ein gespensterhaftes Gesicht wahrzunehmen. Eine blonde Frau mit einer schwarzen Maske. Das konnte nicht Nele sein – das war wirklich ein Gespenst, der letzte Geist von Lützerath, doch dann hörte er die dumpfen Geräusche, die diese Frau von sich gab. Erstickte Schreie, die nicht wirklich über ihre Lippen kamen, weil jemand sie gefesselt und geknebelt hatte.

»Nele!«, schrie nun auch Birte. »Wir haben sie gefunden. Nele!«

26

Sie sah Jan an, dass er kurz davor war durchzudrehen. Der Rauch stieg von einem Bündel Stroh auf, das hinter dem zerbrochenen Fenster brannte. Birte lief zu dem Hauseingang, nahm eine alte Fußmatte, die vor der Tür lag, und erstickte damit das Feuer, während Jan sich eine Mistforke gegriffen hatte und versuchte, die Tür zum Stall aufzubrechen.

»Hör auf!«, rief Birte ihm zu.

Hinter der Glasscheibe sah sie Nele – sie trug noch immer den rosafarbenen Hosenanzug, den sie zur Vertragsunterzeichnung angezogen hatte, doch nun war er völlig verdreckt; ihr blondes Haar war strähnig und hing ihr ins Gesicht. Ein schwarzes Stück Stoff spannte sich über ihren Mund, aber darüber leuchteten ihre blauen Augen auf. Sie hob ihren linken Arm, mit dem anderen war sie anscheinend irgendwo festgebunden.

»Wir sind da«, sagte Birte, so ruhig es ihr möglich war. Das Stroh brannte nicht mehr, nur noch dünner Qualm stieg durch die Matte auf.

Nele nickte, dann liefen ihr Tränen über das Gesicht, und einen Moment später sackte sie zusammen.

Jan hantierte weiter an der Verriegelung herum. Eine massive Holztür mit einem altertümlichen Schloss.

»Wir sollten die Tür nicht so aufbrechen, dass man sofort sieht, dass hier jemand eingedrungen ist«, sagte Birte.

Jan schaute sie an. »Hast recht«, sagte er leise und zog dann ein Taschenmesser hervor. Dann warf er einen Blick zu dem eingeschlagenen Fenster. »Das Feuer ist aus? Ihr kann nichts passieren?«

»Nele hat uns bemerkt«, erwiderte Birte. »Sie weiß, dass wir da sind.« Erleichterung durchflutete sie. Für einen Moment musste sie sich abwenden und durchatmen. Dann warf sie einen Blick zum Fenster. Nele war nicht zu sehen, aber nun drang auch kein Qualm mehr durch die Matte. Das kleine Feuer war erloschen.

Fünf Minuten später hatte Jan es geschafft, das Schloss abzumontieren, ohne eine Spur zu hinterlassen. Über einen Betongang stürmten sie in den Stall hinein. Linker Hand stand ein alter rostiger Traktor, dann folgten ein paar leere Boxen, in der zweiten fanden sie Nele schluchzend am Boden liegen.

Birte hatte recht gehabt. Neles rechte Hand war mit Handschellen an einem Metallring befestigt, der in die Wand eingelassen war. Jan beugte sich vor, nahm Neles Gesicht in seine Hände und löste das schwarze Stück Stoff von ihrem Gesicht, das so geschickt verschnürt worden war, dass sie es mit einer Hand nicht hatte abnehmen können, dann riss er ihr den Knebel ab, der sich tief in ihren Mund geschnitten hatte.

Nele krümmte sich, erst schluchzte sie, dann begann sie zu würgen und übergab sich, während Jan ihren Oberkörper hielt und unaufhörlich, als wäre sie ein kleines krankes Kind, ihren Namen flüsterte.

Birte spürte, dass ihr Tränen in die Augen stiegen. Nele wand sich am Boden, soweit es ihre Fessel zuließen, dann blickte sie auf, erst schaute sie Jan an, danach glitt ihr Blick zu Birte.

»Verdammt«, keuchte sie, »verdammt, ich dachte, ich krepiere hier.«

Jan hielt sie immer noch, er sagte kein Wort. Der Schreck spiegelte sich auf seinem Gesicht wider. So aufgeregt und kopflos hatte Birte ihn noch nie erlebt.

Nele würgte wieder, dann versuchte sie sich aufzurichten. Sie lächelte Jan an und wich ein wenig vor ihm zurück, um in eine sitzende Position zu gelangen. Sie lehnte sich an die Wand, über ihr der Ring, an den ihr rechter Arm mit Handschellen gefesselt war. Der Boden bestand aus grobem Beton, auf dem da und dort ein paar Reste Stroh lagen. Nele versuchte, sich eine Haarsträhne aus dem Gesicht zu wischen. Ihre Hände waren schwarz vor Schmutz und Ruß.

»Habt ihr etwas zu trinken?«, fragte sie heiser.

Jan nickte wortlos, er sprang auf und verließ den Stall.

Erschöpft lag Nele an der Wand. Ein mattes Lächeln glitt über ihr Gesicht. »Ich weiß nicht, wie lange ich das noch ausgehalten hätte«, krächzte sie. »Ich habe mir das Hirn zermartert, was ich tun kann … Auf dem Boden habe ich zwei alte Streichhölzer gefunden, dann habe ich euren Wagen gehört und habe das Stroh genommen … Ich habe mir fast den Arm ausgekugelt, um an das Fenster zu gelangen.« Sie verstummte und schloss die Augen, und unter den geschlossenen Lidern krochen zwei dicke Tränen hervor, die eine schmutzige Spur auf ihren Wangen hinterließen. »Ich habe gebetet, dass diese Streichhölzer noch funktionieren. Das erste ist an der Wand abgebrochen …« Sie verstummte. Ihr Körper bebte.

Einen Moment später war Jan mit einer Flasche Mineralwasser zurück. Offenbar war er zu ihrem Wagen gelaufen, sie hatten immer etwas für unterwegs dabei.

Er reichte Nele die Flasche. Sie trank gierig, dann lächelte sie wieder, diesmal wahrhaftig erleichtert.

»Ihr habt also ein paar Dinge herausgefunden – sonst wärt ihr nicht hier«, sagte sie, nun mit festerer Stimme.

»Ein Tipp vom Brohls Ehefrau – ich wollte gar nicht herkommen, aber …«, Jan schaute Birte an, »aber deine Superkollegin meinte, es könnte eine gute Idee sein, wenn wir uns in diesem Geisterdorf einmal umschauen, in dem sich Firnich offenbar mit Brohl getroffen hat, wenn sie in Ruhe reden wollten.«

»Geisterdorf?« Nele trank wieder. »Ich habe keine Ahnung, wo ich hier bin. In der Nacht haben sie mich hier abgeladen.«

»Was genau ist passiert?«, fragte Birte. Gleichzeitig lauschte sie. In der Nähe war das Geräusch eines Motors zu vernehmen, das sich jedoch rasch entfernte.

Nele gab ihr einen kurzen Bericht; Firnich hatte darauf bestanden, dass sie zu der Vertragsunterzeichnung mit ins Rathaus kam; es war offenkundig, dass er sie benutzen wollte, um die chinesische Delegation zu beeindrucken, wahrscheinlich hatte er sie nur deshalb so überstürzt eingestellt. Außerdem wollte er sich selbst in ein rechtes Licht setzen; es war für Nele vom ersten Moment an klar, dass er sich bei ihr nicht nur in der Rolle des Vorgesetzten sah. »Er hat mich den halben Abend angemacht«, sagte sie, »und ich habe so getan, als würde ich es nicht bemerken. Nach zwei Stunden hatte ich genug. Ich bin zurück in die Kanzlei gefahren. Ich hatte schon einen Schlüssel und sogar ein Passwort für ein paar Dateien. Ich dachte, es sei eine gute Gelegenheit, mich einmal ein wenig umzusehen, während die anderen noch feierten. Ich bin natürlich nicht an brisante Dateien herangekommen, aber eine Sache habe ich entdeckt. Eine Art Gehaltsliste, auf der auch der Name Hauck stand. Der Pressesprecher unseres Oberbürgermeisters kriegt viertausend Euro im Monat. ›Nicht direkt auszahlbar‹, stand hinter dem Eintrag. Dann weiß ich nur noch, dass ich Schritte gehört habe. Als ich mich umdrehte, stand da ein Schatten. Ich wollte aufspringen, aber da hat jemand mich auch schon mit irgendeinem harten Gegenstand an der Schulter erwischt. Er hat noch einmal zugeschlagen, und ich bin ohnmächtig geworden.«

»Du weißt nicht, wer das war?«, fragte Jan.

Nele trank noch einmal. Die Flasche war nun fast leer. »Keine Ahnung«, sagte sie. »Vielleicht ein Wachmann.«

»Und wer hat dich hierhergebracht?«, fragte Jan weiter. »War es Firnich?«

Nele hob die Schulter und verzog dann vor Schmerzen das Gesicht. Äußerlich war ihr nichts anzumerken, da war keine Verletzung zu sehen. »Weiß ich nicht. Zwei Männer. Ich lag gefesselt auf einer Rückbank, eine Stofftasche über dem Kopf. Ich wäre beinahe erstickt.«

»Du hast keine Stimme gehört?«, fragte Birte.

Nele sah sie an. »Ehrlich«, sagte sie leise. »Ich hatte Todesangst – die ganze Zeit.« Sie senkte den Kopf. »Und die beiden Männer haben auch nicht viel geredet. Aber es waren zwei Männer, ganz sicher.«

»Firnich«, sagte Jan. Er schaute sich die Handschellen genauer an, mit denen Nele an den Eisenring gekettet worden war: An solchen Ringen waren früher Kühe in den Ställen festgebunden worden. »Einer muss der Anwalt gewesen sein. Dieses ganze öde Kaff ist sein Versteck. Brohls Frau hatte völlig recht.«

»Wir wissen es nicht sicher«, erwiderte Birte. »Und können es nicht beweisen«, fügte sie hinzu.

Jans Blick streifte sie, seine Augen funkelten auf. Er wusste längst, was sie dachte. Sie durften Nele nicht sofort befreien, sondern mussten abwarten und eine Falle aufbauen.

Im nächsten Moment summte ihr Smartphone. »Max«, leuchtete auf ihrem Display auf. Er hatte schon dreimal versucht anzurufen.

»Endlich erreiche ich dich«, stieß er atemlos hervor. »Ich habe sie verloren. Der Anwalt ist nach Nippes gefahren. Christinastraße. Da hat ihn jemand erwartet, ein anderer Mann – viel jünger, schwarze Haare, eine Figur wie ein Sportler. Dieser Mann ist im Haus Nummer 4 verschwunden.«

Neles Wohnung. Firnich war zu Nele gefahren.

»Hast du Fotos gemacht?«, fragte Birte.

»Ein paar«, erwiderte Max. »Ich habe es versucht, aber so richtig nahe konnte ich an die beiden nicht heran. Der andere Mann ist kurz danach wieder herausgekommen. Er ist aber nicht bei Firnich eingestiegen, sondern in einen kleinen roten Fiat. Wahrscheinlich hat er mich da entdeckt. Jedenfalls bin ich nicht schnell genug zum Wagen zurück, um ihnen zu folgen. Keine Ahnung, wo die beiden hingefahren sind.«

Der rote Fiat gehörte Nele. Sie benutzte ihn fast nie, nur manchmal am Wochenende, um ihren Musikerfreund durch die Gegend zu kutschieren.

»Kannst du mir die Fotos schicken?«, fragte sie.

»Tut mir leid, dass ich nicht dranbleiben konnte«, sagte Max. »Und mit den Fotos werdet ihr wahrscheinlich nicht viel anfangen können.«

»Wir haben Nele gefunden«, sagte Birte. »In einem Dorf im Braunkohlegebiet Garzweiler. Lützerath heißt der Ort.«

»Gott sei Dank.« Max stöhnte auf. »So eine Beschattung ist nichts für mich. Ich bin richtig fertig.«

Wir auch, hätte Birte fast geantwortet, stattdessen sagte sie: »Wir müssen noch etwas erledigen. Wir kommen aber bald zurück.«

»Alles klar«, erwiderte Max. »Ich schicke dir gleich die Fotos.«

Sechs Aufnahmen trafen ein paar Sekunden später ein. Zum Glück gab es in diesem Dorf noch Netz. Auf den ersten beiden Aufnahmen war Firnich zu erkennen, wie er aus der Tiefgarage fuhr. Zwei Fotos zeigten Hauck, der in ein Taxi stieg.

Foto fünf und sechs waren vor Neles Haus aufgenommen worden, sie waren aus einiger Entfernung gemacht worden. Der dritte Mann, von dem Max gesprochen hatte, war so gut wie nicht auszumachen. Er war ganz in Schwarz gekleidet und hob sich kaum von dem im Schatten liegenden Hauseingang ab.

Birte hielt Nele das Smartphone hin. »Kennst du diesen Mann?«

Sie kniff die Augen zusammen und zögerte. Als sie aufblickte, schimmerte die selbstbewusste, stets freundliche Nele wieder durch. »Das könnte der Chauffeur von Firnich sein«, sagte sie. »Er heißt Alexander, ein Kampfsportler, der für ihn längere Touren übernimmt.«

»Sie haben dein Auto abgeholt«, sagte Birte und schaute Jan an. »Was haben sie damit vor?«

»Sie kommen hierher«, erklärte Jan. »Sie warten gar nicht ab, bis es dunkel wird. Wie lange fährt man von Köln hierher? Keine ganze Stunde, vermute ich. Wir müssen unseren Wagen verstecken. Das erledige ich sofort.«

»Und dann?«, fragte Nele mit einem bangen Unterton in der Stimme.

»Wir warten hier auf sie«, sagte Jan. »Wir müssen sie überraschen, wenn sie hier auftauchen, wenn klar ist, dass sie es waren, die dich hierherverschleppt haben.«

Nele nickte, und Jan verließ eilig den Stall.

Birte blickte auf ihre Uhr. Sie hatten nicht mehr viel Zeit. Vielleicht eine halbe Stunde – bestenfalls.

»Ich muss das Schloss wieder anbringen«, sagte sie zu Nele und strich ihr über das Gesicht. »Ich fürchte, du musst noch ein wenig aushalten.«

»Ihr holt doch jemanden?« Neles Blick war flehentlich und nun erneut voller Angst. »Verstärkung ist unterwegs?«

»Jan und ich regeln das«, sagte Birte und lief auf den Hof hinaus.

Das Licht blendete sie förmlich, als sie ins Freie trat. Was für ein schöner Frühsommertag! Ganz weit oben am Himmel zog ein Flugzeug vorüber. Weiterhin war kein Geräusch zu hören. Eine gespenstische Stille lag über dem Land. Dieses Dorf war wirklich ein Unort – dass es so etwas gab in der Nähe von Köln. Ein Dorf, in dem alles Leben erloschen war.

Sie musste sich konzentrieren, um das Schloss anzubringen.

Dann war Jan neben ihr. »Hinten die Dorfstraße hinunter hat es wohl mal ein Protestcamp gegeben. Da stehen jedenfalls noch ein paar verlassene Zelte. Dahinter habe ich den Wagen zwischen Bäumen geparkt. Man müsste sich das Terrain schon sehr genau ansehen, um ihn zu entdecken.«

»Und nun?«, fragte Birte, als sie die letzte Schraube in die Halterung gesetzt hatte.

Jan nahm ein wenig staubige Erde und wischte damit über das Schloss. »Wir warten«, sagte er. »Ich nehme sie am Eingang der Straße im Empfang. Da ist diese lange flache Scheune, ich versuche, da aufs Dach zu gelangen. Und du gehst in die ausgebrannte Ruine. Von dort solltest du den Stall im Blick haben.«

»Wir wollen das wirklich allein machen?« Birte sah ihn ernst an, nachdem sie ihre Frage gestellt hatte. Sie kannte die Antwort bereits.

»Was sollen wir tun?« Jan blickte zur Straße und hob den Kopf, um zu lauschen. »Wir kriegen niemanden so schnell hierher und …« Er lächelte matt. »Wir müssten eine ganze Menge erklären.«

Das müssen wir ohnehin, wollte Birte erwidern, doch sie sagte nur: »Also gut.« Dann warf sie einen letzten Blick durch das kaputte Fenster. Nele hatte sich wieder zusammengekauert. »Aber warum haben sie Neles Wagen geholt? Was soll das?«

Sie gingen zur Straße. Niemand war zu sehen.

»Ich denke, es ist ganz einfach«, sagte Jan. »Sie haben sich einen Weg ausgedacht, wie sie Nele loswerden können. Ein Unfall – sie fingieren irgendwo einen tödlichen Unfall. Bis zur Eifel ist es nicht weit, da gibt es Kurven, in denen nicht nur Motorradfahrer verunglücken. Vielleicht ist auch hier in der Nähe eine Straße, wo man einen Abhang runterrasen kann. Möglicherweise sogar in den Tagebau hinein.«

Birte spürte, wie ihre Anspannung wieder wuchs. Sie hatten Nele gefunden, aber was sie nun vorhatten, grenzte abermals an Wahnsinn – ja, es war so wahnsinnig wie all ihre Aktionen seit gestern Morgen.

»Wir nehmen sie fest, wenn sie Nele aus dem Stall holen«, sagte Jan, der ihre Skepsis sofort bemerkt hatte. »Mehr als zwei oder drei Leute scheinen hier ja nicht aufzutauchen. Das kriegen wir hin.« Er lächelte ihr zu. Dann deutete er die Dorfstraße hinunter, in die Richtung, aus der sie gekommen waren. Dort, bedeutete die Geste, werde ich mich auf die Lauer legen.

»Ich hoffe, dass nichts schiefgeht«, sagte Birte, allerdings so leise, dass Jan sie kaum verstehen konnte.

27

Nachdem er auf das Dach geklettert war, ergriff ihn etwas, was er bisher nicht kannte. Es war Furcht, die konkrete Befürchtung, dass in den nächsten Minuten etwas gründlich danebengehen könnte. Bisher hatten sie so viele Fehler gemacht: Der Einsatz von Nele war völlig falsch und unüberlegt gewesen. Trotzdem hatten Birte und er sie nicht aus ihrem Gefängnis befreit. Hoffentlich ist das nicht unser größter Fehler, dachte er plötzlich und spürte den Impuls, vom Dach zu springen und zu dem Stall zu laufen, in dem Nele angekettet lag. Gegenüber Birte hatte er so überzeugt geklungen: Wir haben Firnich eine Falle gestellt, und nun müssen wir nur warten, dass er hineinläuft – wir kriegen das hin.

Und wenn nicht?, dachte er. Wenn Nele etwas passierte, würde er keinen Schritt mehr ins Präsidium tun können – dann würde man ihn zu Recht mit Schimpf und Schande davonjagen, aber das wäre nicht das Schlimmste. Das Schlimmste wäre, mit dieser Schuld leben zu müssen.

Kurz dachte er an Nadine. Er sollte ihr eine SMS schreiben, sie selbst hatte sich den ganzen Tag auch nicht gemeldet.

Als er sein Smartphone hervorholte, um ihr etwas vermeintlich Heiteres wie »Was macht die Mutter meines Kindes?« zu schreiben, hörte er, wie ein Wagen heranrauschte. Ja, eindeutig das Geräusch eines Motors, das sich näherte.

Statt Nadine schrieb er Birte: »Sie kommen.«

Eine Sekunde später summte sein Smartphone. Bert Cremer rief ihn an, wie das Display verriet, doch konnte er den Anruf nun unmöglich entgegennehmen. Rasch drückte er ihn weg.

Der Motor wurde leiser, dann hörte er, wie eine Tür geöffnet wurde, danach andere undefinierbare Geräusche, als würde etwas über Asphalt gezogen. Jemand fluchte. Ein zweiter Motor war zu hören; auch dieser Wagen bremste ab. Ein metallisches Geräusch. Noch ein Fluch.

Plötzlich fiel es ihm ein. Am Straßenrand hatte beiseitegeschoben eine Baustellenabsperrung gestanden, die jetzt jemand auf die Straße hievte. Klar, es würde noch für etliche Stunden hell sein; sie wollten nicht, dass jemand sie störte, der sich eventuell auf diese Straße verirrte, die wenige hundert Meter später zu einer Sackgasse wurde.

Eine Wagentür klappte, ein Motor heulte leise auf. Firnichs weißer BMW bog von der Landstraße ab. Er hatte sich nicht einmal einen anderen Wagen besorgt, dahinter folgte sofort Neles roter kleiner Fiat.

Schillers Herzschlag beschleunigte sich. »Firnich und der rote Fiat«, tippte er eine Nachricht an Birte.

Noch einmal meldete sich Cremer, doch wieder musste er den Anruf wegdrücken.

Er presste sich auf das Flachdach, sodass er die beiden Autos nicht mehr im Blick hatte, aber er hörte sie; langsam rollten sie die Straße hinunter.

Was war Firnich für ein Mensch?, fragte Schiller sich. Sie hatten viel zu wenige Erkundigungen über ihn eingezogen, aber offensichtlich gehörte er nicht in die Kategorie »ängstlich und übervorsichtig«.

Als Schiller den Kopf wieder hob, bog der weiße SUV gerade in die Hofeinfahrt ein, die zu dem Stall führte, in dem Nele gefangen war. Der rote Fiat folgte dichtauf. Schiller machte rasch ein paar Fotos. Wer den Fiat steuerte, hatte er auf die Schnelle nicht erkennen können.

Nun würden die beiden Wagen kurz in Birtes Blickfeld geraten, bevor sie ganz in der Einfahrt verschwanden.

Für ein paar Momente waren noch die Motoren zu hören, dann nichts mehr: Stille – als hätte die Ödnis hier draußen Firnich und seinen Begleiter verschluckt.

»Sie sitzen in den Autos«, schrieb Birte. »Ich warte ab.«

»Ja«, antwortete Schiller, und dann fiel es ihm ein. Birte

hatte das Schloss wieder angeschraubt, aber was war mit dem Knebel? Sie hatten vergessen, Nele wieder zu knebeln und ihr die schwarze Maske über das Gesicht zu ziehen.

Verdammt, ein weiterer Fehler in einer fatalen Kette von Fehlern.

Schiller spürte, wie ihm der Schweiß ausbrach. Alle seine Befürchtungen waren begründet, nun hatten sie Nele endgültig in große Gefahr gebracht. »Wir müssen sofort eingreifen«, wollte er schreiben, als er einen weiteren Motor hörte. Ein drittes Fahrzeug näherte sich, bremste ab, jemand sagte etwas, vielleicht einen hastig ausgestoßenen Fluch, dann knirschten Sand und Kies. Vermutlich schob sich der Wagen nun an dem Baustellenhindernis vorbei.

Hauck, dachte er, jetzt kommt auch er noch ins Spiel, doch es war nicht Haucks Wagen, der in die Dorfstraße einbog und dann abbremste, sondern ein dunkelblauer Ford Kuga. Den Mann am Steuer hatte er für eine Sekunde im Blick. Es war Friedrich Brohl. Offenbar hatte Cremer ihn deshalb angerufen – weil er Brohl aus den Augen verloren hatte.

Schiller fluchte stumm. Mit Brohl befanden sich nun bereits drei Männer vor Neles Tür.

Brohl bremste ab, der Motor heulte kurz auf und erstarb dann. Der Wagen parkte mitten auf der Straße.

Ein paar Momente geschah nichts, dann stieg Brohl aus. Er trug einen Anzug und ein weißes Hemd, als wäre er auf einem dienstlichen Termin. Die ersten zwei, drei Schritte schien er zu wanken und sich nach rechts zu orientieren, auf ein Haus zu, an dem die Fenster mit Spanplatten zugenagelt waren, vermutlich hatte er sich dort zuletzt mit Firnich getroffen, dann jedoch drehte er abrupt bei und ging auf den Hof zu. Offenbar hatte er Firnichs BMW oder den roten Fiat entdeckt.

»Firnich!«, rief Friedrich Brohl laut. »Wo bist du, du Scheißker?« Mit einer schnellen Bewegung griff er in die Tasche seines Sakkos und zog eine Pistole hervor.

In der nächsten Sekunde summte Schillers Smartphone. Birtes Name leuchtete voller Dringlichkeit auf dem Display.

»Siehst du das auch?«, flüsterte sie in den Apparat hinein. »Brohl – er hat eine Waffe gezogen.«

»Behalte ihn im Blick«, sagte Schiller. »Ich steige nun vom Dach und versuche, auf der anderen Seite um den Hof herumzulaufen.«

Er unterbrach die Verbindung und hob den Kopf. Brohl war nicht mehr zu sehen, er war in die Hofeinfahrt gegangen.

Schiller stieg auf einen schmalen Vorbau, der vor der Scheune lag, er hoffte, dass das Dach stabil war, und sprang dann hinunter. Alles ging gut. Sein Smartphone summte wieder. Diesmal war es Nadine, die ihn anrief. Er zögerte kurz. Konnte das ein dringender Anruf sein? War etwas mit ihrem Kind? Rief ihn Nadine deshalb an?

»Alles in Ordnung?«, flüsterte er in sein Smartphone, während er um die lang gezogene Scheune herum auf die Straße zuhielt.

»Wo bist du?«, fragte Nadine mit banger Stimme.

»Wir haben gerade einen Einsatz – nichts Gefährliches, nur eine Observierung«, log Schiller.

»Ich hatte gehofft, du würdest gleich kommen«, sprach Nadine weiter. »Mir ist ein wenig schlecht, aber sonst ist alles gut.«

»Ich küsse dich«, sagte Schiller und legte auf, gleichzeitig holte er seine Waffe hervor.

Er lief über die Straße in einen zwei Meter breiten Weg hinein, in dem das Gras kniehoch stand. Dieser Weg würde auf der anderen Seite um die Hofanlage herumführen, so hoffte er zumindest.

Von der anderen Seite war nichts zu hören, kein Schrei, kein Schuss.

Er musste über ein Gatter klettern, lief über eine verwaiste sandige Pferdekoppel und bog dann nach rechts. Hinter einem rostigen Güllewagen, an dem sich mehrere Disteln hochrankten, suchte er Schutz. Als er sich vorreckte, konnte er Brohl sehen, die Pistole in der Hand, der sich nun vor dem Stall, in dem Nele gefangen war, aufgebaut hatte. Firnich und der Fahrer des Fiats waren nicht zu sehen.

Brohl waren die Haare ins Gesicht gefallen, er schwitzte und sah blass und krank aus.

»Sie ist eine Polizistin«, rief er nun. »Weißt du das, Firnich-Scheißkerl? Du musst sie freilassen. Man hat dich reingelegt – dieses ganze Kasino ist zusammengestürzt, bevor wir nur einen Spatenstich getan haben.«

»Beruhige dich, Fritz.« Nun kam Firnich doch ins Blickfeld. Er hatte die Hände von sich gestreckt, als würde er sich einem gefährlichen Tier nähern, das er besänftigen musste. »Es gibt für alles eine Lösung, Fritz. Wir haben uns schon etwas ausgedacht.«

»So?« Brohl hob abrupt den Kopf und riss dabei die Pistole in die Höhe. »Ich hätte nicht auf dich hören sollen. Du bringst allen nur Unglück.«

»Fritz«, Firnich verstärkte seine besänftigenden Gesten, »ich habe es dir damals gesagt: Wenn du die Wahl gewinnst, sind wir ein unschlagbares Team, dann gehört uns Köln, und wir rocken die Stadt. Wir sind immer noch ein Team, Fritz. Das mit dem Mädchen ist ärgerlich. Da habe ich einen Fehler gemacht, war ein wenig leichtsinnig, aber wir bringen das in Ordnung. Alexander hat ihr Auto besorgt; sie wird einen Unfall haben, von der Straße abkommen; das passiert jeden Tag. Nach Monschau rauf gibt es viele hässliche Kurven. Sie kann noch nichts herausgefunden haben, oder siehst du hier irgendwo Polizei?«

Firnich lächelte, er strich sich über seinen Schnauzbart, eine Geste, die Selbstsicherheit ausdrücken sollte, und breitete dann jovial die Arme aus.

»Die Polizei war bei mir«, sagte Brohl. Der Arm mit der Pistole war herabgefallen. »Sie suchen die Frau und –«

»Na, siehst du«, unterbrach Firnich ihn. »Wenn sie Genaueres wüssten, bräuchten sie die Frau nicht zu suchen. Vermutlich hat sie sich auch nur auf eigene Faust eingeschlichen, wollte sich wichtigtun.«

Brohl starrte ihn an. Er hob die Pistole wieder und zielte auf den Anwalt. Sein Arm zitterte. »Warum hast du auch Dela umgebracht?«, stieß er hervor. »Henners Tod war schlimm genug, aber Dela –«

»Moment«, sagte Firnich und machte einen ungelenken Schritt auf den Oberbürgermeister zu. Für einen Moment sah es für Schiller so aus, als wolle er sich auf Brohl stürzen. »Ich habe deine hübsche Geliebte nicht umgebracht – warum hätte ich das tun sollen? Nur weil sie aussteigen wollte und weil sie dachte, du heiratest sie?« Der Anwalt stieß ein Schnauben aus. »Ich habe auch deinen Bruder nicht umgebracht, ich habe ihm nur geholfen, Selbstmord zu begehen. Das hatte er vor – es war sein eigenes Messer, das ihn umgebracht hat. Und wenn jemand an seinem Tod Schuld hat, dann du. Wäre dein bescheuerter Bruder nicht in der Wohnung gewesen und hätte uns belauscht, wäre er niemals auf die Idee mit der Erpressung gekommen. Hunderttausend Euro – dieser Scheißkerl stand in meinem Büro und wollte hunderttausend Euro von mir.« Der Anwalt schnaubte, dann streckte er seine rechte Hand vor. »Und nun gib mir die Pistole und fahr nach Hause. Wir werden uns um das Mädchen kümmern und alles bereinigen. Ich verspreche es dir.« Ein unsicheres Lächeln schob sich durch seinen Schnauzbart.

»Du hast Dela umgebracht«, schrie Brohl. Er richtete die Pistole auf Firnich, der wie zur Salzsäule erstarrte. »Wer soll es sonst gewesen sein? Du hast sie auf mich angesetzt, sie war deine Spionin, aber dann wollte sie nicht mehr … dieses dreckige Spiel! Du benutzt Menschen, Dela, mich … für Geld, nur damit du allen beweisen kannst, dass du nicht der Bankrotteur bist, für den dich alle halten.«

»Halt's Maul«, zischte Firnich. Sein Gesicht verzog sich voller Wut. »Ich sorge dafür, dass du überhaupt was auf die

Reihe kriegst, ansonsten …« Er verstummte und wischte sich über das Gesicht.

Brohl presste die Lippen zusammen, sein Blick wanderte über den Hof, als suche er jemanden.

»Wo ist die Polizistin?«, schrie er. »Ihr müsst die Polizistin freilassen!«

Schillers Smartphone summte. »Wann schreiten wir ein?«, schrieb Birte.

Sie hatten einiges gehört, vielleicht hatte Birte, die näher dran war, sogar versucht, alles, was Brohl und Firnich gesagt hatten, mit ihrem Smartphone aufzuzeichnen.

Aber wenn sie jetzt vorstürmten, bestand die Gefahr, dass Brohl endgültig die Nerven verlor und schoss.

»He, Fritz, ganz ruhig.« Firnich hatte sich wieder in der Gewalt. Er gab sich alle Mühe, besänftigend zu klingen. »Wir klären das alles. Du hast damit gar nichts zu tun, ja? Wir sind doch Partner«, fügte er weiter beschwichtigend hinzu, »immer noch Partner – du profitierst von dem Kasinodeal, ich profitiere. Wir sind beide saniert, sobald wir das durchgezogen haben, aber wenn wir gegeneinander arbeiten, gehen wir unter, du – und ich auch.«

Schiller konnte erkennen, dass Firnich seinen linken Arm hinter seinen Rücken schob und dem Mann hinter ihm ein Zeichen gab. Sein Begleiter trat daraufhin auch vor; ein schwarzhaariger, etwa dreißigjähriger Mann – der Chauffeur. Er trug blaue modische Schuhe. Dieser Chauffeur war der Mann, der ihn vor Neles Haus niedergeschlagen hatte.

»Es ist jetzt genug, Fritz.« Firnich sprach ungerührt weiter, obschon Brohls Pistole immer noch auf ihn gerichtet war. »Du fährst nach Hause, und wir kümmern uns um alles andere. Gib mir die Pistole und verschwinde, ja?«

Der Chauffeur hatte sich ein Stück rechts von Firnich postiert.

Jetzt, dachte Schiller, jetzt müssen wir eingreifen. Er machte Anstalten, hinter dem Güllewagen hervorzutreten und in die

Richtung zu winken, in der er Birte auf ihrem Beobachtungsposten in dem abgebrannten Haus vermutete.

Dann sah er, dass zwei Gestalten sich von der Straße näherten – ein Mann und eine Frau. Auch Brohl hatte sie bemerkt und wandte sich um. Überraschung grub sich in sein Gesicht, Überraschung und Entsetzen zugleich.

28

Warum ließ Jan sich so lange Zeit? Sie verstand es nicht. Brohl fuchtelte mit einer Pistole herum, die zumindest auf die Entfernung echt aussah. Und hatte nicht auch seine Frau ausgesagt, dass er eine Waffe besaß? Sie hatten doch nun längst ihre Beweise. Firnich hatte Henner Brohl getötet, weil der ihn erpresst hatte. Der Bruder des OBs hatte nicht wirklich vorgehabt, sich umzubringen; dieses Teeritual, das Gerede von Seppuku, das alles war anscheinend eine Inszenierung für Markus Fengler, seinen Sohn, gewesen. Also hatte dessen Geschichte doch gestimmt.

Birte nahm ihre Pistole in die Hand und setzte einen Fuß in die ausgebrannte Höhle des Fensters. Es stank immer noch unerträglich nach Ruß und Rauch in dieser Ruine eines Einfamilienhauses. Mit der rechten Hand schrieb sie: »Wann schreiten wir ein?«, und schickte die Nachricht ab.

Nele musste Höllenqualen erleiden, aber sie war eine gute Zeugin. Zumindest war sie nicht in akuter Gefahr, solange sich das Geschehen vor dem Stall abspielte.

»Jan«, flüsterte sie stumm, »mach schon! Wir müssen diesem Spuk ein Ende setzen, bevor ein größeres Unglück geschieht.«

Friedrich Brohl, der ihr die ganze Zeit den Rücken zuwandte, trat unruhig von einem Bein auf das andere; seine fahrigen Gesten verrieten, dass er dabei war, endgültig die Nerven zu verlieren.

Dann hielt er plötzlich inne. Auch Firnich, dessen Gesicht sie im Blick gehabt hatte, drehte sich überrascht um in Richtung Dorfstraße.

Plötzlich war eine neue Stimme zu vernehmen. »Friedrich«, sagte eine Frau ruhig und beinahe gelassen, »was soll das alles?«

Brigitte Brohl war wie aus dem Nichts aufgetaucht, jedenfalls war kein Motor zu hören gewesen, und sie war nicht allein. Wilfried Hauck begleitete sie.

Ohne jede Angst schritt Brigitte Brohl auf ihren Mann zu; sie trug eine modische Jeans und eine elegante weinrote halblange Lederjacke, die ihre sportliche Figur betonte.

»Verdammt, was machst du hier? Fahr nach Hause, bevor die Polizei kommt. Ich habe ihnen diesen Ort genannt. Ich dachte nicht, dass du so dumm sein könntest hierherzufahren!«, sagte sie, als würde sie mit einem Kind sprechen. Sie berührte ihren Mann am Arm; es sah beinahe aus, als würde sie ihn streicheln, doch dann, in der nächsten Sekunde, hatte sie ihn entwaffnet und hielt die Waffe in ihrer Hand.

»Gut, dass du kommst, Brigitte«, sagte Firnich. Seltsamerweise sprach er ihren Namen französisch aus. »Wir hatten hier einen kleinen Streit, aber nun …« Er hob die Arme und lächelte unsicher.

Brigitte Brohl sah Firnich nur kurz an, voller Verachtung, wie Birte meinte, dann sagte sie zu ihrem Mann, der starr neben ihr stand: »Ich glaube, ihr seid alles Idioten, eitle Idioten. Du willst dir mit diesem Hotel ein Denkmal setzen und …« Sie brach ab und seufzte.

Friedrich Brohl öffnete den Mund, als wollte er etwas erwidern, doch dann sagte er nur: »Brigitte, es tut mir leid.« Seine Schultern waren heruntergesackt, er hatte nichts mehr von dem Oberbürgermeister, der sich Tag für Tag eloquent und machtbewusst seinem Wahlvolk präsentierte.

Als hätte sie die Nennung ihres Namens und die matte Entschuldigung wütend gemacht, gab Brigitte Brohl ihrem Mann eine Ohrfeige, die so heftig war, dass sein Kopf zur Seite geschleudert wurde.

»Hast du wirklich geglaubt, ich hätte nicht mitbekommen, dass du mich betrügst? Mit dieser kleinen Schlampe von Schauspielerin? Ich wollte sie zur Vernunft bringen, aber weißt du, was sie getan hat? Sie hat mir im Theater ins Gesicht gelacht, hat gesagt, du würdest mich für sie verlassen! Noch in dieser Woche! Und sie hatte diese Kette um den Hals – mit dem Bildnis deiner Mutter. Was bist du für ein elender Mistkerl, Friedrich!«

Brohl wischte sich über seine Wange, die Augen starr auf seine Frau gerichtet, als würde er ganz langsam begreifen, was sie ihm da eben verraten hatte.

»Brigitte«, sagte Firnich wieder auf Französisch, »wir haben etwas zu erledigen. Nimm deinen Mann mit, lass ihn ein paar Gläser Wodka trinken, und morgen …«

Der Anwalt verstummte, weil Brigitte Brohl mit der Waffe auf ihn zuging.

»Ihr Idioten habt versagt«, sie deutete mit der Waffe auf ihn, »jämmerlich versagt. Ich fahre nicht mit Friedrich nach Hause. Er hat nämlich kein Zuhause mehr. Wir haben uns etwas anderes überlegt, Wilfried und ich.«

Als wäre das sein Stichwort, schob sich Hauck, der noch keinen Ton gesagt hatte, an ihre Seite.

»Alexander«, in einem warmen Befehlston wandte er sich an den Chauffeur, »nimm Rolf die Schlüssel für den Stall ab, und dann steckst du ihn hinein, ihn und unseren ehrenwerten Oberbürgermeister.«

Der Chauffeur nickte, doch im nächsten Moment versetzte Firnich ihm einen leichten, nicht sonderlich selbstbewusst vorgetragenen Stoß. »He, was soll der Unsinn? Wir sind ein Team, wir müssen die Frau wegbringen, nur die Frau –«

»Nein«, sagte Hauck, »wir müssen gar nichts, und wir sind auch kein Team mehr. Gib Alexander den Schlüssel, und dann geht es für euch beide in den Stall. Da haben wir eine Überraschung für euch.«

Brigitte Brohl hakte sich bei Hauck ein und lächelte milde. »Wir werden wohl noch ein paar Strohballen und altes Holz hier finden, und dann wird es ein hübsches Feuerchen geben, Brandstiftung in einem Geisterdorf. Wäre nicht das erste Mal. Später wird man drei Leichen finden, eine Frau, einen gefeierten Anwalt und einen bewunderten und beliebten Oberbürgermeister, und die Polizei wird vor einem Rätsel stehen, das sie so schnell nicht lösen wird. Ich werde ihnen als trauernde Witwe da auch nicht wirklich helfen können. Na, vielleicht doch ... Es gibt ja die heimlichen Fotos von Friedrich und seiner Schlampe ... gefesselt auf dem Bett. Liegen in seiner Wohnung am Eigelstein parat.« Die letzten Worte spie sie förmlich aus.

Birte schaute zu der Stelle hinüber, wo sie Jan hinter einem rostigen Güllewagen vermutete.

Worauf wartete er? Die Situation war unübersichtlich genug. Wollte er, dass Firnich und Brohl zu Nele gesperrt wurden? Konnte es nicht sein, dass Hauck ebenfalls eine Waffe hatte – oder der Chauffeur?

Der Anwalt war so überrascht und entsetzt, dass er seinem Chauffeur tatsächlich mit einer kraftlosen Bewegung den Schlüssel übergab. Er schien keine Waffe bei sich zu tragen.

Birtes Smartphone summte. »Jetzt«, leuchtete auf.

Sie atmete tief durch, entsicherte ihre Waffe und sprang durch die verrußte Fensteröffnung.

Birte hörte sich selbst, wie sie »Polizei!« rief, während sie vorwärtssprang, durch Gebüsch und hohes Gras – und: »Lassen Sie die Waffe fallen!«, doch ihre Stimme war schrill und verzerrt, dann erblickte sie etwas, das sie völlig verwirrte. Sie sah das Bild eines kleinen, vielleicht zehnjährigen Jungen vor sich – mit einem strengen Scheitel und in einer unmodernen kurzen Lederhose. Sie war auf eine gerahmte Fotografie getreten, die jemand offenbar aus dem Fenster geworfen hatte, als hätte er sie vor dem Feuer retten wollen, das das Haus zu vernichten drohte, vielleicht die Heimat dieses Kindes. Sie geriet ins Stolpern, und als sie sich wiederaufrichtete, um Brohl und dessen Frau anzusehen, riss sie etwas mit einem ohrenbetäubenden Dröhnen von den Beinen. Eine unsichtbare fürchterliche Faust fegte sie herum, was mit einem heftigen, gleichzeitig unwirklichen Schmerz einherging, und mitten in diesem Schmerz tauchte das Gesicht von Brigitte Brohl auf, ein konzentriertes Gesicht mit einem offenen Mund, aus dem jedoch kein Laut drang. Birte hatte noch nie so ein feindliches Gesicht gesehen. Sie wollte etwas erwidern, einen neuerlichen Schrei ausstoßen, doch ihr ganzer Körper geriet ins Trudeln. Bevor sie zu Boden fiel, schien sie einen Moment in der Luft zu schweben, fast als wäre die Luft nun Wasser, auf dem sie trieb.

Sie sank auch nicht schnell hinab, sondern wurde langsam auf ihrem Schmerz gebettet, während das Dröhnen in ihren Ohren nachklang. Verzerrt und unwirklich meinte sie, Jans Stimme zu hören, ein lautes, entsetztes »Nein«, dann hatte sie den Boden erreicht und nur noch Gras vor Augen, gelbliches Gras und das Gesicht des Jungen in der Lederhose.

Ich bin getroffen worden. Der Gedanke stieg wie sanfter Nebel in ihr auf, deshalb liege ich hier. Sie versuchte, einen Arm, eine Hand zu bewegen, doch sie konnte es nicht. Alle Kraft war aus ihren Gliedern gewichen; es war ihr auch gleichgültig. Ein roter Schmerz hüllte sie ein, auf ihm schien sie davonzugleiten, fort von dem Jungen, der sie schüchtern von der Fotografie anlächelte.

Einen Schuss meinte sie noch wahrzunehmen, mehr ein Zittern in der Luft als ein wirklicher Laut, kurz danach einen zweiten, dumpfen Knall, aber schon sehr weit entfernt.

Wenn sie gekonnt hätte, hätte sie sich zusammengerollt, um zu schlafen, auf ewig zu schlafen.

Dann jedoch rüttelte sie jemand, Schmerzen explodierten wie kleine Bomben an den verschiedensten Stellen in ihrem Körper und rissen sie hoch.

Sie sah ein Gesicht über sich; dunkelblondes Haar, schwarze Augen, die sie voller Sorge anfunkelten. Max war plötzlich da, eine Traumgestalt aus dem Nichts, deren Stimme aber voller Panik war. »Verdammt, Birte«, schrie er so laut, dass die Worte sogar durch das Dröhnen in ihren Ohren drangen.

»Was für ein Scheiß! Halte durch! Ein Krankenwagen ist unterwegs.«

Sie wurde hochgehoben und fiel gleichzeitig in eine tiefe Finsternis.

29

Konnte es den richtigen Zeitpunkt zum Eingreifen geben? Nicht, wenn man allein war – zwei Beamte, die einen waghalsigen Alleingang unternommen hatten und deshalb fünf Personen festnehmen mussten, von denen eine, aber wahrscheinlich noch mindestens eine zweite bewaffnet war.

Schiller beobachtete, wie Brigitte Brohl näherkam, wie sie gewissermaßen mit leichter Hand und einem falschen Lächeln ihren Mann entwaffnete, um dann die Pistole auf ihn oder auf Firnich zu richten. Man konnte ihr ansehen, dass sie schon häufiger eine Waffe in der Hand gehalten hatte; sie wirkte nicht unsicher, ganz und gar nicht. Und dann wurde klar, dass sie es gewesen war, die Dela Pawlak im Theater erschossen hatte – die Geliebte ihres Mannes –, und dass sie nun ihren Mann und Firnich loswerden wollte. Ein Feuer im Stall, drei Tote, ein wirklich perfider Plan.

Schiller glaubte, Birtes Unruhe förmlich zu spüren. Bevor hier ein weiterer Mensch getötet wurde, mussten sie doch eingreifen. Während er Brigitte Brohl im Blick behielt, schrieb er eine kurze Nachricht an Bert Cremer, der nicht mehr versucht hatte, ihn zu erreichen: »Brauchen Verstärkung – Lützerath«.

Brigitte Brohl lachte plötzlich auf und hakte sich bei Hauck ein, der keine Anstalten machte, sich für seinen Oberbürgermeister oder Firnich einzusetzen.

Schiller packte seine Waffe fester, dann tippte er »Jetzt« auf die Tastatur seines Smartphones ein und schickte Birte die Nachricht.

Dreimal atmete er tief und konzentriert ein, bevor er aus seinem Versteck hinter dem Güllewagen hervorkam. Er sah, wie Birte vorwärtsstürmte, zwei Sekunden vor ihm, sie rief: »Polizei«, dann jedoch geriet sie ins Straucheln, und Brigitte Brohl drehte sich um und feuerte. Sie schoss, als wäre sie eine

Polizistin, als hätte sie so etwas schon tausendmal getan, ruhig und routiniert. Birte schrie auf, stürzte nun wirklich zu Boden und verschwand hinter dem Busch, der das ausgebrannte Haus halb verdeckte.

Mit aller Konzentration wandte Schiller den Kopf. Hatte er aufgeschrien, war der Schrei, der die Luft vor ihm zerriss, von ihm gekommen? Er machte drei hastige Schritte vor den Stall, während er »Polizei!« rief und seinerseits feuerte. Er gab zwei Schüsse auf Brigitte Brohl ab, mit dem ersten traf er sie ins Knie, der zweite erwischte sie an der rechten Schulter, sodass sie ihre Waffe fallen lassen musste, den Halt verlor und zur Seite kippte.

Friedrich Brohl hatte sich aus Angst zu Boden geworfen, wohl weil er fürchtete, die Schüsse hätten ihm gegolten. Hauck verharrte, nur der Chauffeur regte sich.

»Nehmen Sie die Hände hoch!«, schrie Schiller.

Firnich rief etwas, das er nicht verstand. Mit fünf weiteren Schritten war Schiller bei Brigitte Brohl, die sich am Boden wand und ein leises Jammern von sich gab. Er entdeckte die Waffe am Boden, eine Sig Sauer. Mit dem Fuß schob er die Pistole hinter sich. Von Birte nahm er nichts wahr, keine Regung, keinen Schrei, nicht einmal ein leises Wimmern. War sie tödlich getroffen? Er konnte es nicht sagen, und er hatte nicht einmal die drei, vier Sekunden, um sich nach ihr umzudrehen. Stattdessen fixierte er Firnich.

»Nehmen Sie Ihr Telefon hervor – ganz langsam«, sagte er. »Und dann wählen Sie den Notruf.«

Mechanisch, beinahe wie ein Roboter, mit betont langsamen Bewegungen, befolgte Firnich seinen Befehl.

»Wenn Sie eine Verbindung haben, melden Sie eine Schießerei in Lützerath – wir brauchen fünf Streifenwagen und zwei Ambulanzen.«

Firnich nickte. Schiller sah, wie er die 110 wählte, einen Moment zögerte, dann sprach er abgehackt in sein Telefon. Den Ortsnamen »Lützerath« wiederholte er zweimal.

Schiller behielt währenddessen Hauck und den Chauffeur im Blick. Der Mann sah aus, als würde er überlegen, wie groß seine Chancen waren zu fliehen. Schiller wollte ihm schon eine Warnung zurufen, als er hinter sich ein Geräusch vernahm.

Birte, dachte er, sie ist doch nicht getroffen worden – was für ein Glück! Aus den Augenwinkeln registrierte er, dass sich jemand schwankend nach vorn schob.

»Verdammt!«, stöhnte Max, der Birte im Arm trug. »Ich bringe sie zu unserem Wagen. Da kann ich versuchen, die Blutung zu stoppen.« Er drückte Schiller die Pistole in die Hand, die Birte verloren hatte, und eilte keuchend an dem entsetzten Hauck vorbei in Richtung Hauptstraße.

»Es ist alles ein Missverständnis«, stieß Firnich hervor. Er hielt noch immer sein Smartphone und hob die Hände. »Brigitte Brohl hat geschossen … sie hat alle umgebracht …« Nun sprach er ihren Namen nicht mehr französisch aus.

Schiller richtete seine Pistole auf den Anwalt. »Wenn Sie nicht sofort still sind«, rief er, mühsam beherrscht, »jage ich Ihnen eine Kugel in den Kopf!« Nun zitterte seine Stimme, und Brigitte Brohl begann zu jammern und nach ihrem Mann zu rufen. Friedrich Brohl machte Anstalten, zu ihr zu kriechen.

»Niemand rührt sich«, zischte Schiller ihm zu.

Sein Herz schlug einen harten Beat nach dem anderen. Max war mit Birte an der Straße angelangt und außer Sicht. Konnte Max so etwas – eine Blutung stillen, Erste Hilfe leisten, ein Leben retten?

Brigitte Brohl stöhnte immer lauter. »Ich verblute, verdammt, ich verblute«, rief sie, ihre Stimme krächzend und schrill.

Schiller richtete Birtes Waffe auf sie. »Seien Sie still!«

Wenn Birte starb, was für ein schrecklicher Gedanke, wenn Birte starb, dann hätte auch Brigitte Brohl ihr Recht verwirkt, weiterleben zu dürfen.

Sein Zeigefinger streichelte den Abzug; es war ungewohnt,

eine Pistole auch in der linken Hand zu halten. Brigitte Brohl schaute ihn feindselig an, sie umklammerte ihr blutendes Knie und fluchte leise. Dann sank sie zurück, als kostete sie schon dieser Fluch zu viel Kraft.

Für etliche lange Sekunden schien alles eingefroren zu sein. Einzig ein lauter Vogelschrei direkt über ihnen wehte zu ihnen herab.

Dann – es kam ihm wie eine Ewigkeit vor – näherten sich aus weiter Ferne feine Schallwellen. Leise, jedoch stetig lauter werdend trugen sie den Klang mehrerer Sirenen heran.

Zwei Sekunden später leuchteten irgendwo in der trostlosen Landschaft die ersten Blaulichter auf.

Bert Cremer war fast gleichzeitig mit den beiden Ambulanzen und drei Streifenwagen eingetroffen. Schiller übernahm es, die Polizisten einzuweisen; während Brigitte Brohl von zwei Sanitätern versorgt wurde, wurden Firnich, Brohl, Hauck und der Chauffeur festgenommen. Der Oberbürgermeister hatte sich inzwischen so weit erholt, dass er zu widersprechen wagte.

»Ich will einen Anwalt«, rief er aufgebracht.

Schiller hatte die beiden Waffen wieder eingesteckt, die Kriminaltechnik würde sie ihm ohnehin abnehmen, aber fast war er versucht gewesen, eine hervorzuziehen und auf Brohl zu richten. »Bert«, rief er stattdessen seinem Kollegen zu. »Sorgst du dafür, dass die drei nach Köln ins Präsidium überführt werden?«

Bert nickte schuldbewusst; er hatte ein schlechtes Gewissen, weil er Brohl aus den Augen verloren hatte. Schon in den engen Straßen von Junkersdorf hatte er sich abschütteln lassen.

Was war mit Birte? Dieser Gedanke lag über allen anderen. Der zweite Ambulanzwagen war gar nicht bis Lützerath gekommen; anscheinend hatte Max ihn irgendwo auf der Landstraße nach Erkelenz aufgehalten. Mehr hatte die Besatzung des anderen Krankenwagens nicht gewusst.

Für einen Moment saß Schiller auf einer alten windschiefen Bank, die vor dem Stall stand, den Schlüssel für das Schloss in der Hand. Müdigkeit erfasste ihn wie eine große schwarze Welle. Einige Polizisten hatten sich um den Hof aufgebaut, um das Terrain zu sichern, bevor die Kriminaltechniker eingetroffen waren. Ein paar Blutstropfen auf dem Boden verrieten, wo er Brigitte Brohl getroffen hatte.

Als Schiller sich langsam erhob und sich der Tür zuwandte, hörte er leise und schwach Neles Stimme. »Jan, bist du da?«

Statt zu antworten, öffnete er die Tür und trat in den dunklen, kühlen Stall ein. Zum Glück hatte er daran gedacht, Firnich den Schlüssel für die Fesseln abzunehmen, bevor man ihn abgeführt hatte.

Nele lehnte an der Wand, die Haare fielen ihr wirr ins Gesicht. Ihr Gesicht war völlig verdreckt, trotzdem konnte er erkennen, wie bleich sie war.

»Ihr habt geschossen«, sagte sie. »Birte hat etwas abbekommen, nicht wahr?«

Er nickte, während er ihr die Fesseln zu öffnen versuchte, doch nun zitterten ihm die Finger. Dreimal musste er ansetzen, bevor das Schloss aufschnappte.

»Wir haben recht gehabt«, sagte Nele, als wäre sie es, die ihn trösten müsste. »Es war ein missglückter Einsatz, aber wir haben recht gehabt. Firnich und Hauck, die beiden …« Plötzlich schlang sie die Arme um ihn und begann zu weinen.

Er spürte das Beben ihres Körpers, während sie ihn umklammert hielt. Beinahe wären ihm selbst die Tränen gekommen. Drei lange Minuten saßen sie so da. Draußen fuhren Autos vor. Schultkes Stimme war zu hören. Also waren die Kriminaltechniker auch schon eingetroffen.

Trotzdem bewegten Nele und er sich nicht, sie hielten sich wie Schiffbrüchige, die auf hoher See auf der letzten Planke hockten.

»Ich muss mich um Birte kümmern«, flüsterte Schiller dann, ohne sich jedoch zu regen. »Ich muss wissen, wie es ihr geht.«

Draußen fuhren weitere Wagen vor, undeutliche Stimmen erklangen. Jemand rief nach ihm.

»Es ist alles meine Schuld«, sagte er. »Wenn dir etwas passiert wäre ... Wenn Birte ...«

Nele löste sich ein wenig von ihm. Sie hatte aufgehört zu weinen. »Mir ist nichts passiert, aber wir haben zwei Morde aufgeklärt. Ich habe alles mit angehört, jedes Wort von Firnich und Brigitte Brohl.« Sie versuchte, unter ihrer Maske aus Schmutz zu lächeln. In dem Zwielicht, das im Stall herrschte, leuchteten ihre makellos weißen Zähne auf.

Schillers Smartphone summte. Birte, sofort überschlug sich die Panik in ihm, eine Nachricht von Birte, doch es war Nadine, die ihn anrief.

Er war jedoch unfähig, das Telefonat anzunehmen.

»Nadine«, sagte er zu Nele, »sie macht sich Sorgen. Wir bekommen ein Kind.«

»Wie schön!«, sagte Nele. Dann strich sie ihm, als wäre sie eine Lehrerin, die einen ängstlichen Schuljungen vor sich hatte, über die Stirn. »Wir sollten jetzt gehen. Ich muss hier weg – unter eine Dusche, raus diesen ekelhaften Klamotten.«

Sie erhoben sich beide und wankten nebeneinander ins Freie.

Das Licht draußen blendete Schiller. Schultke war mit einem zweiten Mann dabei, den Tatort zu sichern, denn das war es ja, ein Tatort. Es war auf zwei Menschen geschossen worden.

Als Schiller die beiden Waffen hervorziehen wollte, um sie ordnungsgemäß abzugeben, sah er, wie eine große schwarze Limousine vorfuhr. Neuendorf, der Polizeipräsident, und Fitschen, der Kriminaldirektor, sprangen heraus, kaum dass der Wagen gehalten hatte. Mit eiligen Schritten stürmten sie auf ihn zu.

»Herr Kriminalhauptkommissar Schiller«, sagte Fitschen förmlich und in einem eisigen Tonfall, »ich darf Sie bitten, mir Ihre Waffe auszuhändigen. Sie sind bis auf Weiteres vom Dienst suspendiert.«

Schiller nickte stumm. Nele neben ihm wollte etwas sagen, doch er strich ihr über den Arm und brachte sie mit dieser Geste zum Schweigen. Dann streckte er Fitschen die beiden Pistolen entgegen. »Bevor wir ins Präsidium fahren und ich meinen Bericht abgebe, muss ich wissen, wie es Birte geht«, brachte er sachlich hervor. »Vorher werde ich keine Aussage machen.«

Hinterher

Schiller lag neben Nadine im Bett. Er hatte fast vierundzwanzig Stunden nicht geschlafen, er war erschöpft, seine Augen hatten irgendwann zu tränen begonnen. Trotzdem konnte er keine Ruhe finden. Die Gedanken in seinem Kopf fuhren Achterbahn, und kaum war er in einen Dämmerzustand gefallen, schreckte er hoch, weil er einen Schuss hörte oder seinen eigenen panischen Schrei.

Nadine hielt seine Hand fest, er meinte, an ihrem Atem zu hören, dass sie endlich eingeschlafen war. Sie hatte alles versucht, um ihn zu beruhigen. Birte werde nicht an ihrer Schussverletzung sterben, die Ärzte würden sie retten … ganz bestimmt.

Er hörte sein eigenes Herz schlagen, laut pochte es ihm bis in den Hals hinauf, und dann, während es draußen bereits wieder hell wurde, stellte er sich vor, wie Birte auf der Intensivstation lag, womöglich mit einer Sauerstoffmaske auf dem Gesicht, und um ihr Leben rang.

Vom Tatort in Lützerath hatte er sich ins Krankenhaus nach Erkelenz fahren lassen, wohin man Birte gebracht hatte. Daran hatte ihn nicht einmal Fitschen hindern können.

Max hatte da gesessen; bleich und zusammengekauert hatte er vor der Intensivstation auf einem Plastikstuhl gehockt. Er hatte Schiller keine Vorwürfe gemacht, er hatte sogar flüchtig gelächelt.

»Sie hat einen Bauchschuss abbekommen«, sagte er, »und sie hat viel Blut verloren. Das konnte ich leider nicht verhindern.«

Schiller hatte sich einen zweiten Stuhl herbeigezogen, nachdem sie sich kurz, beinahe wie Hinterbliebene, umarmt hatten.

»Warum warst du überhaupt da?«, fragte er Max.

Max überlegte, als müsste er sich die Frage erst selbst beantworten. »Ich weiß nicht. Es war ein Gefühl, vielleicht auch Intuition. Birte hatte mir ja am Telefon gesagt, wo ihr seid.«

Als Schiller ins Präsidium fuhr, hatte Max versprochen, sich sofort zu melden, wenn es etwas Neues gab.

»Sie ist stabil«, hatte Max zwei Stunden später geschrieben. »Vermutlich keine Lebensgefahr.«

Schiller hätte fast geweint, nachdem er die Nachricht gelesen hatte.

Fitschen hatte ihn im Präsidium bereits erwartet. Fast fünf Minuten lang hatten sie kein Wort gesprochen. Dann sagte der Kriminaldirektor: »Brigitte Brohl ist übrigens nicht in Lebensgefahr – falls es Sie interessiert. Und ihr Mann hat schon Lavander, den besten Anwalt der Stadt, eingeschaltet. Wir werden eine Menge Schwierigkeiten bekommen.«

Schiller hatte nur aufgeblickt und dann mit den Schultern gezuckt. Es war ihm gleichgültig. »Wir haben zwei Morde aufgeklärt«, sagte er dann, doch es klang matt, nicht wie eine Verteidigung.

»Sie haben eine Kollegin fahrlässig in größte Gefahr gebracht, Sie haben keinen Eigenschutz betrieben, Ihre Kollegin Jessen ist schwer verletzt, und Sie haben unter zweifelhaften Umständen von Ihrer Schusswaffe Gebrauch gemacht und die Ehefrau des Oberbürgermeisters angeschossen. Eine großartige Bilanz!« Fitschen klang bitter und irgendwie so, als wäre er persönlich beleidigt.

»Ja, das habe ich wohl«, sagte Schiller. »Wo ist Nele Krach? Wie geht es ihr?«

Fitschen starrte ihn mit regloser Miene an. »Sie ist in der Uniklinik. Da wird sie eine Nacht zur Beobachtung bleiben. Es geht ihr aber den Umständen entsprechend gut.«

Wieder hatten sie geschwiegen.

Schließlich stand Fitschen auf und ging zum Fenster. Auch er hatte ein Büro mit Domblick. Der Himmel war wie ein helles blaues Tuch. »Ich sage es ganz offen: Ich weiß nicht, ob ich Sie noch schützen kann. Wir wissen ja um die Freiheiten, die Sie sich manchmal herausnehmen, aber diesmal fordert Neuendorf Ihren Kopf.« Langsam drehte der Kriminaldirektor sich um. Erst da fiel Schiller auf, wie erschöpft er aussah, dabei galt er im Präsidium als besonders stresserprobt. »Diese Stadt wird nach diesem Einsatz eine andere sein. Friedrich Brohl wird spätestens am Montag zurücktreten müssen. In den Zeitungsredaktionen und im Netz läuft alles heiß. Köln eine Höllenstadt, Köln ein Sündenbabel. Der Oberbürgermeister ein Lügner und Ehebrecher, seine Ehefrau eine Mörderin aus Eifersucht, und der Geschäftspartner bringt Brohls Bruder aus besonders niederen Motiven um.«

Schiller schwieg. Er dachte an sein Kündigungsschreiben. Lag es tatsächlich noch in der untersten Schublade seines Schreibtisches? Dann sagte er laut: »Meine Freundin bekommt ein Kind, ich werde Vater. Ich habe es an dem Tag erfahren, als der erste Mord geschah.«

Fitschen machte einen Schritt auf ihn zu, er presste die Lippen zusammen, eine Haarsträhne, die sonst immer an derselben Stelle saß, fiel ihm ins Gesicht. »Gratuliere«, sagte er leise. Übergangslos sprach er weiter: »Ihre Waffe haben wir ja bereits. Lassen Sie auch Ihren Dienstausweis hier. Dann können Sie gehen. Bitte seien Sie aber morgen um zehn Uhr früh wieder hier. Wir, der Polizeipräsident und ich, werden Ihnen dann sagen, wie es vorläufig mit Ihnen weitergeht.«

Nadine weckte ihn mit einem sanften Kuss. »Es ist gleich neun Uhr«, sagte sie leise. »Musst du nicht ins Präsidium?«

Er öffnete die Augen. Er roch Kaffee, dann griff er panisch nach seinem Smartphone und rief die Nachrichten auf.

»Ist wohl scheiße gelaufen. B.«, war die erste Nachricht, die er las.

Sein Magen zog sich zusammen, dann sprang er nackt aus dem Bett und umarmte Nadine. Dabei wiederholte er wie ein Mantra Birtes Worte.

Ist wohl scheiße gelaufen – verdammt, sie lebte, sie hatte immerhin eine SMS tippen können.

Als Nächstes las er, was Max ihm geschrieben hatte: »Birte geht es besser – keine lebenswichtigen Organe verletzt. Ich konnte sie kurz sehen. Sie lässt dich grüßen. Max«.

»Du hast recht gehabt«, sagte er zu Nadine, die ihn die ganze Zeit angeschaut hatte. »Birte ist nicht mehr in Lebensgefahr. Sie kann sogar schon wieder fluchen.«

Nadine kam heran und küsste ihn auf die Stirn. »Ich freue mich auf unser Kind«, flüsterte sie. »Egal, was passiert.«

Zehn Minuten später saß er in seinem alten Golf und fuhr in Richtung Kalk.

Egal, was passiert. Nadine vermutete offenbar auch, dass man ihn eine Zeit lang vom Dienst freistellen würde. Oder hatte Neuendorf noch weiter gehende Schritte vor? Würde man ihn hinauswerfen?

Er war zehn Minuten zu früh im Präsidium, doch statt in sein Büro fuhr er gleich zum Polizeipräsidenten hinauf.

Wie auf einer Sünderbank saß er da und wartete. Er hatte eine Menge Fehler in diesem Fall begangen, unverzeihliche Fehler, trotzdem hatten sie zwei Mordfälle aufgeklärt. Was hätte Therese ihm nun geraten, wenn er sie noch hätte fragen können? Ach, eigentlich wusste er es. Fahr zum Dom und zünde eine Kerze an, und dann wird das kommen, was kommen muss.

Unwillkürlich musste er lächeln. Vielleicht, ja, ganz vielleicht war er auch schon zu lange Polizist gewesen.

Dann öffnete sich die Tür des Vorzimmers.

»Herr Kriminalhauptkommissar, kommen Sie bitte herein«, sagte eine Männerstimme förmlich. Dass diese Stimme Fitschen gehörte, merkte er erst einen Moment später, nachdem er sich erhoben hatte.

Zu seiner Überraschung kam Nele ihm entgegen. Sie war immer noch blass, aber ihr langes blondes Haar hatte wieder seinen seidigen Glanz. Sie lächelte und umarmte Schiller kurz. »Es wird alles gut«, raunte sie ihm zu.

Dann war er allein mit Fitschen und Neuendorf in dessen Büro.

Der Polizeipräsident machte eine einladende Handbewegung zu seinem Konferenztisch hin. Hier, im Allerheiligsten des Präsidiums, war Schiller höchstens ein-, zweimal gewesen.

Nachdem sie sich alle gesetzt hatten, bot Neuendorf ihm Kaffee an, den Schiller zu seiner eigenen Verwunderung ablehnte.

»Ihrer Kollegin geht es besser«, erklärte der Polizeipräsident mit seiner sonoren Stimme. »Sie hat Glück gehabt. Überhaupt ist es wohl nur Glück gewesen, dass bei Ihrem Kamikazeeinsatz in diesem Geisterdorf niemand zu Tode gekommen ist.« Er verstummte für einen Moment und lehnte sich zurück. Er blickte sinnend zum Fenster. »Heute um dreizehn Uhr gibt es eine Pressekonferenz im Rathaus. Friedrich Brohl wird mit sofortiger Wirkung zurücktreten, er wird auch alle seine Parteiämter niederlegen. Ein politisches Erdbeben ... Na ...«, Neuendorf beugte sich wieder vor und starrte Schiller an, »... eine Überraschung ist das ja nicht. Unsere Pressestelle ertrinkt in Anfragen. Sie werden da auch ein paar unangenehme Dinge über sich lesen müssen, Herr Hauptkommissar.«

Schiller wusste nicht, ob er dazu etwas entgegnen sollte. Er hatte die zwei Kamerawagen bemerkt, die vor dem Präsidium parkten, doch er hatte es geschafft, sich unbemerkt vorbeizuschleichen.

Neuendorf wedelte plötzlich ungeduldig mit seiner rechten Hand. Offenbar das Zeichen für Fitschen zu übernehmen.

»Um fünfzehn Uhr treten der Polizeipräsident und ich ebenfalls vor die Presse«, erklärte der Kriminaldirektor in einem nüchternen Tonfall. »Deshalb haben wir Sie schon so früh hergebeten. Es wird auch Fragen zu dem Einsatz in Lützerath und zu Ihrer Person geben. Wir werden verkünden, dass Sie nun von allen weiteren Ermittlungen ausgeschlossen sind.« Fitschen nickte ihm zu, als wolle er sichergehen, dass Schiller ihn verstand. »Zudem werden wir Sie wegen schwerer Dienstvergehen für vier Wochen suspendieren. In dieser Zeit werden wir diesen Einsatz aufarbeiten, aber schon jetzt gehen wir nicht davon aus, dass Sie an Ihren Schreibtisch im Kriminalkommissariat 11 zurückkehren werden.« Er machte erneut eine Pause.

»Sondern?«, fragte Schiller dann lauernd. Was wollten sie mit ihm anfangen? Was hatten sie sich da an einem Sonntagmorgen oder vielleicht noch in der Nacht für ihn ausgedacht? Wenn sie »KK 64« sagen würden, wo man für Aktenhaltung zuständig war, würde er sofort aufstehen und seine Kündigung aus der untersten Schublade holen, dachte er panisch.

»Nun«, sagte Fitschen mit einem Blick auf Neuendorf, der immer noch keine Anstalten machte, das Wort zu ergreifen. »Wir haben uns etwas Neues überlegt. Auch die Polizei muss sich wandeln. Wir wollen so eine Art Ombudsmann installieren, an den man sich bei Beschwerden wenden kann, jemanden, der das Gesicht der Kölner Polizei für Beschwerden und Klagen ist.«

»Und da haben Sie ausgerechnet an mich gedacht?«, fragte Schiller und bemerkte, wie heiser er auf einmal klang.

»Gewiss«, mischte sich nun der Polizeipräsident doch wieder ein. »Sie kennen die Behörde in- und auswendig. Sie sind Kölner, Sie können mit Menschen umgehen, und Sie haben die Fähigkeit, sofort Wichtiges von Unwichtigem unterscheiden zu können.«

Fitschen lächelte nun zum ersten Mal. »Herr Schiller«, sagte er, »Sie müssen auch nicht sofort zusagen. Sie haben vierundzwanzig Stunden Zeit. Dann erwarten wir Ihre Entscheidung, eine positive allerdings.«

»Und wenn ich ablehne?« Während er diese Frage stellte, hatten Fitschen und Neuendorf sich bereits erhoben.

»Im KK 64 ist auch eine Planstelle frei«, erklärte Neuendorf leichthin.

Sie gaben sich kurz die Hand. »Am besten sprechen Sie nicht mit den Journalisten«, sagte der Polizeipräsident noch. »Wir versuchen in der Pressekonferenz, alles im Sinne der Kölner Polizei zu regeln.«

Zwei Minuten später saß Schiller wieder in seinem Golf.

Ombudsmann, sagte er, niemals im Leben würde er solch eine Position antreten.

Doch nun würde er zu Nadine nach Hause fahren; er würde sie küssen, und er würde ihr sagen, dass ihr Kind, falls es denn ein Junge werden würde, unbedingt Severin heißen müsse.

Ja, das würde er tun, und dann würden sie zum Rheinauhafen fahren, und er würde für sie ein Boot mieten, wie er es früher oft getan hatte, um den Kopf frei zu bekommen, und sie würden den Rhein hinaufjagen, Richtung Bonn, so weit, bis ihnen das Benzin ausging.

Dank

Dieser Roman ist der zehnte Band mit den Protagonisten Birte Jessen und Jan Schiller – wir sind gemeinsam einen langen Weg gegangen, und immer wieder haben die beiden mich überrascht und mir auch zu Einsichten verholfen, die ich vorher nicht hatte. Alle ihre Abenteuer spielen in Köln, einer Stadt, in der ich nun seit vierzig Jahre lebe und die ich liebe – auch wenn sie einem diese Liebe mitunter sehr schwer macht. Geschrieben habe ich dieses Buch zu Zeiten der Pandemie, die jedoch in dem Roman keine Rolle spielt; Birte Jessen und Jan Schiller wollten es so – und ihren Wünschen konnte ich mich nicht widersetzen.

Danken muss ich erneut dem Emons Verlag; es ist phänomenal, was Verleger Hejo Emons, seine Frau Ulrike, seine Tochter Franziska und das ganze Team in all den Jahren auf die Beine gestellt haben. Ich bin froh und dankbar, aus der Ferne Teil dieses Teams zu sein. Mein herzlicher Dank geht auch an Marion Heister, die bisher alle Schiller-Krimis aufmerksam und mit großer Umsicht lektoriert hat.

Die Erfolgsserie von Reinhard Rohn:
Alle Titel sind auch als eBook erhältlich.

Falsche Herzen
ISBN 978-3-89705-601-5

Kölnisch Wasser
ISBN 978-3-89705-722-7

Kölner Lichter
ISBN 978-3-89705-869-9

Barfuß in Köln
ISBN 978-3-89705-992-4

Der Richter von Köln
ISBN 978-3-95451-186-0

Kölner Finale
ISBN 978-3-95451-606-3

Kölner Ringe
ISBN 978-3-7408-0205-9

Die drei Toten von Köln
ISBN 978-3-7408-0525-8

Nachtengel von Köln
ISBN 978-3-7408-0922-5